# 1

## 대왕조



대왕조

# 대왕조 1

초판 인쇄 2025년 12월 18일
초판 발행 2025년 12월 22일

지은이    내가위
펴낸이    김태헌
펴낸곳    스타파이브

주소      경기도 고양시 일산서구 덕이로 186 2층
출판등록   2021년 3월 11일 제2021-000062호
전화      031-911-3416
팩스      031-911-3417

## 대왕조를 내면서……

여러 작품을 썼고 작품마다 독특한 특징이 있다. 그중에서 이 대왕조는 유별난 점이 있다.

지금 시국(時局)이 무척이나 어렵다고들 한다.

그런 때에 이런 인물이 있었다면 나라꼴이 조금은 좋아지지 않았을까 하고 시작한 글이 바로 대왕조다. 그리고 이 대왕조에서 무엇이든 가능한 인물을 만들어 보고자 했다.

그래서 탄생한 인물이 바로 냉벽린이라는 인물이고, 대왕조라는 작품이다.

지금의 난국에 이런 인물이 대통령이나 경제를 담당하게 된다면 적어도 국치를 당하는 꼴은 없을 것이다.

하지만 이런 인물은 눈을 씻고 찾아봐도 그 어디에도 없다.

난 그렇게 생각한다. 무협이란 재미가 있어야 한다고…….

하지만 요사이에는 한 가지를 더 첨가하고 싶다.

바로 위로가 되어 줄 수 있는 무협이 되어야 한다는 점을 말이다.

어려운 세상에 잠시 모든 시름을 잊고 한 작품에 푹 빠지는 것도 참으로 기쁜 일이 될 것이다.

이 세상은 너무도 어렵다.

경제가 그렇고, 정치가 그렇다. 그리고 시시각각으로 변하는 세계의 조류가 그렇다.

그렇게 어려운 세상을 잠시 접어두고 공상에 빠져드는 것도 현대를 살아가는 사람들의 처세술이 아닐까 한다.

너무 쉽지도 너무 어렵지도 않은 대왕조, 하지만 이런 글이 심란하고 어려운 사람들에게 위로가 될 수 있다면 소기의 목적을 달성한 것이라고 생각한다.

어렵지 않게 시작되어, 여유 있게 끝나는 책이 되길 바랄 뿐이다.


여름의 끝에서

내가위 배상

## 프롤로그

대왕조(大王祖)!

단 십 인(十人)이었다.

그러나!

그들은 중원 십팔만 리를 움켜쥐고 있는 하늘이었다. 그러나 놀랄 만한 일이 아니었다. 패배의 칼날은 그들의 심장에 천오백 년 동안 박혀 있었다.

그 혈검(血劍)의 주인이 있으니 하늘도 두려워 그 이름을 부르지 않았다.

대왕맥(大王脈)!

어둠 속에 웅크리고 있는 중원의 원주인(原主人).

드디어 잠을 깨고 중원 정복을 위한 포효를 터뜨렸으니…….

냉벽린!

운명은 그에게 역천(逆天)과 패륜(悖倫)으로 점철된 출생의 비밀을 주었고, 하늘은 그에게 제왕(帝王)의 신분을 주었다.

그는 하늘을 향해 부르짖었다.

"아버지! 기껏 패배자에게 승리하려고 발버둥치신 겁니까?"

패배만이 서린 세월을 살아온 아버지의 한(恨)을 받아 그가 승부
의 길에 검(劍)을 드리웠다.

# Contents

## 대왕조 1

# 서장

## 01

골수에 각인된 이름이 있다.

이 이름을 잊을 수 있다면 그는 현 무림의 절대자가 되리라. 중원을 내리누르는 새로운 하늘이 있었으니 사람들은 그 이름을 뼈에 새기며 되씹었다.

대왕조(大王朝)!

그들은 모두 열 개의 세력으로 나누어져 정사마불도(正邪魔佛道)의 중원무림을 통치해 나아갔다. 그 열 개의 세력을 다른 이름으로 십절군단(十節軍團)이라고 부르기도 하는 무림 절대의 하늘이다.

십절군단으로 이루어진 대왕조는 각기 무림에 하나의 영역을 가지고 무림의 하늘로 군림하고 있었다.

십절군단의 제일가(第一家)는 천추무가(千秋武家)라고 불린다.

가주(家主)인 천추만승제(千秋萬乘帝) 동방대군(東方大軍)은 현 무림의 천하제일인(天下第一人)이자 십절대군단장(十節大軍團長)으로 군림하고 있었다.

"너희들에게 만들 수 있는 삶이란 없다. 단지 한 길! 본 제(帝)에게 경배하라. 그것이 아니라면 혀를 깨물라."

그의 한마디는 곧 중원의 법이자 목숨이 열 개인 자라도 거역할 수 없는 절대명령(絕代命令)이었다.

십절군단의 제이가(第二家)는 살인마벌(殺人魔伐)이라 불린다.

목이 열 개인가. 그렇다고 해도 웃을 수 없는 이유가 있었으니 이들의 표적이 된다면 죽어서도 묘에 묻히지 못하리라.

사람들은 말한다. 그들의 검에 매일 다른 피를 적시지 않으면 녹슬게 될 것이라고. 지옥에서 유배 온 살인귀들의 집합체인 살인마벌의 벌주는 살인혈황(殺人血皇) 착시간(着時間). 그의 유일한 낙은 죽음이다.

그가 지금까지 살인의 전리품으로 모은 수급(首級)의 숫자는 정확하게 일천칠백육십칠 개(一千七百六十七個)였다. 그는 숨 쉬는 살인기계(殺人機械)였다.

십절군단의 제삼가(第三家)는 대상가(大商家)라고 불린다.

가주는 대상주(大商主) 여의대상천(如意大商天) 단천리(斷千里). 그는 중원의 상권 중 팔 할을 쥐고 있었다. 심지어 황실까지도 그에게 손을 내밀 정도로 대상가는 엄청난 금력(金力)을 가지고 있었다.

재신이란 이름도 성이 차지 않을 그는 천만 명을 굶겨 죽일 수도 살릴 수도 있는 힘이 있었다. 대왕조의 재정은 바로 이 대상단이 쥐고 있었다.

십절군단의 제사가(第四家)는 구룡해벌(九龍海伐)이라고 불린다.

예전에 배를 탄다는 사람들은 출항 전 해신(海神)에게 무사와 많은 수확을 기원하는 제(祭)를 올렸다. 그러나 이제 더 이상 해신에게 제사를 지내지 않았다. 그들이 엎드려 부복하는 새로운 하늘이 있으니, 그가 바로 구룡해벌군주(九龍海伐軍主)인 천해대군주(天海大軍主) 국검령(菊劍令)이었다. 그의 호통 한마디에 바다는 물론이고, 모든 수로(水路)와 중원의 오대호(五大湖)는 공포에 떨어야만 했다.

대륙(大陸)은 끝이 있으나 바다는 끝이 없다. 그래서 망망대해(茫茫大海)라 하지 않던가. 그 망망대해의 주인이 바로 구룡해벌이었다.

십절군단의 제오가(第五家)는 녹림천(綠林天)이라고 불린다.

녹림천주(綠林天主)인 녹황마제(綠皇魔帝) 언룡무(堰龍武)는 바로 백만 녹림의 하늘이자 절대적인 지배자(支配者)였다.

예전부터 무림에서 녹림이 차지하는 위치란 더럽고 추잡한 이름들밖에는 없었다. 그들의 구성원이 도적, 산적, 사기꾼들 정도였으니 당연했다.

그러나 이제 그들을 향한 손가락질은 더 이상 없다. 십절군단의 다섯 번째 서열(序列)을 가지게 되었기 때문이다.

십절군단의 제육가(弟六家)는 태양궁(太陽宮)이다.

궁주는 태양화군(太陽火君) 능혈비(陵血飛)다. 불의 광인이라 불리는 그는 화기, 화포 등의 제조기술에서 신을 능가한다는 소리를 들었다. 그가 마음만 먹으면 태산도 무너뜨릴 수 있다는 거짓말 같은 소문들이 떠돌곤 했다.

그러나 그의 비격진천뢰는 그런 소문들을 사그리 불태워 버리고 거짓을 진실로 만들어 버렸다.

십절군단의 제칠가(第七家)는 빙해(氷海)였다.

빙해주(氷海主)인 빙해무왕(氷海武王) 백리향(百里香)은 절대신비(絕代神秘)의 인물이었다.

억겁(億劫)의 설지(雪地)요, 천형(天刑)의 땅(地)인 북해(北海)를 지배하는 곳이 바로 빙해였다. 그들은 거의 무림에 알려진 사실이 없어 마치 환설(幻雪) 같은 신비세력이었다.

십절군단의 제팔가(第八家)는 백마성(百魔城)이라고 부른다.

십절군단 중 가장 신비(神秘)로운 백마성은 알려진 것이 거의 없었다. 단지 알려진 것은 백마성주가 천마(天魔) 벽한(碧寒)이라는 것과 백마성이라는 이름의 유래(由來) 정도가 고작이었다.

백마성에는 백 명의 절대자가 존재하고 있었다. 그들은 일신에 각기 백 가지 마공(魔功)을 지니고 있었고, 또한 그들은 마의 하늘이기도 했다. 그들의 백 가지 마공은 중원무림에 전래하는 마공 중 가장 위대(偉大)하고 강맹(强猛)하다고 전해지고 있다.

천마 벽한 역시 백마성만큼이나 신비롭기 그지없는 고수(高手)였다. 그는 이백 년 전에 홀연히 무림에 나타나서 백마성을 창건(創建)하였다. 그의 나이를 대충 따져도 족히 이백 살은 넘는다. 이백 년 전에 홀연히 무림에 나타나 절대강자 구십구 명을 굴복시키고 그들을 이끌고 백마성으로 들어갔다.

백마성의 모든 것은 마치 신기루(蜃氣樓)처럼 신비롭기 그지없었다.

십절군단의 제구가(第九家)는 천불동(千佛洞)이라 부른다.

천불동의 동주(洞主)는 천불대승좌(千佛大乘座) 천불신령불(千佛神靈佛)인데, 그의 호 천불대승좌는 달마조사의 유언에도 나온다.

〈천불대승좌는 모든 불문무학(佛門武學)의 시작이며, 끝이다. 소림이 이를 깨닫지 못하면 차후 태산북두의 자리를 잃으리라. 비록 후에 천불대승좌가 소림에서 배출되지 못한다 할지라도, 천불대승좌가 현신(現身)하면 소림은 경배하라.〉

천불대승좌는 천불동 동주의 아호(雅號)이기도 했지만 불문의 영원한 신비이자 최고의 무공을 말하는 것이기도 했다.

십절군단의 마지막 제십가(第十家)는 태상도궁(太上道宮)이었다.

태상도궁의 궁주는 태상진인(太上眞人)이었다. 태상도궁은 도가(道家)의 삼대조종(三大祖宗)인 무당(武當), 곤륜(崑崙), 전진도가(全眞道家)를 차례로 무너뜨리고 도가의 천외천(天外天)으로 자리잡았다.

태상도궁의 원동력은 바로 태상법천(太上法天)에 있는데, 그것은 바로 천무진인(天武眞人) 장삼봉(張三峰) 조사께서 그토록 찾던 도가의 진정한 도력(道力)이었다.

02

대왕조를 이루고 있는 십절군단의 왕조십맥(王朝十脈)은 무려 이백 년 동안이나 무림을 장악(掌握)하고 있었다.

하지만 그들은 이백 년 동안 서로 간에 단 한 번의 충돌(衝突)도 없었으며, 서로의 힘을 합하여 무림을 통치하고 있었다.

왕조십맥은 혼맥(婚脈)으로 피를 나누었고, 왕조십맥은 서로의 후손을 각 왕조의 제자로 받아들여 사문을 같이했다.

하지만 우열을 가리기 힘든 열 개의 세력이 한 번도 충돌 없이 어떻게 중원 십팔만 리를 이끌어 올 수 있었을까?

세상사가 왕왕 그러하듯이 시종일관 우호관계를 유지하는 경우란, 대개는 시작의 뜻이 같아도 언젠가는 이해관계가 다르게 되어 서로 반목(反目)을 하게 되는 것이 무림의 생리였다.

하지만 왕조십맥은 달랐고, 왕조십맥은 항시 협력하고 도왔다.

이것이야말로 대왕조, 십절군단을 이루는 왕조십맥의 신비였다. 그것은 어떻게 보면 이해할 수 없는 불가사의(不可思議)이기도 했다. 강한 힘은 공존할 수 없는 것이다. 그렇게 된다면 비좁은 하늘에서 서로 숨 쉴 수 없었기 때문이다. 새장 속에 갇힌 독수리 꼴이 되는 것이다.

무림인들은 가끔 그 불가사의에 대해서 의문을 던지곤 했다. 혼맥과 사문으로만 그들이 이토록 결속한다는 것에는 어딘가 분명 어폐(語弊)가 있었다.

그렇다면 중원무림이 모르는 어떤 다른 비밀이 왕조십맥 사이에 존재하고 있는 것은 분명했다. 어딘가에 필시 비밀이, 신비가 존재하고 있었지만 단지 밝혀지지 않았을 뿐이었다.

십절군단은 과거에 이런 불가사의한 협력의 힘을 세상에 알렸다.

백오십 년 전 십절군단이 완전히 중원에 뿌리를 내리고 대왕조를 형성해 갈 무렵에 대왕조에 심각한 도전이 발생했다.

새외변황(塞外邊黃)의 오대세력이 합쳐져 대세력으로 변한 북서십칠회(北西十七會)가 중원을 넘본 것이었다.

십절군단과 마찬가지로 변황의 역사상(歷史上) 이렇게 거대한 세력이 형성된 것도 처음이었다.

천축, 서역, 신강, 대막, 묘강이 중심이 된 북서십칠회의 세력은 감히 중원을 넘보았다. 하지만 지금까지의 변황세력과는 질적으로 다른 점이 그들에게 있었다.

오랜 준비와 철저한 훈련으로 수많은 정병을 기른 그들은 물밀 듯이 중원으로 향했다.

하지만 그것은 커다란 실수였다.

중원의 실제적인 지배자였던 대왕조는 조소를 머금고 무섭게 분노했다. 하룻강아지가 범 무서운 줄 모른다지만 그들은 인간이었다. 그런데도 감히 중원에 대한 같잖은 야망을 가졌으니 그들의 간이 얼마나 큰 것인가까지 의문이 갔다.

그 어느 때보다 대왕조는 강력하게 대응을 했다.

십절군단은 각 왕조십맥에서 각기 백 명의 고수들을 차출했다.

그렇게 천 명의 무사가 모였고, 대왕조는 그들을 십절대군단(十絶大軍團)이라 칭했다. 특히 천추무가의 일대가주(一代家主)였던 대천룡무제(大天龍武帝) 동방천(東方天)이 십절대군단장(十絶大軍團長)이 되어 십절대군단을 지휘하게 되었다.

그렇게 대왕조는 처음으로 힘을 결성하게 된 것이었다.

십절군단의 최고 고수로 구성된 십절대군단은 경천동지(驚天動地)할 무서운 힘을 가지고 있었다. 그들은 단 한 달 만에 북서십칠회를 모조리 몰살시켜 버렸다. 하지만 그것은 끝이 아니었다.

바로 시작이었다.

십절대군단이란 역사상 최강의 힘을 결성한 대왕조는 아예 천하를 정벌(征伐)하기 시작했다.

천축의 파파문교, 홍의교(紅衣敎), 황의교(黃衣敎), 아수마궁(阿修魔宮)을 비롯하여 칠십이 개 문파가 모조리 괴멸당했다.

서역, 라마들의 영원한 성역(聖域) 포달랍궁(布達拉宮)을 비롯하여 삼십팔 개 라마사찰이 불에 탔다.

신강(新疆)의 신이라 불렸던 신강대왕(新疆大王) 마가랍(麻加拉)은 새외(塞外)에 존재한다는 이유만으로 신강의 모든 기반을 잃어야만 했다.

심지어, 십절대군단은 그 여세를 조금도 멈추지 않고, 장백

파(長伯波)를 거쳐 동영(東瀛)의 전국인자단(全局忍者團)까지 없애 버리고 말았다.

그것이 전부는 아니었다.

대막(大漠)의 수라궁(修羅宮), 막북(漠北) 금타성(金陀城)을 없애고 마지막으로 묘강(苗疆)의 만독동(萬毒洞)을 정벌했다.

대왕조의 천하대정벌(天下大征伐)!

후에 십절대군단의 천하정벌을 사가들은 이렇게 기록하고 있다.

〈세외변방과 중원은 십 년에 걸친 천하정벌로 인하여 삼백 년 동안 극복(克復)의 노력을 기울여야 겨우 회복될 수 있는 극심한 피해를 입었다. 그때 천하는 숨을 죽이고 십절대군단 장 대천룡무제 동방천의 일갈(一喝)을 들어야 했다.〉

"묘강 만독동의 정벌을 끝으로 십절대군단은 천하대정벌을 멈춘다. 그러나 천하는 본좌의 말을 들어라!"

그것은 천하를 향한 포고(布告)이자, 천하를 자신의 발밑에 둔 대왕조의 사자후(獅子吼)이기도 했다.

"우리 십절대군단, 즉 대왕조는 왕조십맥 외에는 어떤 세력 도 인정하지 않는다. 그러나 천하는 대왕조만으로 유지할 수 없는 것이기에 십절대군단이 정벌한 문파들의 모체는 남겨두 었다. 그러나 만약 복수 따위를 꿈꾼다든지 조공(朝貢)을 바 치지 아니할 시에는 멸문의 겁을 당하게 될 것이다. 천하무림은 대왕조에 경배하라. 그렇지 않을 시에는 십절대군단이 너희들을 방문할 것이다."

그의 포호성(咆號聲)에 모든 천하는 숨을 죽여야 했다.

무림 역사상 이처럼 강하고 무서운 집단을 그 누구도 듣거나 보았다는 사람은 없었다. 천하가 대왕조의 십절대군단에게 무릎을 꿇은 것을 보았기에 그 누구도 반론을 제기하지 못하고, 그저 공포에 떨 뿐이었다.


03


영웅문!

영웅문(英雄門)도 십절대군단에 의해 무너졌다. 이 몇 마디의 말에 중원무림은 백오십 년 전과 마찬가지로 절망감과 안타까움에 빠졌다.

중원무림이 영웅문에 은근히 기대해 왔던 모든 것이 한순간에 만사휴의(萬事休矣)로 돌아간 것이다.

과거 대왕조가 나오기 전에 천하제일가(天下第一家)는 대천보(大天堡)였다. 하지만 그런 대천보도 대왕조의 파천적(破天的)인 위력에 굴복(屈伏)해야 했다. 그래서 과거 천하제일가(天下第一家)의 삼대손(三代孫) 냉천상이 대왕조를 무너뜨리기 위해 힘을 모아 왔다. 그곳이 바로 영웅문이었다.

영웅문주(英雄門主)였던 십기천작(十技天爵) 냉천상(冷天翔)을 중심으로 대왕조에 굴복했던 수천 명의 무림인들이 과거의 영광을 찾으려고 은밀히 모여 회동(會同)을 했다.

하지만 대왕조는 도전을 거부했다.

꿈을 채 펼쳐보기도 전에 십절군단에 의해 영웅문은 사라져야 했다. 그리고 십기천작은 어느 밀처(密處)에 갇힌 영어(囹圄)의 몸이 되어야만 했다.

그렇게 당세(當世)의 영광(榮光) 대왕조와 그에 몰락한 한 가문의 싸움은 시작되었다.

# 제1장

# 사이(邪異)한 미감(美感)이여

## 01

십기천작 냉천상, 누가 이 이름을 모를까.

이 세상에는 여인들이 한숨짓는 이름 두 개가 있었다. 사랑에 겨워 쳐다보는 서러운 달빛이 그 하나요, 다른 하나는 바로 십기천작 냉천상이라는 이름이었다.

그는 또한 중원 십팔만 리에서 가장 고고(孤高)하고 냉오(冷傲)한 인물이었다.

중원 십팔만 리에서 대왕조를 형성하는 십절군단이 아니고서는 어디 감히 이름을 날리기를 바라며 명성 얻기를 원하랴. 그것은 곧 죽으려고 뛰어드는 불나방 꼴이었으니 목숨이 아깝지 않고서야 미친 짓이었다.

땅에서는 천추무가, 바다에서는 구룡해벌 모두가 대왕조의 십절군단에 거역하지 않으려 할 때였다. 그러나 이 시대에 한 사나이가 어깨에 검을 걸치고 중원무림을 주유하기 시작했다. 모두들 그를 미친놈이라 치부해 버렸다. 그러나 그러한 손가락질은 소인배들의 살아남기 위한 몸짓일 뿐이었다.

중원무림인치고 대왕조, 그들에게 짓밟히지 않은 사람들이 없었으니 모두들 품고 있는 칼들이 있었으나 결코 미친놈처럼 대범하지 못했을 뿐이었다.

냉천상, 그는 광오했지만 역시 미친놈이었다.

천추무가가 중원을 평정하기 전 중원의 법이자 자존심이었던 냉세가 대천보가 있었다.

환우무군(環宇武君) 냉하경(冷夏景)!

중원태대성(中原太大星) 냉한성(冷寒成)!

역대로 대천보의 위세를 하늘 높이 드리우게 했던 가주들이었다. 그리고 그들은 바로 사람들의 손가락질을 받는 미친놈의 조부와 부친이었다. 이들 또한 예외는 될 수 없었고, 천추무가에 모든 가업을 잃고 피를 토하며 죽어갔다.

냉천상, 그는 원한을 갚고 옛 대천보의 존엄을 되찾기 위해 대왕조에 처절한 원한을 갖고 있는 고수들을 끌어 모았다. 발화점을 얻은 폭탄 같은 인물들은 차츰 그 수를 늘려갔으며, 드디어 냉천상의 기치 아래 영웅문이란 광오한 단체가 생겨난 것이다.

손가락질하던 모든 이들이 손가락을 접었으며, 그 손을 가슴에 얹고 하나같이 기원하기 시작했다. 무모한 줄은 알았지만 그것은 잡지 않을 수 없는 한 줄기 빛이었기 때문이다.

그는 십절군단을 두려워하지 않았다. 모두가 대왕조의 하늘아래 숨조차 크게 쉬지 못하고 있었던 시기였으나, 승부를 즐겼기에 명사(名士)들을 찾았고 술과 시를 검만큼 사랑했다. 아름답기에 여난이 끊이지를 않았지만 이 시대에 진정한 풍류를 아는 그는 많은 여인들의 마음속에 정을 심어주었다. 그러나 영웅은 한 마리 새와 같은 법, 절대 한 둥지에서 오래 있어주지 않았다.

그랬기에 여인들은 그의 끝없는 정열을 그리워하며 흐느껴야 했다. 어느덧 냉천상 앞에 십기천작이라는 위대한 이름이 붙었다.

무(武), 금(琴), 기(技), 서(書), 예(藝), 화(畵), 다(茶), 법(法), 그리고 사랑(愛). 이 중 하나라도 그만큼의 경지에 오른 사람은 없었다.

그러나 더욱 그를 위대하게 만든 것은 따로 있었다. 이 소문은 발도 없이 만 리를 갔으며, 중원을 경악의 소용돌이에 몰아넣었다.

살인마벌주 살인혈황 착시간이 십기천작 냉천상에 대한 청

부살인을 실패한 것이었다. 그로 인해 십절군단에 소외된 사람들이 더욱더 그의 휘하에 모이게 되었고, 이렇게 또 하나의 군단이 만들어질 무렵, 천추만승제 동방대군은 냉천상에게 명령을 내렸다.

— 천추무가에 들어와서 본 제에게 경배하고 휘하에 들라. 본 제는 십기천작 냉천상을 차기 천추무가의 후계자로 지목한다. —

그의 한마디는 언제나 중원을 뒤흔들었지만 이번만큼 강하지는 못했다. 어느 누가 천추무가의 후계자가 되고 싶지 않겠는가. 무(武)라는 한 글자라도 배운 사람이라면 심장이라도 꺼내어 주고 이루고 싶은 숙원이리라.

그러나 그는 철저하게 미친놈이었다. 동방대군의 말이 그의 귀에 들어갔을 때 그는 하늘에 대고 비웃음을 터뜨렸다.

"하하하핫! 내 결코 그에 못지않거늘 감히 나를 후계자로 지목하다니!"

그는 더욱 영웅문의 힘을 키워 갔다. 결코 꺾이지 않는 불굴의 사나이가 되리라. 중원대천보 냉세가의 위명을 되찾으리라.

동방대군의 명령에 대한 그의 대답이 있고 나서 사람들은 간담을 졸여야 했다. 그의 분노가 어떤 피바람을 몰고 올지 몰랐기 때문이다. 그러나 사람들은 남몰래 흐뭇한 웃음을 지었다. 막혀 있던 체증이 밀려 내려갔기 때문이다. 가뭄에 갈라진 논둑에 들이 붓는 한 동이의 물이었지만 살아가기에는 충분한 것이었다. 그동안 질식할 것만 같았던 그들에게는 말이다.

그리고 그들의 즐거움이 채 가시기도 전이었다. 동방대군은 광소했고, 또한 그의 웃음이 채 끝나기도 전에 냉한성은 피눈물을 흘려야 했다.

방종의 대가는 생각보다 큰 것이었다. 하루아침에 모든 것을 잃고 그는 무릎을 꿇었다. 삼만의 수하는 피바다 속에 잠겼고, 그는 명예를 잃었고 자존심을 짓밟혔다.

대벌암천(大伐暗天)!

하북 대벌에서의 영웅문의 패배를 아는 사람들은 그 사건을 대벌암천이라 부르며 다시 한 번 대왕조의 공포에 진저리를 쳐야 했다.

황산(黃山)!

천추무가는 이 삼십육 봉에 달하는 거대한 영산 위에 세워져 있다. 광대한 삼십육 봉을 가득 메우고 우뚝 세워져 있는 수천 개의 전각들은 마치 원을 그리듯 둥글게 삼십육 봉을 포진하고 있었다.

천추무가가 대왕조 중에서도 가장 위대한 것은 동방대군이 위대했기 때문만은 아니었다. 그것은 이곳에 그를 보필하는 가공할 십이세가가 있었기 때문에 가능한 것이었다. 그래서 십이세가는 대왕조 속의 또 하나의 대왕조라고 불린다.

들리는 소문에 의하면 십이세가 중 이 인(二人)만 힘을 합하면 동방대군이라 할지라도 일만 초를 싸워야 한다는 가공할 무공의 소유자들이었다. 또한 그들 개인은 각기 중원무림에 전설처럼 내려오던 기연(奇緣) 이십이 개 중 각기 하나씩을 얻은 인물들이었다.

02

사신봉(四神峯)!

황산에서도 가장 험한 네 개의 봉우리였고, 기이하게도 멀리서 보면 하나의 봉우리처럼 보여 사신봉이라고 불린다.

주위가 온통 산으로 둘러싸여 있는 이곳에는 수만 평에 달하는 초지가 펼쳐져 있었다. 그리고 그 초지 한편으로는 조그마한 인공호수가 있고 물레방아가 돌고 있었다. 호수 옆에는 버드나무가 잎을 늘어뜨리고, 이름 모를 새들이 한껏 지저귀고 있었다. 그 옆에는 하나의 소축이 있었는데, 소축 벽으로는 등나무가 벽 전체를 따리 틀 듯 휘감아 자라고 있어 그 모습이 꽤 고풍스러웠다.

그런데 놀라운 것은 넓은 초지는 하나의 커다란 분지를 이루고 있었으며, 이곳은 네 개의 봉우리 사이에 있다는 것이다.

소축 안의 정실, 차라리 대청이라고 부르는 것이 낫지 않을까. 방안에서 무공을 연마하지 않는 이상 사람이 생활하는데 이렇게 클 필요는 없을 것이다. 거인이라도 살고 있단 말인가.

띵띠디딩! 따당 땅!

그 대청만한 정실에서는 끊임없이 우아한 가락이 흘러나오고 있었다. 정실 안에서 십여 명의 여인들이 일렬로 앉아 금과 비파, 퉁소, 거문고를 연주하고 있었다. 전면에는 눈부신 백옥의 서탁이 있는데 한 인물이 백옥 서탁 위의 화선지 위에 난을 치고 있었다.

어디 제사라도 지내고 온 모양이었다. 난을 그리고 있는 인물은 기이하게도 베옷을 입고 있었다. 그리고 머리에는 방갓을 쓰고 있었다. 미친 사람이 아니라면 병적인 성격을 가지고 있는 사람이 분명했다. 베옷을 입고 있는 것이야 제(祭)가 있었다면 그렇다고 이해할 수도 있지만 방갓까지 쓰고 있는 것은 방 안에 새똥이라도 떨어진다는 말인가.

베옷의 사나이는 유려하고도 힘찬 화체로 난을 치고 있었다. 놀라운 것은 그의 손에 그려지는 난이라기보다 그의 손이 여인의 손보다 희고 투명하다는 것이다.

그런데 화폭에 그려지는 난은 유난히도 무거웠다. 그것은 난을 치고 있는 베옷의 사나이가 지니고 있는 분위기와도 같은 것이었다.

딩딩따당!

삘릴리리!

여러 개의 악기들은 절묘한 화음을 연출하고 있었다. 악기를 연주하는 여인들의 시선은 모두 베옷의 사나이를 향하고 있었고, 그 눈빛 속에는 진한 아픔이 배여 있었다.

'아아, 저 분은 언제쯤 방갓을 벗게 되실까?'

'아, 냉 영웅께서 한 번만이라도 웃어 주었으면……'

그는?

그때였다. 악기들이 엮어내는 화음을 뚫고 방문 밖에서 청수한 음성이 들려왔다.

"가주께서 드십니다."

그 음성이 끝남과 동시에 여인들의 탄주도 멈추었다. 동시에 자리에서 일어나는 여인들의 얼굴에는 은은한 두려움과 존경심이 일고 있었다.

그러나 그와는 대조적으로 베옷의 사나이는 천지개벽이 일어나도 그 자세 그대로일 것처럼 미동조차 없었다. 그의 손길과 그의 눈빛은 모두 난을 치는 데 집중되어 있었다.

방문이 열리고 앞서 들려온 음성이 말한 가주라는 인물이 들어섰다. 도대체가 말이 되지 않았다. 그가 단지 방 안에 발

하나를 들이민 것뿐이었다. 그 순간 방 안의 모든 인물들은 갑자기 숨이 턱 막혀 옴을 느꼈다. 패도적인 기운이 방 안을 터뜨려 버릴 듯 가득 메웠다. 이윽고 그가 방 안으로 몸을 드리웠다.

악기를 연주하던 여인들의 얼굴에서 그의 정중한 면모가 어떠하다는 것을 볼 수 있었다. 세월이 몇 십 년쯤 지난 후에라도 이 여인들에게 자신이 생각하는 가장 강인한 사람의 모습이 어떤 것이냐고 물으면 서슴없이 대답할 것이다. 지금 방 안으로 들어선 이 중년인이었다고.

중년인은 허리에 한 자루 고검(孤劍)을 비껴 차고 있었고, 몸에는 승천하는 묵룡(墨龍)이 수놓아진 금룡포를 걸치고 있었다.

얼굴은 중동호목(重瞳虎目)의 호상(虎相)이었고, 한편으로는 조각처럼 정교하고 섬세한 면모가 엿보였다. 강인하면서도 범접할 수 없는 고귀한 풍모를 지닌 중년인이었다.

중년인은 젊고 발랄한 소년 영웅의 패기(霸氣)와 황혼의 역광을 받으며 지내온 노영웅의 노련함이 어우러진 완벽한 풍모를 지니고 있었다.

여인들은 일제히 그를 향해 날아갈 듯 절을 올렸다.

"천추만승제 동방가주님을 배알하나이다."

"음……."

그는 그저 가벼이 고개를 끄덕여 인사를 받았다. 그리고는 천천히 난을 치고 있는 베옷의 사나이 쪽으로 다가갔다. 그가 자신에게 다가오자 베옷의 사나이는 자신도 모르게 붓을 쥐고 있는 손에 힘을 주었다. 순간 난이 지금까지 가지고 있던 풍모가 일시에 무너져 버리고, 화선지 위에 흔적처럼 잘못 그어진 먹선 하나가 싸늘하게 자리했다.

동방대군은 그 모습에 눈살을 찌푸렸다.

"쯧……. 너는 요즘 들어서 더욱 침착함을 잃는 것 같구나."

뒤이어 화선지를 구기는 그의 방갓 밑으로 칼날같이 예리한 냉소가 터져 나왔다.

"흐흐……."

이때 여인들은 다시 연주를 하기 시작했고, 한 여인이 작은 술상을 가져다 그들 앞에 내려놓았다. 동방대군은 술병을 들어 두 개의 잔에 술을 가득 따라 한 잔을 베옷의 사나이에게 내밀었다.

"천상! 들어라."

베옷의 사나이, 그는 바로 십기천작 냉천상이었다.

냉천상은 술잔을 받아 들었다. 그 순간 그들의 눈빛이 마주쳤다. 그 짧은 순간 동방대군은 냉천상의 눈빛에서 그의 모든 것을 읽은 듯했다. 그의 얼굴에 희미한 미소가 흘렀다.

"너는 아직도 이곳에서 도망치겠다는 꿈을 버리지 않았구
나?"

"흐흐, 이곳에서 도망쳐야 당신에게 복수를 할 수 있을 것
아니오?"

그들의 대화대로라면 냉천상은 이곳에 잡혀 있다는 말이
다. 이만하다면 싸움에 임해서 죽자 사자 싸우는 사람은 한
명도 없을 것이다. 모두들 적에게 사로잡혀서 그처럼 호강하
는 길을 택하지, 어떤 미친놈이 사서 죽을 짓을 하고 있겠는
가.

동방대군은 그의 대답에 비릿한 조소를 머금으며 가볍게
두 번 손뼉을 쳤다.

그러자 검은 운무가 천장으로부터 내려오더니 이내 사람으
로 변하였다.

스르르!

나타난 그 인물은 눈 이외에는 드러난 곳이 없었다. 작은
쟁반을 들고 있는 손에도 검은 장갑이 끼워져 있었다. 이어
그는 들고 있는 쟁반을 서탁 위에 내려놓았다.

"헝겊을 치워라."

그의 말이 끝남과 동시에 쟁반 위에 덮여져 있던 검은 천이
치워졌고, 동시에 냉천상의 아미가 깊은 내천 자를 그렸다.

"아악!"

"꺄악!"

여인들은 소스라치게 놀라며 비명을 질렀다. 쟁반 위에는 여인의 수급이 놓여 있었다. 냉천상은 파랗게 탈색한 여인의 수급을 보며 신음을 흘렸다.

"으음……."

파작!

그의 손에 들려 있던 술잔이 부서지며 손에서 선혈이 흘러내렸다. 원통하게 두 눈을 부릅뜨고 죽어간 여인의 수급, 살아 있다면 꽤나 아름다웠을 얼굴이었다.

냉천상은 그 수급의 임자를 너무나 잘 알고 있었다. 며칠 전만 해도 자신의 품에서 하늘거리던 여인이었다. 그런데 그녀는 지금 몸은 어디에다 두었는지 목만 그 앞에 온 것이다. 당연히 잘려진 목에서는 인사 한마디 없었고, 의례 짓고 있을 사랑스런 미소도 없었다. 단지 퀭한 눈을 들어 그를 바라만 볼 뿐이었다.

경악에 몸서리치는 냉천상을 응시하는 동방대군의 표정은 담담했다.

"본좌의 조카딸이라고 해도 예외는 없다. 알겠느냐?"

설득력을 갖게 하기 위한 행동이었다고는 하나 어찌 용납될 일인가. 설마 그럴 리가라는 표정들이 방 안의 모든 인물들의 얼굴에 쓰여졌으나 설마가 사람 잡을 때도 있는 법. 그라면 서슴지 않았으리라. 그의 얼굴에 떠오른 것이라곤 자신이 저지른 죄까지 정당화시킬 만큼의 담담함뿐이었다.

"너는 이곳에서 도망치지 못한다."

냉천상은 계속 침묵을 지켰다. 그는 아직 냉정을 찾지 못했기 때문이다.

동방대군의 표정은 변화가 없었고 음성 역시 장강의 물결처럼 도도했다.

"설사 본좌의 딸을 유혹해서 도망가려 했다 해도 발각되면 딸의 목을 자를 것이다."

"음……."

냉천상의 입에서 나올 수 있는 것이라곤 침음뿐이었다.

'이 지독한 자식! 자신의 조카딸의 목을 베다니!'

설마 조카딸까지 죽이랴 생각했던 그는 설마가 사람 잡는다는 말을 되씹어야 했다.

"냉천상! 본좌가 너를 살려두고 이렇게 가둬둔 것은 네가 좋아서가 아니다."

냉천상의 입가에 쓴웃음이 어렸다.

"너를 죽이지 않는 것은 네가 필요하기 때문이다."

"알고 있소. 다만 나는 당신의 속셈을 모르고 있을 뿐이오."

"본좌의 명을 받들어라. 그럼 너를 살려두고 있는 내 속셈을 말해 주겠다.”

“흐흐, 나더러 당신의 제자가 되라는 미친 짓 말이오?”

동방대군의 짙은 검미가 꿈틀했다. 동시에 그의 전신에서 단숨에 태산이라도 깔아뭉갤 것 같은 기세가 쏟아져 나왔다.

“네놈이나 본좌나 목적을 위해서는 무슨 짓이든 하는 악당이지. 네가 네 가문의 복수를 하는 첩경이 바로 본좌의 제자가 되는 길임을 모를 리는 없을 텐데?”

“그것은 당신 생각일 뿐이지. 나를 이제 그만 풀어주시오. 내게는 당신에게 복수할 훌륭한 방법이 따로 있소.”

“후후, 그럴 순 없지.”

동방대군이 고개를 가로젓자 냉천상의 방갓 밑에서 새파란 빛이 흘러나왔다. 당장이라도 물어뜯을 것 같은 지독한 살기였다.

‘절대 복수의 비수를 버리지 않는군.’

냉천상은 이를 부드득 갈아붙였다.

“그럼 지금 당장 나를 죽여라.”

그러자 동방대군의 입가에 한 줄기 조소가 걸렸다.

“흐흐, 너는 지금 죽음을 두려워하고 있어.”

냉천상도 구차한 변명 따윈 하지 않았다. 그의 두려움이란 단지 목숨을 잃기 때문이라는 비굴함이 아니었기 때문이다.

“부인하지 않겠소. 삼대에 걸친 원한을 갚지 못하고 죽으면 개죽음일 테니까.”

“음…….”

“그러나 지금 상태로는 차라리 죽는 게 낫지.”

“본좌는 더 기다리겠다. 네놈이 지칠 때까지.”

말을 마치고 그는 자리에서 일어났다. 그 순간 냉천상은 백옥탁자를 움켜쥐었다. 힘줄이 툭 불거졌으나 그에게 남아 있는 공력이라고는 한 줌도 없었다. 그저 이를 갈 뿐이었다.

그 사이에 동방대군은 방을 나서고 있었다.

“동방대군! 기다리시오. 당신 심장에 검이 꽂히는 날을.”

그러자 방을 나서던 동방대군은 걸음을 멈추고 냉천상을 향해 돌아섰다. 그리고는 보일 듯 말 듯한 희미한 웃음을 지었다.

“네까짓 놈이 하늘 보기 부끄러워 방갓을 쓰고 있는 짓은 어울리지 않아. 본좌보다 더한 악당놈이 감히 영웅 흉내를 내고 있다니.”

동방대군은 말을 마침과 동시에 슬쩍 손을 올렸다 내리고는 정실을 빠져나갔다. 다시 방문이 닫혔다. 그때였다. 냉천상이 쓰고 있던 방갓이 돌연 두 쪽으로 갈라져 바닥으로 떨어졌다. 그로 인해 그의 얼굴이 드러났다.

“아!”

“오오…….”

연주가 또 한 번 멈췄다.

여인들의 표정은 마치 꿈이라도 꾸고 있는 듯 몽롱했다. 영웅이 어떻고, 악당이 어떻든 다 좋았다. 이런 얼굴이라면 지옥불이라도 견디어 내리라.

바라보다가 그대로 눈이 터져 버릴 것 같은 황홀한 아름다움이었다. 그 얼굴의 주인이 남자라는 사실이 도저히 믿기지 않았다.

창백한 피부와 선명한 대조를 이루고 있는 핏빛 입술, 육감적인 입술은 다소 얇았지만 좋았다.

퇴폐적이고 병에 걸린 듯 창백한 아름다움을 던지는 얼굴은 사이한 미감을 던져주었다.

정절을 생명으로 여기는 여인들이라면 저 얼굴을 보지 말아야 할 것이다.

"아아!"

일시에 방 안에 한숨소리가 가득했다. 무엇이 그리 허망한가.

'저 분과 슬픔을 같이 나눌 수 있다면 얼마나 좋을까?'

'아, 내가 저 분을 이곳에서 도망치게 해드렸으면…….'

오르지 못할 나무를 쳐다보는 슬픔이다. 그녀들이 태어나서 부모님을 원망해 본 적이 딱 한 번뿐이라면 바로 이때였다.

백만 번 윤회를 하지 않아도 좋으니, 내세에 개, 돼지로 환생해도 좋으니 그와 인연을 맺을 수 있다면 감수할 것이다.

03

하루를 접었으니 감상에 젖어 있어도 좋을 시간이다. 그래서인가. 냉천상은 어둠을 뒤집어쓴 채 홀로 술잔을 기울이고 있었다. 언젠가부터 생겨난 버릇이었다. 매일 밤 술을 마시지 않고는 도저히 잠을 잘 수 없게 된 것이다. 패배로 인한 괴로움이 그의 신경 한 올 한 올을 붙잡고 있으니 시체가 아니라면 잠을 잘 수 없는 것은 당연했다.

그때마다 기댈 수 있는 것이라고는 술잔뿐이었다. 추잡한 패배자의 그늘을 남에게 보일 수 없으니 밤이 좋았다.

벽에 기대어 어깨를 잔뜩 웅크리고 있는 그의 눈빛은 강렬했다. 여느 때와 다른 것이 있다면 그가 마시는 술이 평소 마시던 소주가 아닌 독한 죽엽청으로 바뀐 것을 뺀다면 그의 눈빛뿐이었다. 그러나 그에게 깔려 있는 무거운 그림자는 그 눈빛 하나로도 충분히 가늠할 수 있었다.

'오늘 밤 꼭 성공해야 한다.'

그는 뭔가 꾸미고 있다. 또 하나 달라진 것이 있었으니 지금의 그는 흐트러진 예전의 모습이 아니었다. 뭔가 단단히 조여지고 담금질이 된 한 자루 예리한 검이었다.

‘오늘 밤 탈출하지 못하면 개 같은 경우지만 동방대군의 말대로 나는 그의 제자가 되는 수밖에 없다. 복수를 하려면 말이지.’

어둠 속에서 그의 눈빛이 강렬하게 타올랐다. 산중의 왕인 대호(大虎)가 십 리 밖에서도 볼 수 있는 안광을 쏘아낸다지만 그의 앞이라면 오줌을 지릴 판이다.

그는 어둠과 너무도 잘 어울렸다. 흑지에 먹물로 그려진 그림이라면 알아볼 수 없겠지만.

‘후후, 오늘 밤 친구들이 온다고 했지.’

그는 술병을 든 손을 꺾었다. 입 안 가득 넘치는 술이 그의 목줄기를 타고 음란하게 흘러내렸다. 독한 죽엽청이었는데도 그의 눈빛은 갈수록 또렷해지고 싸늘해져만 갔다.

‘다섯 친구가 온다고 했지. 믿을 만한. 흐흐흐……’

눈빛이 독사였다.

‘흐흐. 동방대군, 내가 너보다 더한 악당이라고 했지. 물론 맞아. 이 악당이 어떻게 네게 복수하는지 두고 보라고.’

동방대군을 떠올려서인지 그의 입가에 잔 경련이 일었다.

‘할아버님, 아버님, 그리고 나, 이렇게 삼대가 천추무가에 피를 토했다. 복수라면 마누라도 팔아먹을 것이다. 악당! 그래 난 악당이지.’

그는 잔인하게 웃으며 또 한 번 손목을 꺾어 술을 들이부었다. 사이함이 극에 달하면 이처럼 아름다울까. 암천에 떠 있는 보름달도 빛을 잃었다. 어떤 의미에서건 그의 미소는 살인적이다.

'영웅 노릇하는 것이 어울리지 않는다고? 흐흐, 네놈이 후광(後光)이라는 것을 생각이라도 해봤느냐?'

그는 손에 든 술병을 내던지며 손을 뻗어 자신의 옆에 놓인 세 개의 술병 중 쓰러져 있지 않은 술병 하나를 집어 들었다.

'내 아들이 말이야. 가문을 위해서 복수를 할 때 아버지인 나 냉천상이 영웅이었다는 후광을 받게 될 거야. 그 후광은 내 아들에게 사람을 몰아주는 역할을 해줄 것이고. 흐흐……'

그는 복수를 위해 영웅인 척했단 말인가.

'물론 아직 내겐 아들이 없어. 흐흐, 그러나 곧 생기게 될 거야.'

그의 목젖이 심하게 기복을 일으켰다. 그는 흥분이 되는지 술병을 아예 입속에 넣고 마셨기 때문이다.

"크, 속이 타는군."

그는 처음으로 입을 열었다.

"동방대군, 어디 있느냐? 흐흐, 네놈의 두 눈으로 똑똑히 지켜봐야 돼. 그래야 제대로 된 탈출이거든."

취기가 올라서인가. 마치 미친 사람이 발광을 하는 듯한 광기어린 모습이었다. 그러나 그는 그 자리에서 움직이지 않았다.

'흐흐, 역천(逆天)! 천기를 거스를 것이다. 복수를 위해, 꼭 한 번 주어진 기회를!'

역천이라니. 그는 도대체 어떤 일을 하려는 것일까.

'꼭 제왕지재(帝王之才)를 태어나게 하리라. 꼭 중원무림을 대왕조에서 내 아들의 수중으로 들어가게 하리라. 흐흐흐…….'

문득 그의 얼굴에 초조감이 어렸다. 탈출을 위해 친구들을 기다리고 있던 그라면 약속시간이 늦어진 까닭일 것이다.

'음! 어찌된 일인가? 삼경이 지났는데.'

그의 얼굴에 초조감이 서리자 두려움도 같이 일어났다. 마지막 기회라는 무게는 그를 약하게 만들었다. 그만큼 이번 일의 비중이 큰 탓일 것이다.

'오늘 밤……, 오늘 밤 탈출하지 못하면…….'

그는 미쳐서 죽을지도 모른다. 차라리 혀를 깨물고 죽으면 편할 일이지만 일은 그처럼 여의치 않았다. 이미 복수라는 끈에 단단히 옭아매져 있는 그였다. 혀를 깨무는 것처럼 간단했다면 벌써 동방대군의 손에 무릎 꿇었던 그 순간에 했을 것이다.

'오늘 밤, 꼭 오늘 밤 탈출해야 역천의 기회를 잡을 수 있다. 오늘이 아니면 탈출은 의미가 없다.'

갑자기 밀어닥치는 초조감을 그는 도저히 참아낼 수 없을 것 같아 다시 입속에 술병을 쑤셔 넣었다.

그를 이처럼 초조하게 만드는 단 한 번뿐이라는 역천의 기회란 도대체 어떤 것일까.

04

동방대군!

그는 태사의 깊숙이 몸을 묻고 있었다. 웅장한 그의 얼굴은 상당히 심각했다.

"천하만승백년총회(天下萬乘百年總會)가 얼마 남지 않았다."

꽤나 중요한 모임인 것 같다. 그에게서 평소의 여유 있는 패자(覇者)의 모습을 찾아볼 수 없으니 말이다. 그리고 그것은 뭔가 어려움이 많은 듯했다. 단지 모임 따위가 그를 이처럼 곤란하게 만들 수는 없는 것이니까.

"흐흐, 천상 너는 천추무가에 원한이 있지만 천추무가 역시 도저히 갚지 않고는 견딜 수 없는 치욕이 있음을 너는 모를 것이다."

천추무가에 그런 치욕이 있었던가. 세인들로서는 도저히 믿지 못할 일이다. 천추무가가 생각하는 치욕이라면 분명 패배했다는 것밖에는 없을 텐데, 그렇다면 도대체 어느 누가 천추무가를 패배시켰단 말인가.

"냉천상, 너는 이 시대에 가장 뛰어난 근골과 가장 뛰어난 지혜를 가지고 있다. 네가 나의 후계자가 된다면, 능히……."

동방대군의 얼굴에 깊은 고뇌가 어렸다.

"천하만승백년총회에서 능히 승리하여 대왕조의 왕(王)이 될 수 있을 것을……."

그렇다면 천하만승백년총회란 바로 대왕조의 왕을 뽑기 위한 모임이란 말이다. 그러나 진정 놀라운 것은 그런 대단한 사실이 중원에 전혀 알려지지 않았다는 것이다.

"이번에는 꼭 치욕을 씻어야 하는데."

이런 간절한 염원이 있기에 그는 자신의 원수인 냉천상을 후계자로 정했던 것이다. 승리를 위해 남겨진 비장의 한 패는 바로 냉천상이었다. 그러나 그는 자신의 원수였다. 처음엔 그도 고개를 저었다. 어찌 원수를 후계자로 받을 수 있단 말인가. 그러나 중원을 손아귀에 넣은 그였지만 그 넓은 땅 어디에도 자신의 뜻을 이루어 줄 단 한 명의 사람을 찾을 수 없었다.

그는 곧 자신이 너무 흐트러졌다는 것을 깨닫고 생각을 돌렸다. 그래서 생각한 것이 어제 있었던 일이었다.

"헌데, 그 놈이 어째서 운미를 유혹해 밖으로 내보냈을까?"

그의 얼굴을 스치고 지나간 것은 의혹이 아니었다. 아픔이었다. 동방운미, 그녀는 그의 조카딸이었다. 목적을 위해, 냉천상이 다른 마음을 품지 못하게 하기 위해 서슴없이 자신의 조카딸의 목을 벤 것이었다. 그도 인간임으로 죄책감과 고통을 느꼈다. 그러나 보통이들과 다른 것은 그것이 찰나에 불과하다는 것이다.

"들킬 것을 뻔히 알면서 무엇 때문에 운미를 유혹했을까?"

그가 후계자로 정한 냉천상이 바보일 수는 없었다. 알면서 그랬다는 것은 뭔가 다른 뜻이 있다는 소리다. 지금 그가 알 수 없는 것이 바로 그 다른 뜻이었다.

"나를 사신봉으로 부르기 위해서였을까?"

그러나 그는 고개를 흔들었다.

"아니야. 그가 만나자고 하면 달려올 내가 아닌가? 으음, 뭔가 있긴 한데……."

천추검대주(千秋劍隊主) 한성검군(寒星劍君) 엄무외(嚴武外), 그는 잠자리에 들기에 앞서 천추순찰검령(千秋巡察劍令)에게 보고를 받고 있었다. 이젠 그의 보고가 지겨울 정도였다. 이미 오래 전에 순찰검령의 보고는 꿰차고 있었다. 대신 말해 줘도 토씨 하나 틀리지 않을 정도였다.

형식적인 일이었고, 사람의 일이란 한 길 앞을 예상할 수 없으니 만에 하나라도 일이 생기면 돌아올 책임은 전부 그에게 묻게 되어 있으므로 들어야 했다. 그는 그런 생각을 하며 버릇처럼 속으로 중얼거렸다.

‘냉천상은 지금 술에 취해…….’

“냉천상은 지금 술에 취해 방 안에서 고래고래 소리를 지르고 있습니다.”

엄무외는 엷게 웃었다.

“하루도 빠지지 않는군.”

“그래봤자 돌아올 것도 없을 텐데 왜 매일 미친 짓을 하는 것일까요?”

“글쎄……, 그렇게 욕이나 실컷 해서 마음속의 분노를 씻어보자는 뜻이겠지.”

순찰검령의 얼굴에는 이제 이런 쓸데없는 감시는 안 했으면 한다는 마음이 쓰여 있었다. 사실 요사이 그는 이러려면 무공을 괜히 배웠다는 불만이 쌓여 있었다. 남들이 감히 쳐다보지 못할 천추무가의 일원인데다가 높지는 않았지만 그래도 순찰검령이라는 버젓한 이름표까지 갖게 된 것을 고마워하며 신을 믿지 않는 그가 하늘에 대고 절을 했었다.

사실 천추무가에는 따로 순찰 따위를 돌지 않아도 되었다. 가끔 멋모르는 도둑 나부랭이들이 침입하곤 했지만 그들은 이 안에서 세 발자국을 떼어놓지 못했다. 그리고 그런 미친놈들이 아니라면 감히 이곳에 침입하는 미친 짓은 안 했다.

그렇게 쌓인 불만에다가 요사이 짜놓은 연극을 보듯 매일 미친놈의 감시나 하고 있으니 못할 노릇이었다. 엄무외는 역시 달랐다.

그는 흐트러진 그의 얼굴 표정을 읽고 차갑게 일갈했다.

"모든 일에 의외의 일이란 있는 법이다. 철저히 지켜라."

칼로 찌르는 듯한 그의 싸늘한 냉갈에 순찰검령은 순식간에 흐트러진 마음을 바로 했다.

"봉명(奉命)!"

"그의 호가 십기천작이다. 무서운 인물이지. 무슨 짓을 할지 모르니 추호도 방심하지 말고 지켜라."

"예!"

순찰검령은 공손히 절을 하고는 그의 방에서 나갔다. 그가 나가자 오늘 일을 다 마친 그는 잠자리에 들려고 천천히 옷을 벗었다.

"천추검대주로서 사람 하나 지키는 경비를 서다니……. 불쾌하나 어쩔 수 없다."

엄무외는 솟구치는 짜증을 삼키며 이불을 끌어당겼다.

"가주께서 이곳에 계시니 첩을 데리고 잘 수도 없고……."

천추검대(千秋劍隊)는 천추만승제 동방대군의 경호위대였다. 그의 신변을 지켜야 하는 천추검대는 동방대군 이외에 그 어떤 이의 명령도 듣지 않았다. 그만큼의 실력도 있었다.

한성검군 엄무외, 은한쌍열류라고도 불리는 그의 독문검학 낙성대천하는 그를 천추무가 서열 팔 위에 올려놓았다. 팔 위라는 숫자가 우습게 보일지도 모른다. 하지만 명심할 것은 이곳이 천추무가라는 사실이다.

그런 천추검대의 반 이상이 이곳 사신봉에서 무공을 잃고 영어의 몸인 십기천작 냉천상을 지키고 있는 것이다.

엄무외는 이내 가늘게 코까지 골며 깊은 잠에 빠져들었다.

05

휘이이이잉!

바람만이 활개를 치는 지금은 축시가 넘어선 깊은 시간이었다. 분명 달이 떴고 별도 떴지만 지금은 묵빛 구름에 가려져 음침한 어둠만이 뿌려져 있을 뿐이다. 이상하게도 오늘은 구름이 낮게 떠 있었다.

야경꾼이 아닌 다음에야 이런 늦은 밤에 특히 오늘 같은 밤에는 볼일 보러 나오지 않는 이상 밖에 나와 있는 것은 한을 안고 죽은 귀신이 아닌 다음에야 아무도 없을 것이다.

그런데 지금 냉천상이 머무는 소축을 중심으로 무서운 살기가 뻗치고 있지 않은가. 그것이 분명 사람에게서 나올 수 있는 살기이기에 그것도 내공이 이 갑자 이상 되는 고수들이

낼 수 있는 것이기에 더욱 놀라운 것이었다. 더욱이 그 숫자
는 한둘이 아니었다.

회류벽강군세(廻流碧 君勢)!

살기의 근원은 바로 이것이었다. 그것은 소축을 중심으로
천추검대가 펼치고 있는 무서운 검진이었다. 무려 백이십 명
의 검수들이 뿜어내는 철통 같은 검진 속에는 바람이라 해도
허락 없이 지날 수 없으리라.

정확히 말해 동쪽, 그러니까 그들의 뒤통수 쪽으로 불어대
던 바람이 방향을 바꾼 후였다. 이 기이한 냄새는 맞은편으로
방향을 바꾼 바람에 실려 차츰 고약함을 더해갔다.

일체의 감정을 철저히 배제하는 천추검대였고, 지금 그들
은 대주의 명에 따라 검진을 펼치고 있는 중이었다. 자신의
수급이 몸과 분리되어 땅바닥에 나뒹굴더라도 변하지 않을 표
정이 찡그려졌다.

썩은 생선의 내장을 날로 씹어 먹어도 이 냄새를 맡지 않을
것이다.

"무슨 냄새지?"

천추검대의 검수들은 기분 나쁜 냄새에 온 공력을 끌어 모
으고 눈을 밝혔다. 그러나 이상한 점이라곤 전혀 없었다. 적
어도 그들의 시야 거리인 백 장 내에서는 말이다.

그렇다면 과연 이 넓은 초지 어느 곳에서 계속해서 속을 까

뒤집어 놓는 비린내가 풍겨오는 것일까.

그때였다. 그들의 손등에 무의식적으로 굵은 힘줄이 툭 불거져 나왔다. 수중에 들린 검이 파르르 떨고 있는 것은 공력이 주입된 탓이었다.

스슷!

한 줄기 검은 인영이 회류벽강군세를 통과하고 있는 것이었다.

"아무 이상 없느냐?"

"아무 이상 없습니다."

일시에 긴장이 풀렸다. 그 검은 인영은 천추순찰검령이었다. 그는 기분 나쁜 냄새가 계속해서 풍겨오자 혹시 진세가 흐트러지지는 않았나 하고 순찰을 나온 것이었다.

"보고를 해야 하나, 말아야 하나?"

그는 섬전같이 사신봉을 둘러보았으나 아무런 이상도 발견할 수 없었다. 이미 지겹도록 둘러본 후였으니 새삼 확인할 필요도 없었다. 그는 천천히 걸음을 옮겨 벼랑 끝에 섰다.

"으~ 생전 이런 빌어먹을 냄새는 맡아본 적이 없다."

그는 불빛 하나 없는 밤이 왠지 기분 나빴다. 그러나 그가 서 있는 사신봉은 수십 년의 공력이 없으면 아예 오르지도 못할 험준한 봉우리였다. 그런 완벽한 뒷받침이 그의 의혹을 더욱 짓게 하는 것이었다.

"도대체 이 비릿한 냄새는……."

그는 문득 허공으로 고개를 들었다. 그때 마침 낮게 깔린 검은 구름 속에서 얼핏 달이 나오는 듯했다. 그러나 나올 뻔한 것은 그의 두 눈알이었다.

"까마귀 떼?"

직접 눈으로 보고 나서도 살을 꼬집지 않고는 믿을 수 없는 광경이었다. 구름이 아니었다. 낮에 그렇게 맑았던 하늘이었는데 밤이 되자마자 먹구름이 깔린다는 것이 왠지 이상했었다. 하지만 뭐 하루에도 열두 번씩 변덕을 부리는 날씨였으니 그러려니 했다.

그런데 그것이 구름이 아닌 까마귀 떼였다니.

"비린내는 바로……."

획~~!

그가 부릅떠진 눈을 채 수습하지 못하고 있을 때였다. 무엇인가가 그의 목을 향해 날아들었다.

"엇?"

그는 본능적으로 재빠르게 손을 뻗어 날아드는 물체를 쥐어갔다. 물컹하면서도 매우 차가운 감촉이 느껴지는 게 여름에 목에 두르고 자면 꽤나 잠이 잘 오겠는 걸이라는 생각까지 들게 했다.

"아니?"

손을 들어 무엇인가 확인하는 순간 그는 채 진정되지 않았던 두 눈을 또 부릅떠야 했다.

이게 생명체라는 생각은 죽어도 할 수 없었다. 하지만 물컹하고 차가운 것이 꽤나 생김새를 궁금하게 만드는 것이었다. 확인해 보려고 들어 올렸다. 그 순간 그를 놀라게 하려고 작정이라도 한 듯 손에 쥐어져 있던 것이 빳빳이 일어서는 것이었다.

번쩍!

그리고 세모꼴의 눈에서 새파란 안광이 쏟아져 나왔다. 그의 머릿속에 순간적으로 자신이 익히 알고 있었던 단어 하나가 스쳐갔다. 머리카락이 쭈뼛 서고 등줄기에 좌르륵 하고 소름이 훑고 지나간 것은 그와 동시였다. 창피한 일이지만 오줌도 약간 지린 듯했다.

"도, 독사!"

휘이이이~ 쉬이이이~!

쉭~~ 쉭쉭~~!

그의 놀란 음성이 신호라도 되었던 듯 소름끼치는 소리가 들리기 시작하면서 무엇인가가 사신봉 정상을 넘어오기 시작했다.

"으~, 독사 떼들이……."

자신의 손에 들린 그것은 바닥에 널려 있었다. 아니 뱀으로 만들어진 바닥 위에 흙을 뿌려놓았다고 하는 게 맞는 소리였다.

하도 질렸는지 아예 무섭지도 않았다. 담담해지는 것이 지금 눈앞에 닥쳐온 죽음이란 단어도 그리 큰 충격은 못 되었다.

그중 한 마리가 바닥에서부터 튀어 올랐다. 뜨끔 하는 것이 생각보다 아팠다고 느꼈다. 그리고 그게 다였다. 그의 몸이 있던 자리를 독사들이 차지하고 있었고, 순식간에 그의 몸은 내장 부스러기조차 남아 있질 않았다.


이제 어느 정도 취기가 돌았고 마실 술도 떨어졌던지라 냉천상도 잠자리에 들려는 듯했다. 오늘은 평소보다 이른 시간이었다. 이상한 것은 잘 때도 껴입고 자던 베옷을 벗고 있었다. 그리고 보니 그의 얼굴 표정이 도저히 잠자리에 들려는 사람의 것이 아니었다. 술을 마셨다는 전제를 걸어 두고라도 말이다.

"이 냄새…… 흐흐, 나는 이 냄새가 무엇인지 잘 알지. 바로 나를 구하러 친구들이 나타난 것이지."

그는 떠날 준비를 하고 있었다. 약속된 삼경을 어기긴 했지만 친구들은 어김없이 와주었다.

갑자기 어둠 속에서 비명이 터져 나왔다.

"으헉! 배, 뱀들이……."

목소리의 주인공이 천추검대의 일원이라는 사실은 아무도 믿지 않을 것이다. 그들이 놀라 비명을 지르다니. 그러나 현실이었다.

소축을 향해 다가오는 새파란 인광이 무엇인지 확인하던 천추검대수들은 기겁을 하고 말았다.

"빨리 불을 켜라!"

"횃불을! 불을 켜라!"

순식간에 사신봉 정상은 산불이라도 난 것처럼 일시에 환해졌다. 아니 차라리 불을 밝히지 않았던 게 나았을지도 몰랐다.

"아, 아니!"

"이, 이럴 수가!"

백이십 명의 천추검대수들은 천추검대가 만들어지고 나서 처음으로 불문율을 깨고 경악성을 터뜨릴 수밖에 없었다. 그리고 처음으로 공포라는 것을 배우게 되었다.

"까, 까마귀, 그리고 박쥐……."

인간의 상상의 한계가 어디까지인지는 한 번도 생각해 보지 않았던 일이지만 그게 눈앞에 펼쳐져 있었다.

하늘은 온통 까마귀와 박쥐들로 채워져 있었다. 이건 도대체 시작과 끝이 없었다.

그것뿐만이 아니었다. 넓은 초지에는 풀이라고는 하나도

보이지 않고 오직 뱀들뿐이었다.

이것들이 도대체 어디서 어떻게 소리도 없이 이곳까지 올 수 있었단 말인가. 비린내의 정체는 바로 까마귀와 박쥐, 그리고 뱀들 때문이었다.

그때였다.

휙!

무엇인가가 또 사신봉 위로 날아들었다. 그리고 누군가 경악을 터뜨렸다.

"나, 낭왕 염천월이……."

늑대 중에서 산중의 왕대호보다도 두 배는 더 큰 몸집을 가진 것이 있다면 중원에서 단 하나밖에 없다. 그것을 더욱 확고히 해주는 것은 늑대가 가진 금빛 갈기와 금빛 털이었다.

낭중지왕(狼中之王)!

황금늑대는 낭중지왕이었다. 그리고 그 위맹한 모습만큼이 땅에 최고의 힘을 가진 짐승이었다. 어금니는 만년한철이라도 박살을 내며 그 발톱으로 후려치면 단숨에 대호 서너 마리는 갈가리 찢어놓을 수 있는 괴력을 지니고 있었다.

게다가 황금랑의 황금 피(黃金皮)는 도검으로도 흠집 하나낼 수 없었고, 사람 못지않은 영리함까지 가지고 있었다.

그런데 그 백수지왕이라는 황금랑의 등 위에 사람이 타고 있는 것이 아닌가.

낭왕 염천월(狼王 閻天月)!

얼굴에는 흉측한 이리 탈을 쓰고 핏빛의 손톱을 근 한 자 가량 기른 끔찍한 모습이 아닌가. 이리 탈 깊숙이 먹우물처럼 움푹 패인 두 눈의 깊숙한 곳에서 간을 조리게 하듯 새파란 광채가 쏟아져 나오고 있었다. 마치 영혼을 쪼갤 듯한 빛이었다.

인간의 눈빛이 아닌 바로 늑대의 눈빛, 그것이었다.

"흐흐, 크르르~."

웃음인지 울음인지 구분이 안 가는 소리가 염천월의 입에서 흘러나왔다.

# 제2장

# 탈출은 성공하고……

01

쿠아아아아앙~~!

허공을 찢으며 하늘로부터 황금빛 덩어리가 떨어졌다. 유성이 아니었다. 놀랍게도 그것은 황금부리를 가진 한 마리의 까마귀였다.

얼마나 빠른지 바람을 가르는 가공할 굉음이 벼락 터지듯 울리고 있었다. 황금부리의 끝은 천추검대의 한 검수를 향해 있었고 쏜살같은 속도로 날아들고 있었다.

"미물이 감히 어딜!"

쌔애애애액!

마치 난생 처음으로 경악성을 터뜨리게 만든 화풀이를 하려는 듯 검수는 백 년 공력을 검에 실어 자신을 향해 날아드는 까마귀를 향해 검을 날렸다.

그런데 분풀이는 물 건너 가버리고 그는 또 한 번 경악해야 했다. 이 까마귀는 분명 새이긴 했지만 미물이 아니었다.

깡~~!

그럴 수 없는 쇳소리가 울리면서 산산조각이 난 것은 예상을 뒤엎고 검수의 검이었다. 까마귀와 부딪친 검은 산산조각이 났지만 까마귀는 생채기조차 나지 않았고 날아오는 속도는 그대로였다.

퍼벅~~!

호박 깨지는 소리가 들렸다. 검수의 검이 산산조각이 난 것과 동시였다.

"크아악!"

검수는 머리가 박살난 채 즉사해 버렸다.

"아니?"

"호, 혹시…… 오왕(烏王)이?"

누군가의 떨리는 경악성에 천추검대수들은 두 눈을 부릅떠야 했다.

오왕(烏王)!

수명이 이천 년이 넘는 이 영물은, 날 때는 다른 까마귀와 달리 털이 새하얗다고 한다. 그러나 태어난 지 천 년이 지나면 영성이 생기고 전신에서 묵광이 빛나기 시작하며, 하얀 털은 까맣게 바뀌게 되고, 그와 동시에 그 어떤 것으로도 오왕의 몸에 상처를 입힐 수 없다고 한다.

황금부리는 만년한철보다도 더 단단해서 무엇이든 부수고 꿰뚫어 버리고, 하루 칠천 리를 날 수 있으며, 사람 말을 까마귀 말보다 더 잘 알아듣는다고 한다.

비명과 동시에 하늘을 덮고 있던 까마귀 떼와 박쥐 떼들이 천추검대수들을 향해 유성처럼 떨어져 내렸다.

"아아아악!"

"크으으윽~ 흐, 흡혈복(吸血蝠)…….."

그렇다. 박쥐들은 한결같이 검수들의 목을 향해 파고들었다. 까마귀와 박쥐 떼들의 숫자가 얼마나 많은지 아예 그들의 검이 지나갈 자리조차 없었다. 천추검대, 그들은 검조차 뽑아 보지 못하고 죽어갔다.

한성검군 엄무외는 침상에서 벌떡 일어났다. 언제 코까지 골고 잤냐는 듯 그의 얼굴에서는 잠에서 방금 깬 사람의 나른함을 찾아볼 수 없었다.

"아니 웬 비명소리가?"

그는 이해할 수 없었다. 사신봉 정상에서 비명소리가 들려오다니 도대체 있을 수 없는 일이다. 그의 상식으로는 이곳에 적이 쳐들어왔다는 것은 이해할 수 없는 일이었다. 의혹을 눈으로 보기 위해 그는 애검(愛劍) 비상(秘翔)을 손에 쥐고 밖으로 나가기 위해 몸을 일으켰다.

그때였다.

그의 등 뒤 벽에서 두 개의 손이 불쑥 튀어나오는 것이 아닌가. 그 손은 벼락같이 엄무외의 양쪽 견정혈을 움켜쥐었다.

"헉!"

엄무외는 놀라 두 눈을 부릅떴다. 지금 막 잠에서 깬 탓으로 돌리기엔 상대의 등장은 상상조차 못했던 일이었다.

"누, 누구?"

돌로 된 벽에서 별안간 손 두 개가 튀어나와 혈도를 짚는데도 안 놀라는 것은 시체밖에 없을 것이다. 게다가 견정혈을 제압당했으니 엄무외는 온 공력을 잃어버리고 만 것이다.

"도대체 어떤 놈이?"

그가 천추검대의 대주라지만 지금은 말을 막할 입장은 아닌 것 같다. 도대체 무림에서 어느 누가 자신의 이목을 속이고 침실로 침입해 혈도를 제압할 수 있단 말인가. 천추무가 외의 다른 인물이라면 있을 수 없었다. 그러나 그도 만만치 않았다. 그는 곧 평정을 되찾으며 뒤를 돌아보았다.

그가 고개를 돌리는 것과 동시에 벽속에서 번뜩이는 머리 하나가 튀어나왔다. 민머리, 머리카락이라고는 한 올도 없는 완벽한 대머리였다.

푸르스름한 이끼가 피어날 정도로 파리하고 음습한 얼굴에 뻣뻣한 잿빛 눈썹 아래 우묵한 두 눈은 마치 늪처럼 깊고 어두웠다.

그 얼굴이 반쯤 벽 속에서 고개를 들이민 채 싯누런 이빨을 드러내고 웃었다.

"흐흐흐, 실컷 보았나? 잘생긴 얼굴이지?"

엄무외는 이를 갈았다.

"전진의 환허무흔술(幻虛無痕術)! 으음, 전진의 말코도사 놈이군."

그의 말에 대한 대답으로 민머리가 음산한 괴소를 뿌릴 때였다.

"엄무외! 여기도 있다."

이가 부딪치도록 차가운 음성이었다.

"으헉!"

엄무외는 심장이 얼어붙는 것 같은 착각을 느꼈다. 음성과 함께 그의 머릿속을 스쳐간 인물이 하나 있었고, 그것은 오래 전부터 공포란 이름으로 포장되어 있던 이름이었다.

그는 제발 착각이길 빌며 고개를 돌렸다.

"으으……."

하늘은 무심했다. 언제부터 있었던가. 마치 오래 전부터 그곳에 서 있었던 것처럼 음침한 한 덩어리의 어둠이 방 한가운데 있었다. 그저 유령처럼 검은 안개에 가려져 있을 뿐 실체는 구분할 수 없었다. 그러나 그것은 엄무외의 짐작이 착각이 아니라는 것을 각인시켜 주기에는 가혹할 정도로 뚜렷한 증거였다.

"으으, 오수편복제(烏首蝙蝠帝)! 네가?"

엄무외의 시선에 급격히 죽음의 공포가 번져갔다. 오수편복제라 불린 인물, 그는 알았으면 됐다는 식으로 대답도 하지 않았다. 그리고 일갈했다.

"광밀왕(光密王)! 가랏!"

마치 악마의 속삭임과도 같은 음성이었다. 영혼이라도 팔아넘길 것만 같았다.

푸드득!

한 차례 날갯짓 소리가 들린다고 생각된 순간이었다.

"크악!"

엄무외는 참담한 비명을 질렀다. 그의 목에는 어느새 한 마리 박쥐가 달라붙어 있었다. 놀랍게도 그것은 황금빛을 띠고 있었다.

광밀왕!

영성을 지니고 있으며, 금강불괴의 신체를 가졌고, 사람의 피를 빨아 먹고 산다. 이 영물은 몸 안에 내단(內丹)을 키우는데, 그것은 다음 대 광밀왕을 키우기 위한 것이었다.

푸드득!

또 한 차례 날갯짓 소리가 들리고 광밀왕은 다시 오수편복제의 장포자락 속으로 들어가 버렸다. 그러자 벽 속에서 얼굴만 나와 있는 민머리가 음소를 흘렸다.

"흐흐, 자 가자. 동방대군이 오면 모든 게 끝장이야."

스윽!

그의 얼굴이 벽 속으로 순식간에 사라져 버렸다. 그들이 사라지고 난 후였다.

쿠웅!

둔탁한 소리를 내며 뭔가 바닥에 떨어졌다. 핏기 하나 없는 새하얀 얼굴은 회칠을 해놓은 듯 창백했고, 두 눈을 부릅뜬 채 죽어 있었다. 광밀왕에게 전신의 피를 모조리 빨린 엄무외였다.

02

냉천상은 패배하기 전 늘 즐겨 입었던 백의장삼을 입고 있었다. 마구잡이로 술을 들이키던 때의 헝클어진 머리는 어느새 잘 정돈되어 영웅건으로 단정하게 고정되어 있었다.

저 사이하면서도 현란한 아름다움을 뭐로 표현할 수 있을까. 그는 입가에 한 조각 비릿한 조소를 베어 물었다. 그의 미소는 어떤 뜻을 담고 있어도 황홀한 것이었다.

"흐흐, 동방대군. 네 조카딸을 유혹한 것은 내가 탈출하는 날 그 모습을 내게 보여주기 위해서였지. 너를 이곳으로 불러 들이려고 말이야."

그는 창문 너머로 심유한 시선을 던졌다.

"너는 강한 척하느라 네 조카딸을 베었지만…… 흐흐, 내가 계집이나 꼬여 도망칠 놈인 줄 알았더냐?"

그때였다.

쿠광!

천장이 박살나면서 돌과 흙더미가 방 안으로 우수수 떨어져 내렸다.

까악!

그리고 그와 동시에 귀청이 찢어질 듯한 까마귀 울음소리가 정실을 무너뜨릴 것만 같았다.

"오왕! 왔구나."

냉천상의 얼굴에 희열이 번져갔다.

까악!

오왕은 다시 세차게 울음을 터뜨리면서 천장에 구멍을 크게 뚫었다.

"후훗……."

냉천상이 야릇한 웃음을 터뜨릴 때 뚫린 구멍 속으로부터 하나의 거대한 연이 떨어져 내렸다.

연(鳶)!

그 연은 보통 연이 아니었다. 사람이 타고 날아갈 수 있도록 만들어진 커다란 연이었다. 냉천상은 주저하지 않고 그 연 위에 올라탔다.

"드디어 탈출이다. 삼 년! 삼 년 만에 이곳을 벗어나는구나. 으하하하하!"

그의 얼굴에 희열이 번져갔다.

"동방대군, 너는 내가 오늘 도망감으로써 머지않아 네 목에 칼을 겨누게 될 것이라는 것을 명심해라. 그 복수의 첫걸음은 역천지기(逆天之期)로부터 시작될 것이다."

천기를 거스르면서 시작하는 그의 복수는 과연 어떤 것일까.

그가 탄 연이 천장에 뚫린 구멍을 지나 둥실 허공으로 솟구쳤다.

"으하하하하! 이제 간다."

하늘에는 이미 세 명의 인물들이 연을 타고 있었다.

오수편복제와 벽 속에서 얼굴만 타나냈던 민머리, 황금랑을 타고 있던 이리 탈을 쓴 낭왕 염천월이었다.

그리고 수많은 까마귀와 박쥐들이 허공을 뒤덮고 있어 까마귀만 딛고도 하늘을 걸어 다닐 수 있을 정도였다. 그리고 땅 위에는 바닥이 보이지 않을 정도의 뱀들로 메워져 있었다.

막강한 위력을 자랑하던 천추검대는 이 소름끼치는 미물들에 의해 몰살당했다. 그들이 자랑하던 회류벽강군세는 펼쳐 보지도 못한 채였다. 아니 검은 검집에서 뽑혀지지도 않은 채였다.

하나의 연을 수백 마리의 까마귀가 발톱으로 움켜쥐고 있었다.

민머리가 호탕하게 웃어젖혔다.

"으하하하핫! 어서 오시오. 냉영웅!"

그의 눈빛과 음성에는 흠모의 빛이 역력했다.

"고맙소. 친구들!"

오수편복제와 낭왕은 냉천상을 보면서도 별다른 변화를 보이지 않았다. 아마도 그들은 세상이 없어져도 놀라지 않을 사람들일 것이다.

"자, 가자!"

민머리가 우렁차게 외쳤다.

까악 까아아악! 푸드득 푸드드득!

그들은 점차 멀리 사라져 갔다.


꽝!

잠들어 있던 동방대군은 침상에서 몸을 벌떡 일으켰다. 도대체 웬 소란인지 알 수 없었다. 침입자가 있으리라는 생각은 꿈에도 하지 않았던 그는 단지 이 소란을 수하들 짓이라고만 생각했다. 그래서 소란을 피우는 놈을 찾아 목을 비틀어 버릴 생각이었다.

그런데 자세히 들어보니 그것은 비명소리였다. 그렇다면 분명 누군가가 침입했다는 소리인데, 그것은 대왕조의 명예 문제를 떠나서 믿어지지 않는 일이었다. 비명소리는 분명 자신의 수하들 것이었기 때문이다.

누가 있어 천추검대에게서 비명소리를 뽑아낼 수 있단 말인가.

그는 창문짝이 부서져라 열어젖혔다.

그때였다.

까악 깍깍!

푸득푸드드득!

창문을 여는 순간 까마귀와 박쥐들이 방 안으로 물밀 듯이 날아드는 것이 아닌가. 그 숫자가 얼마나 많은지 마치 검은빛이 쏟아져 들어오는 것만 같았다.

"으음?"

천하의 동방대군이었지만 놀라지 않을 수 없었다. 차라리 검이나 화살이 쏟아져 들어왔다면 놀랄 만한 것도 아니었지만, 난데없이 까마귀와 박쥐 떼라니.

창밖으로 보이는 것이라고는 아무것도 없었다. 밑도 끝도 없는 까마귀와 박쥐 떼들이 모든 것을 덮어 버린 것이었다.

동방대군은 미간을 찌푸리며 신음을 흘렸다.

"으음……, 냉천상! 네가 왜 동방운미를 유혹해 탈출하려는 듯 수작을 꾸몄는지 이제야 이해가 되는구나."

동방대군의 얼굴은 더할 수 없는 분노로 물들었다. 이때 까마귀와 박쥐들은 그를 향해 겁도 없이 달려들기 시작했다.

"오수편복제! 네놈이 천상을 구하러 오다니."

까악 까깍!

갑자기 동방대군을 향해 달려들던 까마귀와 박쥐들이 가루가 되어 사라져 버렸다. 까마귀와 박쥐들의 숫자가 급격히 줄어들자 순간적으로 동방대군의 모습이 눈에 들어왔다. 그의 전신에서 무서운 광화(光華)가 피어오르기 시작했다. 그리고 이내 그의 온몸은 찬란한 금광으로 뒤덮였다.

쿠우우우우!

금광으로 둘러싸인 그의 신형이 앞으로 폭사되자 무서운 굉음이 터졌다.

천지대광명법신(天地大光明法神)!

오늘날의 동방대군을 있게 한 천추무가 최고의 무공이자 이 시대 최고의 무공이었다.

쿠콰콰콰콰!

그것은 찬란한 빛의 질주였다. 분노한 동방대군은 천지대광명법신을 극도로 끌어올려 냉천상이 있는 곳으로 쏘아져 갔다.

파파파파팟!

까마귀들의 비명소리와 박쥐들의 날갯짓 소리가 난무했다. 그것들은 모조리 동방대군의 전신에서 피어오르는 금광에 부딪혀 형체도 없이 사그라져 갔다.

까마귀와 박쥐, 뱀들로 가득 메워진 공간을 가르며 날고 있는 그의 모습은 마치 암천을 가로지르는 유성과 같았다.

꽝!

냉천상이 묵고 있는 방 앞에 도달한 동방대군은 그대로 벽을 뚫고 들어갔다. 그러나 방 안에는 냉천상 그가 입었던 베옷과 갈라진 방갓만이 남아 있을 뿐이었다.

그리고 한 통의 서찰이 탁자 위에 있었다. 서찰에 쓰인 글씨를 확인하는 순간 동방대군은 아찔한 현기증을 느꼈다. 아주 잠깐이었지만.

그는 곧 서찰의 겉봉을 뜯고 그것을 읽어 내려갔다.

〈동방대군!

그냥 도망치기는 싫었다. 꼭 네가 보는 데서 도망치고 싶었지. 그래서 내가 도망치는 날에 맞추어 네놈이 사신봉으로 올라오도록 약간의 수작을 부렸지.

네가 네 조카딸의 수급을 가지고 오도록 말이야. 네가 한 말대로 나는 영웅이 아니고 악당이니까, 악당다운 짓은 하고 가야 하지 않겠나. 안 그런가?

동방대군!

나 십기천작 냉천상은 이대로 주저앉지는 않아. 기다리게, 그리 오래 걸리진 않을 거야.〉


동방대군은 천장에 뚫려진 구멍을 통해 지붕 위로 올라섰다.

"음……."

그는 저절로 신음을 흘렸다. 바로 눈앞에 있는 것 같은 둥근 만월, 그토록 무겁게 짓누르고 있던 검은 구름은 사라지고 사신봉 하늘 위에는 커다란 만월이 저주스러울 정도로 너무나 보기 좋게 떠 있었다.

그리고 하늘 저편으로 밀려가는 검은 구름처럼 까마귀와 박쥐 떼들의 모습이 눈에 들어왔다. 또한 만월 한가운데를 몇 개의 거대한 연이 날고 있었다. 그 연에는 사람이 타고 있었다. 확인해보지 않아도 냉천상과 그를 구해간 인물들임이 분명했다.

그때였다. 갑자기 그 연으로부터 우렁찬 웃음소리가 들려왔다.

"크하하하하핫! 동방대군, 기다려라. 복수의 그날을 말이다. 으하하하하!"

거대한 연을 바라보는 동방대군은 쓴웃음을 지었다.

"저놈이 까마귀, 박쥐 대장과 친구인 줄은 몰랐군."

이건 정말 사기 같은 탈출극이었다.

차츰 하늘은 제 모습을 찾아가기 시작했다. 그는 신형을 날려 수하들이 쓰러져 있는 곳에 떨어져 내렸다.

스스슷!

까마귀와 박쥐 떼들이 물러감과 동시에 뱀들도 물러가기 시작했다.

"사월만후도 왔었던 모양이군."

이미 냉천상이 탄 연은 멀어져 가 까만 점이 되어 있었다.

"이로써 천하에는 이야깃거리가 생겼군."

천추무가를 우롱하며 유유히 빠져나간 냉천상의 얘기와 앞으로 벌어질 동방대군과 냉천상의 새로운 싸움을 흥미진진한 시선으로 지켜볼 것이다.

돌연 동방대군은 벼락같이 일 장을 내질렀다.

콰아아아!

한 줄기 찬란한 금광이 냉천상이 기거하고 있던 소축으로 날아갔다.

쾅!

소축은 폭발이라도 난 듯 산산조각이 나버렸다. 그러나 그 것도 그의 가슴 속에 끓어오르는 분노를 삭여줄 수는 없었다. 동방대군의 눈은 마치 폭발하는 활화산과도 같았다.

"이, 이런 치욕이……."

그러나 모든 것은 이미 끝나 있는 상태다. 하나의 사건을 두고두고 마음에 둘 정도로 그의 속은 좁지 않았다.

"과연 저놈이 어떤 식으로 복수해 올 것인가. 사뭇 기대가 되는군."

그의 얼굴은 자신도 모르게 침중하게 굳어져 가고 있었다.


03


하늘에 구멍이라도 난 것인가. 말 그대로 장대 같은 비가 어제 저녁부터 숨 쉴 틈 없이 쏟아져 내리고 있었다.

개봉(開封)의 서문(西門)을 벗어나 삼십 장 정도 걸어가면 한 채의 장원이 나온다.

은성장(銀星莊)!

그리 큰 장원은 아니었지만 빗속에 그 모습은 마치 커다란 괴물이 웅크리고 있는 것 같았다.

누군가 빗속을 뚫고 은성장을 향해 걸음을 옮기고 있었다.

넓은 죽립을 깊게 눌러쓰고 비옷을 입은 그 인물은 은성장 앞에 이르러 걸음을 멈추었다.

"드디어 도착했군."

중얼거리는 그의 음성은 희열로 물들어 있었다.

꽝! 꽝!

죽립인은 은성장의 문을 세차게 두들기기 시작했다. 그리고 그는 나직하게 뇌까렸다.

"흐흐, 동방대군. 내가 이곳에 도착한 이상 너는 졌다."

그렇다면 이 죽립인은 바로. 그때 안에서 인기척이 들리며 짜증 섞인 늙은이의 목소리가 들렸다.

"누가 이런 궂은 날에? 누구쇼?"

출입문이 빠끔히 열리며 은성장의 청지기가 나타났다. 대수로운 사람이 아니라면 당장에 욕설을 퍼부을 듯한 험악한 얼굴이었다. 그가 나오자 죽립인은 죽립을 들어 올리며 나직이 말했다.

사이한 미감의 얼굴, 죽립 속에 가려져 있던 너무나 화려하고 아름다운 얼굴이 드러났다. 바로 냉천상이었다.

비를 피해 하룻밤 묶으러 온 과객이겠거니 했던 청지기는 그의 얼굴을 보는 순간 갑자기 소스라치게 놀랐다.

"아, 아니? 큰 도련님?"

"아우 있나?"

“있고 말굽쇼. 어서 안으로 드십시오.”

“어서 안내하게.”


냉천상은 의자에 몸을 묻고 청지기가 내다 준 용정차를 마시고 있었다. 실로 얼마 만에 마시는 용정차인지 모른다. 천추무가에 갇혀 있을 때도 용정차를 마시지 못했던 것은 아니었다. 그곳의 시비가 끓여다 주는 용정차를 매일 마셨다. 게다가 청지기의 차 끓이는 솜씨란 그 시비의 발끝에도 못 미치는 것이었다. 그러나 달랐다.

사람의 마음에 따라 음식 맛이 달라진다는 것은 시장이 반찬이란 말과도 일맥상통할 것이다.

그렇다. 그는 자유와 복수에 항상 시장기를 느꼈다. 그에게 있어 지금 마시는 용정차 한 잔은 세상 무엇과도 바꿀 수 없는 것이다.

그 때문인지 그의 입술에 한 줄기 미소가 감돌고 있었다. 사이(邪異)하고 잔인해 보이는 비정한 미소. 어쨌든 아름다웠다.

“동방대군, 너는 졌다. 너의 패배가 비록 이십 년 후의 일이지만. 흐흐, 너는 지고 말 것이다. 내 아들의 손에 의해서.”

그렇다면 그에게 숨겨둔 자식이라도 있었단 말인가. 그때였다. 밖에서 금방이라도 눈물을 떨굴 것 같은 얼굴을 떠올리게 만드는 반가움이 가득 담긴 음성이 들려왔다.

"뭣이? 형님께서 오셨다고?"

"예. 안에 계십니다."

시비의 대답소리가 시작되는 것과 동시에 냉천상이 있는 서실의 문이 덜컹 열렸다. 한 인물이 전신을 부르르 떨며 들어섰다.

말할 수 없이 단아한 기품이 흐르는 귀골(貴骨)의 얼굴이었다.

"형님······."

문사의 얼굴에는 말할 수 없는 반가움이 있었다. 숨이 넘어간 부모님이 다시 눈을 떴을 때 이런 얼굴을 할 수 있을 것이다.

냉천상은 의자에서 몸을 일으켜 그를 맞았다.

"아우······."

문사와 냉천상은 서로 굳게 포옹했다.

"형님! 얼마나 고생이 많으셨습니까?"

문사의 음성은 울먹거렸다.

"고생은 무슨, 지난 삼 년 동안 호의호식 했다네."

"형님. 다시는 못 만날 줄 알았는데 이렇게 다시 만나 뵙게 되다니."

냉천상은 그에게 친근감 넘치는 농을 던졌다.

"이 사람 혹시 내가 죽기를 바라고 있었던 것 아니야?"

"혀, 형님, 무슨 소리를?"

이들이 반가운 해후를 나누고 있을 때였다. 갑자기 방 안에 화려한 향기가 몰아쳤다. 사내의 마음을 황홀하게 적시는 감미로운 향기, 이런 향기를 가질 수 있는 것은 여인밖에 없다.

궁장머리에 홍의궁장을 입은 한 여인이 안으로 들어섰다. 그녀는 냉천상을 향해 활짝 웃으며 입을 열었다.

"아주버님이 오시다니?"

그녀를 발견한 냉천상의 얼굴에 순간적으로 감탄의 빛이 스치고 지나갔다.

'아름다워! 그녀 이상의 여인은 없을 것이다.'

천하의 바람둥이 냉천상을 이토록 감탄시키는 여인이 있었다니. 냉천상은 문사와 떨어지며 고개를 끄덕였다.

"제수씨."

여인은 냉천상의 감탄한 표정을 발견하고는 얼굴을 살짝 붉혔다.

보석처럼 빛나는 저 아름다운 얼굴은 아무리 많게 보아도 삼십을 넘지 않아 보였다. 사람의 영혼을 빨아들일 듯한 강렬한 눈빛, 구름처럼 삼단으로 틀어 올린 윤기 흐르는 흑발 하며 그 탐스러운 머리는 미끈한 다리, 부풀어 오른 엉덩이와 함께 사내를 숨 막히게 만들어 죽여 버릴 듯한 한 자루 검이었다.

전신으로 흐르는 기운은 고귀해 보이면서도 얼굴에는 누구에게나 친근한 미소가 감돌고 있었다. 또한 그늘진 눈가의 그림자는 숨이 막힐 정도로 요염한 것이었다. 남자라면 한 번씩 꿈을 꿔보는 그런 미인이었다.

"아주버님, 다시 뵙게 되어 정말 반갑기 한량없습니다."

"나도 마찬가지입니다. 동생과 제수씨를 볼 수 있게 되어 너무나 기쁩니다."

문사는 너무 긴 대화는 필요 없다는 듯 외치듯이 말했다.

"자, 부인! 가서 술상을 차려오시오. 오늘 혼이 나가도록 취해 보겠소."

"호호, 물론이지요. 내 낭군의 생명의 은인이신 아주버님께서 오셨는데 어찌 술상을 올리지 않겠습니까?"

그녀는 또한 건강하고 활달했다. 사람을 편하게 해주는 활력을 지닌 여인이었다. 그녀는 방 안을 나서기 전 자신을 향해 웃음을 보내는 냉천상을 슬쩍 쳐다보았다. 그러다 그만 자신도 모르게 전신을 가늘게 떨고 말았다.

'저 남자는 너무 요기(妖氣)가 넘쳐.'

예전에도 몇 번 저 얼굴만 바라보면 그녀는 자신도 모르게 어떤 상황을 상상하게 되는 것이었다.

붉은 등불 아래 흐드러지는 비단 보요, 침상 밑으로 떨어지는 옷가지들, 어우러지는 희멀건 두 개의 육신.

'아아……!'

그녀는 내심 까닭 모를 한숨을 내쉬다가 얼른 서실 밖으로 나갔다.

'나도 모르게 또 그런 해괴한 망상을…….'

그녀의 뒷모습을 바라보는 냉천상의 미소는 점점 짙어져만 갔다. 퇴폐적이고 사이한 미소가, 어떤 잔인한 운명의 굴레처럼 그녀의 뒤를 따라 구르는 것 같았다.

04

꽈르르르릉 꽝!

폭포수가 굉음을 울리며 밑으로 떨어져 내리고 있었다. 수십여 장을 가르며 떨어지는 폭포는 정말 일대가관이었다.

이곳은 해룡탄(海龍灘)이라 불리는 개봉 근교 일월산(日月山) 쌍일곡에 위치한 폭포였다. 그런데 놀랍게도 그 해룡탄 밑에는 한 사람이 좌정하고 있는 것이 아닌가.

수천만 근의 압력을 이기고 사람이 앉아 있다니 실로 놀랄 만한 일이 아닐 수 없었다.

그는 바로 냉천상이었다. 떨어지는 폭포수를 맞으며 냉혹한 미소를 짓고 있었다.

"동방대군, 복수를 위해 내가 잡은 역천지기가 무엇인줄 알면 전율하고 말 것이다."

쏴아아!

꽈르르르릉!

폭포수는 사정없이 그의 머리 위로 내리쳤다.

"동방대군. 분명 냉 씨 가문은 삼대째 네놈에게 졌다. 내가 무공을 회복해도 너에게 다시 지고 말 거야. 그러나……."

그의 미소는 끝없는 자존심의 표시였다.

"그러나 흐흐, 나는 아들을 낳는다. 나의 후예를 말이다. 내 후예는 아비와 가문의 복수는 물론 천하를 거머쥐는 제왕(帝王)이 될 것이다."

그는 지금 무슨 말을 하는 것인가. 요기 서린 그의 눈빛은 어딘지 모르게 광기(狂氣)가 감돌고 있었다.

"제왕이 되려면 완벽한 사주(四柱)를 지니고 태어나야 하지. 태어나는 해(年), 달(月), 그리고 날짜와 태어나는 시간(時). 흐흐, 하늘이 원하는 시간에 태어나야 하지."

꽈르르르!

폭포수는 그를 부숴 버리기라도 할 듯 내리꽂혔지만 그는 미동조차 하지 않았다.

"광무(光武) 십오년(十五年) 청동치(淸洞治) 삼년(三年) 이월 이십일(二月二十日)! 이것이 바로 제왕지재가 갖고 태어날 제왕의 완벽한 사주다. 시간은 첫 새벽이지.”

그는 지금 무엇을 말하고 있는 것일까.

“동방대군, 제왕의 사주를 알 수 있음은 바로 천기이지. 그렇다면 역천은 무엇인지 아는가? 흐흐, 역천이란 사람이 인위적으로 그날에 아기가 태어나도록 하는 것이다.”

그가 말한 역천지기란 바로 이것을 말함이었단 말인가.

“내가 사흘 전 탈출하지 못했다면 나는 제왕을 만들 시기를 놓치고 말았을 것이나……. 흐흐, 나는 탈출했고 오늘 밤 아기를 만들면 정확히 광무 십오년 청동치 삼년 이월 이십일 새벽에 아이가 태어나게 되지. 흐흐, 동방대군. 이런데도 네가 패하지 않을 수 있겠는가.”

그의 입가에 의미심장한 미소가 걸렸다.

“후후, 십기(十技)란 말의 의미는 나 냉천상이 못하는 것이 없다는 말이지. 허나 내가 천기까지 짚고 역천을 할 수 있음은 아무도 모를 것이다.”

서서히 그의 눈에서 광기는 사라지고 있었고 고요하고도 담담하게 가라앉아 갔다.

“제왕을 낳아줄 밭도 이미 찾았고, 씨앗은 오늘 밤 뿌린다. 흐흐, 열 달 후 제왕지재가 태어나면…….”

그의 아들, 하늘이 아닌 사람이 만들어 낸 제왕지재를 낳아줄 여인은 과연 누구일까.

잠시 후 그는 폭포 밑에서 나와 젖은 머리를 말리고 이마에 흰 띠를 둘렀다. 그 흰 띠에는 태극(太極)문양이 그려져 있었다. 이어서 그는 빳빳하게 풀을 먹인 도포를 입었다. 그는 지금 무엇을 하려고 하는 것일까. 그리고는 폭포 옆에 있는 십여 장 넓이의 바위 위로 올라섰다. 그런데 바위 위에는 동쪽을 향해 하나의 제단이 마련되어 있는 것이 아닌가.

제단에는 도가(道家)의 시조(始祖) 노자(老子)의 화상이 세워져 있었고, 그 앞에는 하나의 축문이 쓰여 있었다.

〈태극도세천지일통(太極道世天地一統).〉

제단 앞에는 세 개의 향로가 놓여 있었고 향불이 피어오르고 있었다. 향불 앞 대접에 냉수가 담겨져 놓여 있었다. 그는 제사를 올리려고 하는 것 같다.

그는 제단 앞에 서서 향불을 사르더니 경건하게 구배(九拜)를 올리기 시작했다.

"천지신명(天地神明)이시여! 도(道)의 시조(始祖)이시여! 부족한 술사(術士) 냉천상이 목욕재계하고 태극대주술(太極大呪術)을 펼치려 합니다. 부디 이 한(恨) 많은 냉천상의 염원을 들어주십시오."

그는 동편 하늘을 향해 염원했다. 그런데 태극대주술이라니!

태극대주술(太極大呪術)!

도가의 제사 중 역천의 제로서 역술사(易術士)들이 자신의 목숨을 바치며 울리는 제사다.

역술사들이 도저히 이루지 못할 소망을 이루고 싶을 때, 자신의 목숨을 내던져 천지신명에게 제사를 올리면 무엇이든 꼭 한 번은 그 소원을 이룰 수 있다는 역천의 제!

냉천상은 한 손에 불진(佛塵)을 들고 왼손에는 세 개의 방울, 즉 도사들이 쓰는 삼령(三玲)을 들었다. 그리고 그는 자신의 혀를 깨물었다.

푸우!

그는 손가락에서 흘러나온 선혈을 입에 머금고는 허공에 세차게 뱉어냈다.

이것은 태극대주술의 시작을 의미하는 것이다.

"동방(東方)의 오악대신(五嶽大神), 서방(西方)의 명왕대신(明王大神), 남방(南方)의 한음여왕(韓陰女王), 북방(北方)의 태무신왕(太武神王)이시여……."

그는 불진을 신장(神將) 삼아 붙들고 있었고, 산령을 미친 듯이 흔들어댔다.

딸랑딸랑딸랑!

삼령의 요란한 방울소리가 폭포소리를 뚫고 울려 퍼졌다.

"냉천상이 혀를 깨물어 제(祭)를 올리고 염을 하니 들어주소서."

하늘은 잿빛이었다. 음산한 공기가 대기를 무겁게 내리누르는 가운데 냉천상이 삼령을 흔들자 불진이 떨고 있었다. 그런 그의 표정은 이 세상 사람의 것이 아니었다.

피를 머금었던 탓인지 섬뜩하도록 붉은 입술이 마치 괴사(怪事) 속에 나오는 사람의 간을 파먹는 요괴의 입술을 보는 듯했다.

"천하를 주재하시고 인간의 수명을 관장하시는 천지신명이시여. 도가의 시조시여!"

딸랑! 딸랑! 딸랑!

방울은 미친 듯이 울려댔다. 구천을 떠도는 한 맺힌 원혼의 울음소리 같았다. 또한 그것은 냉천상의 광기 어린 얼굴과 붉게 타오르는 듯한 충혈된 눈, 마치 악마의 눈처럼 붉은 그 눈동자와 어울려 정말 음산한 귀기를 뿌려댔다.

곧 비라도 뿌릴 듯이 잿빛 하늘은 점점 더 음산해져 갈 뿐이었다.

태극대주술은 근 한 시진 동안 행해진다. 도가의 역도(逆道) 마천진인(魔天眞人)이 천하를 움켜쥐기 위해 펼쳤다는 역천의 제.

냉천상은 괘(卦)를 집어 들었다.

"천지신명이시여! 제왕지재의 탄생을 위하여 괘를 다시 한 번 뽑습니다. 지난날 내려주신 신명(神明)의 계시를 다시 주시옵소서.”

그는 광기 어린 얼굴로 괘를 뚫어져라 노려보다가 조심스레 그 중 하나의 괘를 뽑아들었다.

〈광무 십오년 청동치 삼년 이월 이십일 축시.〉

괘를 들여다보던 냉천상은 미친 듯이 광소(狂笑)를 터뜨렸다.

“크하하하핫! 천지신명이시여! 이 냉천상을 버리지 않으시는군요. 크하하하핫!”

냉천상은 동천을 향해 다시 구배를 올리기 시작했다.

“만방(萬方)의 대신(大神)들께서 점지하신 제왕의 사주! 결코 대신들의 뜻에 어긋나지 않는 씨앗을 뿌리겠습니다.”

만약 사람들이 냉천상이 이처럼 역술사들의 역천의 제를 지냈다는 것을 알게 된다면 크게 비웃을 것이다. 차라리 그럴 바에야 마누라를 한 번 더 안고 말겠다고 말이다. 집념이란 것을 가져 보지 못한 사람, 갖지 않은 사람에겐 터무니없는 것이 당연했다.

그러나 냉천상에게는 목숨과 바꾸는 일이었다.

그는 몸을 일으켰다. 그리고 고개를 들어 야천을 응시했다. 밤하늘엔 한 여인의 얼굴이 떠올랐다.

냉천상은 잔잔한 미소를 떠올렸다.

“그대는 제왕지재를 낳아야 하오. 내 씨앗을 받아, 역천지기의 완성은 그대가 해야 하오.”

# 제3장

# 제왕의 씨앗이 뿌려지다

## 01

맑은 가을의 대기가 문약빙에게서 유난히 아름다운 향기로 운집되는 느낌이었다. 그녀에게는 청초함이 가득했다. 상아빛을 닮은 얼굴은 너무나 맑았다.

"호호, 아주버님이 이렇게 오셔서 얼마나 반가운지 모릅니다."

"제수씨, 별 말씀을 다 하시오."

그는 술잔을 비우고는 의제 강엽문에게 내밀었다.

"자! 아우님, 한 잔 받으시오."

술잔을 권하면서 그의 시선은 빠르게 문약빙의 전신을 훑고 지나갔다.

‘너무나 아름답다. 여왕이 될 만해. 제왕을 낳아줄……’

수많은 여인을 안아본 그에게는 여인이란 옷을 입고 있으나 벗고 있으나 마찬가지였다. 그는 한 번 보기만 해도 그 여인의 모든 것을 알 수 있었다.

그는 마음을 지긋이 내리눌렀다. 아주 찰나의 순간이었지만 그녀를 보고 난 순간 그의 마음에는 걷잡을 수 없는 감동이 일고 있었다.

‘약빙! 그대의 사주는 왕비의 사주이고, 나는 대부(大父)의 사주요. 우리들이 합치면 제왕지재가 태어나게 되오. 그리고 제왕지재가 태어나는 시를 정확히 맞추기 위해 우리는 오늘 밤 화합을 가져야 하오.’

그는 강엽문의 술잔에 넘치도록 술을 따랐다.

“자네가 별 탈 없이 살아가니 이 우형은 기쁘기 한량없네.”

“하하, 모두가 형님의 덕이지요.”

그는 해맑은 웃음을 터뜨렸다. 소년 같았다.

강엽문(姜葉文).

그는 세상이 싫어 숨어 살고 있는 인재였고, 그 지닌 학문의 깊이는 그 끝을 알 수 없었다. 학과 같이 고고하고 명리를 탐하지 않는 그의 인품 때문에 전국 유림엔 그 이름에 대한 명성이 자자했다.

운강대학사(雲剛大學士)!

전국 유림들이 그에게 붙여준 칭호였다. 의례적으로 그런 칭호는 적어도 환갑 이상은 지나야 얻을 수 있는 것이었다. 그러나 이미 갖출 것을 모두 겸비한 그에게는 그런 예가 적용되지 않았다. 나이 이십오 세에 대학사의 명예를 누린 것이다.

그는 존경이 가득한 시선으로 냉천상을 응시했다.

"형님! 아직도 제가 살아갈 수 있음은 오로지 형님 덕이외다. 소제는……."

냉천상이 웃으면서 그의 말을 막았다.

"그만 두게, 이 사람아. 볼 적마다 그 소리를 꺼내어 내가 얼마나 거북한 줄 아는가?"

"형님에게 꼭 보은을 해야 하는데……."

"하하하! 이 사람 참."

냉천상은 그의 시선을 피하며 술잔을 들었다.

'그래. 이들은 내가 아니면 죽었을 사람들이지.'

강엽문과 문약빙에게는 후사가 없었다. 이 시대에 가문을 이어갈 후사가 없음은 문중에 있어 가장 큰 죄였다. 소문에 좋다는 약은 다 써보았고, 시켜서 한 일이었지만 아들 잘 낳는다는 부부의 속곳을 가져다가 입고 지내기도 해보았다. 그러나 노력한 만큼의 대가는 없었다.

학자들은 대개 세상의 모든 것을 이론으로 밝히는 일을 하기에 신 같은 것을 믿지 않았다. 그런 그가 마지막 택한 것이 기도였다.

문약빙은 개봉에서 백여 리 떨어진 곳에 있는 보국사(報國寺)에 백 일 치성을 올렸다. 치성이 끝나고 그들 부부가 산을 내려올 때였다. 그 길에서 녹림도적을 만났고, 강엽문의 책이나 붙잡던 손으로 그들을 어찌해볼 수 없었다.

용기만 가득한 그는 끝까지 도적들에게 달려들다 가슴에 칼을 맞았고 당연히 도적들은 문약빙을 가만 두지 않았다. 그들이 개침을 흘리며 그녀를 겁탈하려 할 때, 우연처럼 냉천상이 그 길을 지나갔고, 그의 손에 구함을 받게 되었다.

강엽문이 잊지 못하는 은혜는 바로 이를 두고 말한 것이었다. 그들은 서로를 알아보았고, 그 길로 의형제의 연을 맺게 된 것이었고, 냉천상은 그들을 간간이 방문해 왔다.

문약빙은 그의 술잔에 술을 가득 따랐다. 동생의 내자(內子)가 형님에게 술을 따름은 법도에 없는 일이나, 구명지은을 얻은 이들에게 그것은 단지 겉치레일 뿐이었다.

"아주버님, 왠지 안색이 안 좋아 보이십니다. 어디 불편하신 데라도?"

"아니오, 오다가 비를 좀 많이 맞아서 그런 것 같소이다."

문약빙은 이제 자리를 비켜야 할 시간임을 알고 몸을 일으켰다.

"그럼 형제분께서 의좋게 마시세요. 저는 아주버님의 잠자리를 보고 그만 자야겠어요."

"알았소, 부인."

그녀는 곧 몸을 돌려 방에서 나갔다. 이제부터 새로 시작이라는 듯 강엽문은 술잔을 들어 올리며 냉천상에게 권했다.

"자! 형님, 건배하지요."

"그러지."

"오셔서 정말 반갑습니다. 하하하."

"나도 그렇네."

냉천상은 술을 넘기면서 강엽문의 핼쑥하지만 구김살 없는 얼굴을 바라보다 마음이 조각나듯 아파왔다.

'미안하네, 아우! 나의 염원을 위해 자네 부인을 겁탈해야 하네.'

그의 내심을 강엽문이 알 리가 없었다.

'자네 부인은 제왕지재를 출산하기에 더할 수 없이 좋은 몸을 갖고 있네. 사주란 운명도 자네 부인을 점찍었고…….'

강엽문은 이 밤이 새도록 형님과 같이 술을 마시고 싶다고 말하며 즐겁게 웃고 있었다.

'내 원한이 너무나 깊어…… 상대는 이렇게 하지 않고는 도저히 원수를 갚을 수 없는 자이네. 제왕이 될 아이가 아니고서는 그를 이길 수가 없다네…….'

　강엽문은 반가운 마음에 연거푸 석 잔의 술을 마셨다. 분위기에 따라 달라지는 것이 주량인가. 탁자 위에는 벌써 네 병이나 되는 술병들이 비워져 있었다. 평소라면 채 반병의 술도 마시지 못하는 그였다. 그런 그가 세 병이나 되는 술을 마신 것이다.

　형님이 왔다는 것이 얼마나 좋은지 몰랐다. 구명지은을 입은 덕에 얻어진 인연이었지만 의형제를 맺은 후 그는 냉천상에게 남자다운 호기를 배웠다.

　무림인인 의형을 존경했다. 책밖에 모르던 그는 냉천상 덕분에 술을 배웠고 풍류를 배웠다. 오늘 형님이 왔으니 술 마시다 죽어도 웃는 얼굴일 수 있었다.

　'용서하게, 아우……. 자결로서 사죄하겠네.'

　그의 얼굴에 자신도 모르게 진한 아픔의 빛이 물들었다. 그러나 기분 좋게 취한 강엽문이 이를 알 수 없었다.

　"자자! 형님! 꼭! 사내대장부가 지기를 만났을 때는 끄윽! 마음껏 취해야 하는 법이오."

　학처럼 고고하던 그의 혀가 풀렸다.

　"형님, 정말…… 정말……."

　처음엔 사람이 술을 마시지만 종래에는 술이 사람을 마시게 되는 법. 그는 감정이 격해져 제대로 말을 잇지 못했다.

　"허허, 이 사람 운강! 벌써 취했나?"

냉천상은 그의 술잔에 술을 따랐다. 평소라면 그를 재웠을 것이다. 술병을 잡은 그의 손에는 뭔가가 들려져 있었고, 강엽문의 술잔에는 술만이 아닌 흰 가루가 떨어져 내렸다.

대개 최심분(催心粉)이란 손톱만큼만 넣어도 코까지 골며 잠들게 하기에 충분했다. 냉천상의 손에서 떨어진 것은 최심분이었다. 그의 손이 떨리며 작은 봉지에 들었던 세 번은 사용하고 남을 최심분이 전부 떨어졌다.

그때 강엽문이 혀 꼬부라진 소리로 말했다.

"끄윽! 형님! 더우신가요?"

그의 얼굴에 식은땀이 흐르고 있었다.

꽤 많은 양의 최심분이었지만 술에 닿자마자 모두 녹아 없어졌다.

'미안하네. 아우, 최심분(催心粉)을 술에 넣었네. 아무것도 모르고 하룻밤 편히 잘 수 있을 것이네.'

떨어진 최심분 속에 그의 마음도 함께 떨어져 내린 것이다.

강엽문은 다시 술잔을 들었다.

"형님! 이번에는 떠나시지 말고 아예 우리 한평생 같이 삽시다."

"그럴까. 그러나 자네 부부가 불편할 텐데……."

강엽문은 가만히 그의 얼굴을 쳐다보다가 말했다.

"형님, 취하셨습니까? 끄윽! 눈이 약간 풀린 듯……."

냉천상은 강엽문 같은 문사가 아니었다. 그의 눈이 감정을 이기지 못해 초점을 잃고 있었다.

그 말을 마지막으로 강엽문은 술상에 푹 쓰러져 버렸다. 냉천상은 그대로 꽤나 오랫동안 앉아 있었다. 멍한 표정으로.

잠시 후 다시 평정을 되찾은 그는 쓰러진 강엽문을 안아들었다. 남자치고 매우 가벼운 것이 그의 몸이 얼마나 약한지를 말해주었다.

냉천상은 전부터 그에게 항상 말했었다.

'동생, 책도 좋지만 몸이 성해야 책을 읽을 수 있을 것 아닌가. 틈나는 대로 운동이라도 하게. 남자라면 자신은 물론이고 자신의 여인 정도는 지켜줄 수 있을 만한 힘이 있어야 하는 법이네.'

진심 어린 그의 말에 항상 그러겠다고 약속은 했지만 다음에 만날 때 그는 항상 변명처럼 말했다.

'이렇게 든든한 형님이 있는데 무엇이 걱정입니까?'

냉천상은 강엽문을 침상에 눕히고는 밖으로 나왔다.

그는 피식 웃고 말았다. 자신의 심장 뛰는 소리를 들은 것이다.

"허! 천하의 냉천상이 이렇게 심장이 약했던가?"

동방대군 앞에서도 고개를 숙이지 않았던 그였다. 그런데 오늘 이 꼴은 완전 거지새끼가 만두 하나 훔칠 때나 보이는 꼴이지 않는가.

그러나 그의 자존심보다, 그의 무공보다는 죄의식이 강했다. 그는 쓴웃음을 지으며 밤하늘을 올려다보았다.

"오늘의 북두(北斗)는……."

달 없는 밤하늘에 북두칠성이 찬란하게 빛나고 있었다.

"북두군(北斗群) 중 태대칠성(太大七星)이 유난히도 빛을 뿌리는군."

그는 심호흡을 하며 두려움을 가라앉혔다. 별빛이 어슴푸레 깔린 후원 저편으로 불이 켜진 내실이 보였다.

바람 한 점 없었지만 꽃향기가 날리는 듯했다. 그는 그 방 앞에 서서 가볍게 기침을 했다.

"험험……."

"누구세요? 당신이세요?"

또르르 굴러 떨어지는 옥구슬 같은 음성이 들리며 문이 열렸다.

"아니?"

방문이 열리고 보인 얼굴은 그녀가 언제나 보던 그 얼굴이 아니었다. 밤이 깊었고 그가 이곳에 올 만한 이유가 없었다. 그러나 그녀는 얼굴을 찡그릴 수 없었다. 그녀는 곧 어색한 미소를 지었다.

"아주버님께서 어인 일로?"

그녀는 의혹에 찬 표정으로 몸을 사리며 입을 열었다. 냉천상은 감탄에 찬 얼굴로 멍하니 서 있었다. 옆얼굴에 불빛을 받고 있는 문약빙의 모습은 신화 속에 나오는 천녀(天女)를 닮아 요염하면서도 우아했다.

'저토록 아름다운 얼굴은 아직 보지 못했어.'

냉천상은 말없이 순식간에 그녀의 방 안으로 들어섰다. 그녀는 엉겁결에 일어난 의외의 상황에 겁에 질려 뒷걸음질을 쳤다. 여인 특유의 육감이 있었고, 냉천상의 눈빛이 예사롭지 않았다. 게다가 오래 전부터 그의 뜨거운 눈길을 받아온 터였다.

"이, 이게 무슨 짓……."

금방 비명소리라도 터져 나올 것 같은 절박한 공기가 방 안에 감돌았다. 냉천상은 화들짝 놀라 어쩔 줄 몰라 하는 그녀를 향해 나직한 목소리로 말했다.

"침착하시오, 제수씨."

"아주버님……."

자신의 오해일지도 모른다는 생각에 그녀는 마음을 가라앉혀갔다. 그러나 아니었다. 아무리 생각해도 남편과 술을 마시던 그가 이 야심한 밤에 혼자 이곳에 올 만한 이유라고는 억지로라도 없었다.

냉천상도 그녀의 눈빛을 읽었다. 그는 침착한 얼굴로 고개를 끄덕였다.

"그렇소, 제수씨. 나는 오늘 밤 제수씨를 갖고 싶어 찾아온 것이오."

"어, 어떻게 그런…… 빨리 나가세요."

날카롭지만 소리는 크지 않았다. 어쨌든 이런 모습이 남에게 좋게 비쳐질 일은 아니었다.

냉천상은 그녀에게 한 걸음 다가섰다. 그녀의 얼굴이 새파랗게 질렸다.

"한 발자국만 더 다가오면 소리를 지르겠어요."

"소리를 질러야 소용없소. 제수씨의 부군은 지금 깊은 잠에 빠져 있소."

"아니?"

그녀는 그 자리에 그대로 주저앉을 것만 같았지만 이를 악물며 참았다. 한순간에 모든 것이 박살나 와르르 무너져 내리며 함께 등줄기를 훑어 내리는 소름이 느껴졌다. 주마등처럼 스쳐지나가는 지난 일들이 그녀의 머릿속에 일이 몹시 잘못되어 간다는 생각을 뿌리 깊이 심어주었다.

"제수씨 오늘 내가 제수씨의 방에 찾아든 것은 하찮은 욕망 따위 때문이 아니오. 나는 천기에 의해 제수씨의 방에 들른 것이오."

한참을 못 본 사이에 남편으로부터 그가 누군가에게 잡혀 있다라는 소리를 들었다. 그 사이에 미치기라도 한 것일까. 그러나 다시 본 그의 모습은 그녀가 생각하는 미친 사람의 범주에는 속하지 않았다.

그녀는 방 한쪽 구석에 웅크리고 앉아 여전히 떨고 있었다.

바스러져 가는 행복을 붙잡고 있는 듯했다. 애처롭긴 했지만 지금 그의 가슴속을 칼로 헤집는 일이 있다 해도 포기할 수는 없는 일이었다.

"제수씨가 알다시피 나는 역술에도 달통했소. 천기를 짚어 본 바에 의하면 오늘 밤 제수씨와 내가 합일(合一)하게 되면 천하를 다스릴 수 있는 제황(帝皇)을 낳을 수 있소."

"해괴한 소리 그만하고 어서 이 방을 나가 주세요!"

그녀가 날카롭게 외쳤지만 냉천상의 발걸음은 여전히 그녀에게로 옮겨질 뿐이었다.

"제수씨, 천기는 거스를 수가 없는 것이오. 제수씨의 사주에는 제왕의 어머니가 될, 이른바 왕비의 운을 끼고 태어났소."

그녀는 그의 말을 듣지 않았다. 그저 철저한 경계의 눈빛으로 그를 쏘아볼 뿐이었다.

"나 역시 제왕의 아버지가 될 상(相)이오. 우리의 궁합은 하늘이 점지한 것. 천생의 배필이자 제왕지재를 얻을 수 있는 운기(運氣)까지 일치해 있소."

그녀는 도통 말이 없었다. 벽을 향해 앉아 있는 문약빙의 모습은 바위와도 같았다. 북풍한설(北風寒雪), 삭풍이 그녀의 언저리를 도는 듯한 느낌이었다.

"여자의 생명은 정절에 있거늘 어찌 천기가 법도에 어긋나게 행하여질 수 있단 말이죠?"

"제수씨, 진나라 시황(始皇)은 여불위의 아들이오. 천상의 배필은 시운의 어긋남으로 해서 각기 달리 헤매다가도 언젠가 한 번은 결합하는 것이외다."

"음……."

"진시황의 모주(母主)와 여불위의 만남이 진정 그러하였소이다. 그리고 어찌 인간의 생각으로 천기의 깊은 뜻을 헤아릴 수 있겠소."

냉천상은 그녀를 달래기 위해 애썼다. 그러나 그녀는 어떠한 말로도 요지부동이었다.

"제수씨, 사욕(私慾)은 없소이다. 천기를 놓치면 하늘에 대죄를 짓는 것이외다."

"그렇다면 제게도 생각할 기회를 주세요. 그러니 오늘 밤은 그냥 돌아가 주세요. 이 일은 비밀로 하겠어요."

어느덧 그녀는 냉정을 되찾은 듯 조리 있게 말을 했다. 그러나 칼바람이 일 듯한 차가운 음성이었다.

냉천상은 고개를 가로저었다.

“오늘 밤을 놓치면 기회는 영원히 오지 않소. 갑자년 무진월 경인일 을축시의 제왕지재의 사주는 영원히 오지 않소이다.”

그녀는 냉천상이 이대로는 결코 물러나지 않을 것이란 생각이 굳어지자 그만 쓰러질 것만 같았다.

“천기는 한 번 있지. 두 번 되풀이되는 것이 아니오. 제발! 제발 제왕지재의 어머니가 되어 주시오.”

“나는 제왕지재의 어머니가 되길 원하지 않아요. 단지 정숙한 아내이기를 원할 뿐이에요.”

그녀는 그가 나가지 않을 것이란 생각에 자신이 밖으로 나가려 냉천상의 몸 뒤로 돌았다.

‘내가 마음속으로나마 해괴한 생각을 했기에 이런 마(魔)가 끼는 거야.’

뼛속 깊은 후회가 그녀의 전신을 후려쳤을 때였다. 갑자기 냉천상이 그녀의 완맥을 움켜쥐었다.

“이게 무슨 짓이오?”

그녀는 냉엄한 음성으로 외쳤다.

“이 손을 놓지 않으면 소리를 지르겠어요.”

“소리를 질러봐야 소용없소.”

“사람 살려욧!”

그녀의 외침소리가 끝나기도 전에 냉천상은 그녀의 명치를 엄지로 찔렀다.

"으읍!"

그녀는 그대로 꺾어지듯 그의 품으로 쓰러졌다. 냉천상은 그녀를 방 안에 놔두고 다시 밖으로 나왔다. 주위를 둘러보았으나 장원 내에는 바람소리도 들리지 않았다.

"이제 되었군. 하인들의 수혈을 모두 짚어놓았으니 오늘 일을 아는 사람은 없겠지."

그는 야천을 올려다보았다. 성두(星斗)는 찬란하게 만천(滿天)을 수놓고 있었다. 바람 한 점 없는 고요 속에서 만천의 별들이 자신의 행동을 응시하고 있는 것만 같았다. 어물전의 생선처럼 자신의 모든 것이 까발려지는 듯한 별빛이 오늘따라 기분 나빴다.

"하늘이 알고 땅이 알고, 그녀가 알고, 그리고 내가 알겠지."

그는 한차례 한숨을 몰아쉬었다.

"냉천상, 단지 자존심의 회복을 위해서가 아니라곤 말 못하겠지."


02


정신을 잃고 흐트러진 그녀의 모습은 더욱 아름다웠다. 냉천상이 그녀를 안아 침상 위에 내려놓는 순간 약간의 흔들림으로 인해 그녀의 가슴이 질식할 듯한 흔들림을 보였다. 약간 벌려진 입술은 보는 것만으로도 사내를 극락으로 보내 버리기에 충분했다.

그녀의 전신을 훑어보던 냉천상의 얼굴에 더할 수 없는 감탄이 흘렀다.

"정말 훌륭해. 이 선(線)의 흐름……."

그는 침상 옆에 놓인 물주전자를 들어 물을 한 모금 입에 머금더니 그녀의 입술에 대고 넣어 주었다. 기가 막힌 감촉이었다. 이어 그는 그녀의 서너 군데 혈(穴)을 문지르면서 하나둘씩 그녀의 옷을 벗겨내었다.

이제 그와 그녀 사이의 벽이라곤 속치마 하나밖에는 없었다. 문약빙은 의식을 회복한 것 같았다. 그러나 그녀는 막 뜬 눈을 스르르 감아 버렸다. 눈을 감는 순간 그녀의 눈꼬리로부터 한 줄기 눈물이 흘러내렸다.

만 개의 진주들, 깊고 깊은 속눈썹 아래로 만 개의 진주를 풀어놓은 듯 눈물이 방울방울 떨어졌다.

"미안하오."

냉천상은 속삭이면서 그녀의 눈물을 닦아 주었다. 그리고는 조심스레 그녀의 속옷을 벗겨갔다. 기력과 함께 의지도 잃어버린 듯 문약빙은 그의 손놀림에 따라 이리저리로 움직였다. 냉천상은 그녀를 가볍게 안았다.

'이런……. 마치 바위 같군.'

한암(寒岩)이 고목(枯木)을 느끼듯 해서야 무슨 성취를 느끼겠는가.

'천하의 풍류쟁이 냉천상이 겁탈할 수야 없지.'

그의 자존심으로는 기력을 잃은 그녀를 겁탈한다는 것은 용납할 수 없었다. 그는 나직이 속삭였다.

"천기 때문만은 아니었소. 이 천상은 제수씨를…… 미안하오. 사랑하고자 한 것이 아니었지만……, 그만 사랑하고 말았소."

그러나 그녀는 눈을 감은 채 어떤 말도 미동도 하지 않았다.

"약빙……."

그가 뜨거운 음성으로 자신의 이름을 부르자 그녀는 바르르 떨었다.

"당신을 사랑했기에 당신과 나의 사주를 보게 되었고 천기를 알게 된 것이오."

그의 손은 서서히 그녀의 전신을 어루만졌다. 깊고도 뜨거운 손놀림이었다.

'흑…….'

그녀의 전신은 느껴질 듯 말 듯한 산들바람을 받은 나뭇잎처럼 요동하기 시작했다. 그 몸짓은 해빙기(解氷期)를 알리는 전조였다. 이윽고 포근히 녹은 여체의 감촉이 냉천상의 손끝으로 전해졌다.

'됐다! 드디어 서서히 불이 붙기 시작했다.'

냉천상의 손길은 노련했다. 얼마나 많은 여인들이 그의 손 아래 넘치는 뜨거움에 입술을 말렸던가.

바위와 같던 그녀의 몸에 정화(情火)가 불붙기 시작했다. 불이야 붙이기가 어려웠을 뿐이지 붙기만 한다면 절대 꺼지지 않는 법이다.

'흐흑, 아아……!'

모든 것을 포기한 그녀는 눈을 감은 채 숨소리를 죽이려고 애썼다. 그러나 인간의 힘으로 어찌할 수 없는 가공할 힘은 그녀가 빗장을 걸도록 내버려두지 않았다.

"아아……."

그녀는 또다시 눈물을 흘렸다.

'여체란 이토록 슬픈 생리를 가지고 태어났단 말인가?'

차디찬 바윗돌처럼 얼어 있던 그녀의 육체는 어느덧 봄눈처럼 녹아내려 가벼운 신음소리가 꽃잎 같은 입술 사이로 새어나왔다.

'몸이 녹았다. 이제 그녀의 뜻마저 녹는다면 성공이다.'

그는 자신이 사욕 때문에 그녀를 갖는다는 것이 아님을 보

여주어야 했다. 그의 입술이 입술에서 떨어져 나와 그녀의 목
줄기를 타고 흐르다가 귀 쪽으로 미끄러져 갔다. 그는 자근자
근 그녀의 귓불을 입술로 깨물며 속삭였다.

"약빙, 당신을 너무나 사랑하기에…… 그래서 왔소."

"아아……."

그녀는 기쁨과 환희를 담은 그리고 슬픔을 담은 탄식을 뿜
었다. 그의 손은 입술과 완전히 별개의 것이었다. 그의 입술
이 그녀의 얼굴 쪽을 맴돌고 있을 때 그의 손은 어느새 그녀
의 가슴에 가 있었다.

그는 검날을 만지는 듯한 손길로 그녀의 가슴을 어루만졌
다.

"당신을 구했을 때 하룻밤만이라도 당신의 사랑을 얻을 수
있다면 죽음도 기쁠 것이라는 생각을 했었소."

그의 속삼임은 애소(愛訴)였고, 그녀는 화답하듯 가늘게 몸
을 떨었다.

'결코 서둘지 않으리라 밤은 아직도 길다.'

비로소 그녀의 육체를 바라보며 음미(吟味)할 수 있는 여유
가 냉천상에게 주어졌다.

"으음……."

그의 입술을 비집고 나온 신음은 순전히 부지불식간의 일
이었다.

명장(名匠)의 조탁으로 된 나신이 촛불에 감싸여 그 황홀한 상앗빛 광채로 방 안을 녹여 버리고 있었다.

부용(芙蓉)의 얼굴, 황홀한 선이 흐르는 목덜미로부터 흘러내린 우아한 선이 신비를 품은 원구의 동산에 이르러 봉긋하게 솟아 있고, 세요(細腰)의 극치를 가진 교치(巧緻)를 지나면 풍요로운 완구(緩丘)에서 절정을 치달았다.

곤륜산(崑崙山)의 옥(玉)을 깎아 만든 기둥처럼 괴려(怪麗)한 두 다리는 질끈 눈을 감게 만들었다. 그의 시선과 함께 그녀의 몸을 훑은 것은 그의 노련한 손길이었다.

"약빙……."

그의 십기천작이란 별호, 그중 세인들이 가장 쳐주는 것이 풍류였고, 자신도 제일 자신하고 있는 부분이었다. 내기로 얻어진 이름이 아니었고, 당연히 그는 여인의 마음을 꿰뚫고 있었다.

여인과 사랑을 나눌 때 여인이 자신의 이름을 불러주는 것을 가장 좋아한다는 것은 그가 알고 있는 기본 상식이었다.

'아아, 이 뜨거운 음성!'

그녀는 차츰 정신마저 무너져 가고 있었다.

'나는 어쩌면……, 그가 이렇게 해주기를 바라고 있었는지도 몰라.'

그렇지 않고서야 어찌 제대로 반항 한 번 하지 않을 수 있단 말인가. 그녀의 성벽이 무너져 내리기 전 운명처럼 남편 강엽문의 얼굴이 눈앞에 아른거렸다.

그 순간 그녀는 냉천상의 무거운 동체가 몸에 실리는 것을 느꼈다. 그와 함께 그녀의 눈앞에 아른거리던 강엽문의 영상 은 산산조각이 되어 사라져 버렸다.

'소녀경구법(素女經口法)과 동현자삼십법(同玄子三十法)을 골고루 활용하리라.'

그가 생각하는 것들은 모두 방중술(房中術), 그중에서도 천 하에서 가장 뛰어나다는 음양육로사십팔변(陰陽肉路四十八變)이었다. 냉천상은 서서히 사세(四勢)의 전기(前技)를 활용 하기 시작했다.

서주무(綢繆) ― 먼저 그 몸을 합일(合一)하고, 이는 시작 이다.

신견권(申絹) ― 거듭 거듭 간곡하게 정성을 다 들이니 이 는 정사의 사랑이고.

폭사어(曝魚) ― 뜨거운 태양 아래 아가미를 드러내 놓고 숨을 쉬는 고기와 같으니 이는 사랑이 극(極)을 향해 달림이 고.

기린각(麒麟角) ― 기린의 뿔은 극의 치(致)를 의미하는 것 이니 몸과 마음이 태허(太虛)에 노니 이는 정사의 올바른 끝 을 의미하는 것이다.

이 사세의 전기는 방중비전(房中秘傳) 옥방지요(玉房指要)에 기록된 음양육로사십팔변의 일세(一世) 십이변, 즉 사세 사십팔변을 말함이다.

냉천상은 서주무의 기법으로 들어갔다.

"올해는 계해년이라……."

벌레소리도 멎은 고요 속을 그녀의 신음소리와 서주무가 행해지는 소리만이 울려 퍼졌다. 그녀의 몸은 열려진 새장을 박차고 나는 한 마리 새였다. 머릿속에 든 것만 뺀다면 아무것도 남지 않는 강엽문, 그는 그녀를 만족시켜 줄 수 없었다. 그러나 문약빙은 육욕에 목말라 하는 천한 여인이 아니었다.

그러나 그녀의 그런 생각은 겪어보지 않았던 탓이었다. 지금 물을 만난 고기는 전신을 퍼덕거리며 요란한 물결을 일으키고 있었다.

서주무는 이내 끝나고 냉천상은 계속해서 신견권의 기법으로 들어갔다.

"거듭 뜨겁게 사랑하니 이 달은 기묘월인지라."

"아아……."

그녀의 신음소리는 차츰 높아졌지만 냉천상의 목소리가 그 신음소리를 가렸다. 냉천상은 년, 월, 일, 시에 맞추어 음양육로사십팔변을 베풀어 갔다. 그는 능숙하게 신견권을 조절하며 폭사어의 기법으로 동작을 옮겨갔다.

“아아, 여, 여보······.”

그녀의 신음소리는 이제 극에 달해 있었다.

‘아아, 내 몸은 도대체······.’

이런 경험은 처음이었다. 그녀의 몸은 바야흐로 환희를 찾아 절벽을 기어오르고 있었다.

“폭사어도 정도가 지켜져야 그 도(道)를 깨뜨리지 않게 되는 것이다.”

바로 정사의 중용(中庸)의 도리였다.

“그는 기린각의 기법으로 동작을 변형시켰다.

“으음······.”

그녀에게서 순간적으로 다급하면서도 짧은 강한 비음(鼻音)소리가 터져 나왔다. 문약빙의 몸은 불덩어리가 되어 오정(五情)과 오욕(五慾)이 모조리 쏟아져 버린 듯 인내력의 마지막을 다하고 경련하는 팔을 뻗어 냉천상의 목을 끌어안았다.

적시(適時)에 다다른 것이다. 그는 몸을 일으키며 부드럽게 그녀의 팔을 풀었다. 양대(陽大)로써 옥리(玉理)를 건드리고 드디어는 지공(地空)을 찔렀다.

“아, 아아······!”

그녀의 교성이 겁겁(劫劫)하고 눈이 몽롱하기에 이르렀다.

‘이제 구천일심지법(九淺一深之法)이 필요하다.’

깊고 낮음, 완만하고 급격함, 강하고 약함의 적절한 배합이

이루어지기 시작했다. 그는 구천일심을 팔천이심으로, 거기서 칠천삼심, 오천오심으로 옮아선 연심법(連深法)을 교대하다가 다시 구천일심지법으로 되돌아오곤 했다.

"흑흑, 아흑. 당신이 제 주인이 되어……. 아아, 기뻐요. 정말 기뻐요. 아학……."

그녀의 열성은 극을 넘어 오열이 터질 듯 할 즈음이었다. 냉천상은 이미 세 번이나 파정(破精)을 한 후였다. 그녀는 황홀의 나락과 기적 속에서 무아의 경계를 오락가락했다. 자시(子時)에 시작한 정사는 축시를 거의 지나서야 그 운우(雲雨)의 막을 내렸다.

정사는 끝났어도 문약빙은 황홀경에서 깨어나질 못했다.

"마지막 선경(仙境)의 가르침이 남았군."

그는 그녀에게 음양육로사십팔변의 삼세(三勢)의 후기(後技)를 베풀었다.

원앙무(鴛鴦舞) – 원앙의 사랑은 입맞춤에 있고.

유화도(柳花跳) – 버드나무 꽃과 여체는 격랑에 일어 이를 다스리니.

풍유롱(風柔弄) – 바람이 나무를 휘게 하여 부드럽게 쓰다듬으니 그 끝이로다.

"흐흑……."

마지막까지 전신에 몰아치는 희열을 참지 못해 그녀는 손가락을 깨물며 흐느꼈다. 그녀는 황홀감에서 좀처럼 깨어나지 못했다.

'이런 기쁨이 내 몸에 있을 줄은 진정 몰랐어.'

그저 부부간의 의무로만 알았던 잠자리였다. 그런데 냉천상을 받아들인 지금 그게 아니었다. 남편이 한 번도 주지 못한 기쁨을 그는 단 하룻밤 만에 모두 주었다.

냉천상은 창가에 서서 밤하늘을 바라보았다. 이미 동편 하늘 저편에서는 먼동이 트고 있었다.

'이제 내가 할 수 있는 일은 다했다. 아이가 태어나고 안 태어나고는 하늘의 뜻이다. 그러나 나는 아이가 태어나는 것을 지켜볼 수가 없다.'

그는 자신에게 한 약속대로 죽어야 하는 것이다. 무서운 눈빛이 흘러나왔다.

"천추만승제 동방대군! 이십 년만 기다려라."

그는 이미 훗날의 모든 준비를 해 놓은 듯했다. 문약빙의 음성이 들렸다.

"이제 우리는 어떡해야 하지요?"

떨리는 음성, 문약빙은 이불 속에서 얼굴만 내민 채 자신 없는 듯한 음성으로 물었다. 냉천상은 조용히 대답했다.

"사련(四戀), 사락(四樂)은 한 번으로 족하오."

그녀의 얼굴이 핼쑥하게 변했다.

“그, 그럼?”

냉천상은 그녀의 다급한 반문에 고개를 끄덕였다.

“그렇소. 우리는 이번 한 번으로 모든 것을 끝내야 하오. 이별을 해야 하오.”

“이별이라고요?”

그녀는 넋 나간 여자처럼 중얼거렸다.

‘아아, 나는…….’

그녀는 절망을 느꼈다. 도저히 오늘의 희열을 잊고 살아갈 자신이 없었다. 냉천상은 그녀를 바라보았다.

‘나는 약빙에게 두 번 슬픔을 주는군.’

한 번은 정절을 생명으로 여기는 여인에게 불륜이란 슬픔을 주었고, 이제는 육욕(肉慾)에 시달릴 슬픈 여인의 육체를 남겨 놓고 가는 것이다.

“당신은 나를 이렇게 만들어 놓고 떠나려 하다니…….”

“우리의 이별은 보통 이별이 아니오. 영원한 이별이오.”

그녀는 대경실색하며 두 눈을 크게 떴다.

“영원한 이별이라니요?”

“나는 죽음으로써 오늘 일을 속죄할 것이오.”

그녀는 몸을 벌떡 일으켰다. 이불이 흘러내리고 조금 전 그의 품안에서 희열에 젖어 흐느끼던 그녀의 상반신이 드러났다. 이불 밖으로 빠져나온 흰 가슴은 사내의 모든 것을 송두

리째 뽑아 날릴 만했다.

"아아……."

그녀는 무너지고 말았다. 냉천상은 그녀에게 다가왔다. 그는 두 손으로 그녀의 얼굴을 부드럽게 감쌌다.

"사랑하오."

"아……."

그는 문약빙의 두 눈을 사랑이 가득 담긴 눈길로 바라보았다. 아름다움 외에는 아무것도 느낄 수 없는 보석과도 같은 눈이었다.

"저는…… 저는……."

그는 손가락으로 그녀의 입술을 막았다.

"아무 말도 하지 마시오."

냉천상의 시선에 아픔이 배어나왔다.

'아, 나는 계속해서 약빙에게 또 다른 악업을 베풀어야 한다.'

그러나 그는 이빨을 지그시 깨물었다.

'그래도 나는 해야 한다. 이미 죄의식은 버린 지 오래지 않는가.'

돌연 냉천상의 시선에 파란 빛이 감돌기 시작하더니 서서히 요기를 띠어 가는 것이 아닌가. 문약빙은 소스라치게 놀라 외쳤다.

“무, 무서워요.”

“흐흐…….”

그의 입에서 귀기(鬼氣) 가득한 괴소가 흐르면서 파란 눈빛은 회오리치기 시작했다.

“흑…….”

그녀는 머리끝이 쭈뼛 솟구치는 공포에 숨을 짧게 들이마셨다. 냉천상의 얼굴은 더할 수 없이 음침하게 변해 있었다.

“문약빙, 내 눈을 보아라.”

그의 두 눈에서는 사람의 혼백을 뽑아 놓을 듯한 파란 광채가 무섭게 폭사되고 있었다. 너무 놀라 그에게서 눈을 떼려던 그녀는 찬물을 뒤집어쓴 사람처럼 떨더니 그대로 굳어졌다.

“흐으…….”

“문약빙, 너는 이제 내가 시키는 대로 해야 한다. 알겠느냐?”

음산했던 음성은 사이(邪異)하면서도 부드럽게 흘렀다. 마치 영혼을 팔라고 속삭이는 악마의 속삼임과도 같았다. 문약빙의 눈빛은 아무 저항도 하지 못한 채 이내 몽롱해졌다.

“알겠습니다.”

“이제 일어나 옷을 입어라!”

“예.”

그녀는 일어나 옷을 입기 시작했다. 눈부시도록 화려하고 찬란했던 그녀의 은어 같은 나신은 차츰 한 겹 두 겹 옷 속으로 감추어지고 있었다. 그녀가 옷을 거의 다 입어갈 때쯤 또다시 냉천상의 괴이한 시선이 흔들렸다.

'약빙, 내 죽음으로 너에게 속죄하마. 내 복수를 위해 한 가정을 파괴함은 물론 너를 죽음의 길로 보내려 하고 있는 나를 용서해라.'

문약빙은 옷을 다 입고는 그를 향해 섰다. 그녀는 넋이 나간 사람처럼 귀화(鬼火)가 활활 타오르는 그의 눈을 신들린 듯이 응시하고 있었다.

냉천상이 펼치고 있는 사공은 과연 어떤 것이기에 단 한 번 바라본 것만으로 그녀의 심령을 제압해 버린 것일까.

"너는 이제 곧장 이 길로 떠나 찰합이성(察哈爾省)의 여래사(如來寺)로 가야 한다. 알겠느냐?"

"예……."

"여래사에서 한 노승을 만나게 될 것이다. 그 노승이 '북방(北方)의 별은 찬란하다.'라고 말하면, 너는 그 노승을 따라 그곳에 머물도록 해라."

"알겠습니다."

냉천상은 품속에서 한 개의 옥병을 꺼냈다.

"자, 이것을 열어 그 안에 들어 있는 것을 모조리 먹도록 해라."

"예."

문약빙은 그가 내미는 옥병을 받아들고 그 옥병 안에 들어 있던 백여 알이 넘어 보이는 환약들을 단숨에 삼켰다. 무리한 듯했지만 침에 닿자마자 환약들은 그대로 녹아 버렸다. 그 환약들이 그녀의 목구멍을 타고 넘음과 동시에 방 안에는 더할 수 없이 청아한 향기가 감돌았다.

"돌아앉아라!"

시간이 별로 없는 듯 냉천상은 서두르기 시작했다. 문약빙이 몸을 돌려 자리에 앉는 순간 그는 두 손을 들어 올려 그녀의 명문혈에 갖다 대었다. 잠시 후 냉천상의 얼굴은 더할 수 없이 붉게 달아올랐다.

'역기충혈대법으로 잃었던 공력을 되찾았다. 그리고 그 공력을 전부 약빙의 몸속에 넣어준다. 후후……'

그는 계속해서 공력을 주입하며 미소 지었다.

"후훗, 남극영천단(南極靈泉丹) 백 알과 나의 공력으로 약빙은 뱃속의 아이를 키울 것이다. 이로써 무림 역사상 전무후무한 신골(神骨)이 태어날 것이다."

아직 그 남극영천단이 인세에 남아 있었다니. 그것도 백 개가 넘는다는 것은 가히 세상을 뒤엎을 만한 일이었다. 이 환약의 효능을 아는 사람이라면 세 번 죽었다 깨어나도 믿지 못할 일일 것이다.

남극영천단(南極靈泉丹)!

무림에 전설 같은 얘기로 남아 있는 남극약선(南極藥仙) 갈월빈(葛月彬)이란 성의(聖醫)가 있었다.

그는 자신을 찾아온 단 한 사람의 환자도 고치지 못한 적이 없다는 신의였다. 또한 자신의 의술을 베풀기에 전혀 인색하지 않았기에 그는 무림인들로부터 성의라 불리며 존경을 받았다.

바로 그가 만든 최고의 영약이 남극영천단이었다.

태양만년화리(太陽萬年火鯉)와 지극오령매실(地極五靈梅實)을 주 약재로 하여 영산(靈山)의 이슬을 먹고 자란 천 가지 희귀 약초를 배합하여 만들었다는 절세의 영단이다. 죽은 자도 살리고 뼈에 살을 붙인다는 선약(仙藥)이었다.

냉천상의 얼굴은 금방이라도 터질 것 같이 붉게 팽창되어 있었다.

"이야압!"

기합성과 함께 희고 붉은 두 개의 기류(氣流) 덩어리가 그의 장심을 떠났다.

파팟!

놀랍게도 그녀의 명문혈에 두 개의 기류가 작렬하는 순간 마치 빨려들 듯 사라져 버리는 것이 아닌가.

"우욱!"

냉천상은 갑자기 배를 움켜쥐고는 허리를 꺾었다.

"우웩!"

그리고는 쉴 새 없이 피를 토하기 시작했다. 그이 안색은 곧 죽을 것만 같이 하얗게 탈색되어 있었다. 문약빙은 그런 그를 단지 몽롱한 시선으로 바라보고 있었다. 명령을 기다리는 듯이.

"어, 어서…… 길을 떠나라."

"예."

그녀는 몸을 돌려 그대로 방을 나섰다. 그녀의 뒤를 처절한 아픔이 배인 그의 시선이 따랐다.

"하늘아! 이 냉천상으로 하여금 너무나 큰 죄를 짓고 가게 하는구나. 흐흐, 그러나 후회는 없다."

문약빙이 장원을 나서자 냉천상은 비틀거리며 강엽문이 잠들어 있는 곳으로 향했다. 지금 어떤 일이 벌어졌다는 것을 알지 못한 그는 세상모르고 자고 있었다. 핼쑥한 얼굴, 그러나 고귀한 인품과 위엄이 담긴 얼굴이었다.

냉천상은 그의 얼굴을 오래도록 들여다보며 서 있었다. 그의 얼굴은 고통으로 일그러져 있었다. 역기충혈대법을 일으켜 공력을 단숨에 문약빙에게 주입시켰기 때문이 아니었다. 육체의 고통은 아무래도 좋았다. 죽겠다고 다짐한 마당에.

이제 다시 돌아올 수 없는 길을 떠나야 하는 지금 짊어지고

갈 짐이 너무나 많았다. 그저 의형을 이해하려고만 할 동생의 모습이 그를 괴롭혔다. 차라리 그를 찢어죽일 듯 원망할 그였다면 떠나는 냉천상의 마음이 그리 아프지 않으련만. 자신의 잘못보다 의형의 죽음을 더욱 슬퍼할 것이다.

그는 잠들어 있는 강엽문 앞에 무릎을 꿇었다.

"미안하네…… 아우, 정말 미안하네."

무엇으로 죗값을 치를 수 있겠는가. 죽음 따위가 그 죄를 희석시켜 줄 수는 없을 것이다.

그는 뜨거운 눈물을 흘리며 강엽문을 향해 절을 했다. 못 마시는 술을 억지로 마시며 의형이 돌아온 것을 기뻐하던 그의 티 없는 웃음이 그의 머리를 짓눌렀다.

"아무쪼록 오늘 일을 모른 채 살아가길 바라네."

서서히 고개를 드는 그의 두 눈은 붉게 충혈되어 있었다.

"그녀를 찾지도 말아야 하며, 아무것도 모르고 살아가게나."

냉천상은 눈물을 흘리며 뜰로 나왔다. 하늘을 보았다. 날은 밝았고 이슬은 여명의 빛을 받아 영롱한 빛을 발하고 있었다. 죽음 직전의 세상은 항상 이렇게 아름다운 것이라는 얘기를 들었다. 그에게는 별개의 문제였다.

"으드득!"

냉천상의 입에서 이빨조각이 떨어져 내렸다.

"하늘아! 너는 제왕지재를 위해 다른 여인을 택했어야 했다. 그랬다면 이 냉천상은 조금은 편한 마음으로 죽을 수 있을 것을……."

돌연 눈물을 흘리던 냉천상이 씨익 웃었다.

"아들아, 부디 이 아비의 원수를 갚고 중원천하를 움켜쥐어라."

그의 머릿속에 끈질긴 인연으로 점철된 한 인물의 얼굴이 떠올랐다.

"흐흐, 동방대군! 넉넉잡고 이십 년이야, 이십 년. 흐흐으으윽!"

그의 허리가 급격히 꺾였다. 창자가 끊어지는 것보다 더한 고통이 그의 전신을 후려쳤다. 그러나 냉천상은 잔인하게 웃었다.

"크흐흐!"

돌연 그의 얼굴이 다시 붉어지는 것이 아닌가.

팍!

그의 발밑에서 느닷없이 불꽃 튀기는 소리가 들렸다. 놀랍게도 냉천상의 발밑에서 새파란 불꽃이 이는 것이 아닌가.

"동방대군! 네가 하늘이면 내 자존심은 우주야. 내가 어떻게 죽어가고 있는가를 봐라."

새파란 불꽃은 검은 연기를 일으키며 그의 몸을 태우기 시작했다.

"십기천작 냉천상, 이렇게 죽는다. 흐흐흐, 내 몸을 화장시키기 위해 공력을 일 푼 정도 남겨놓았지."

불길은 서서히 그의 허리 위로 감아들었다.

치지직!

인체에서 나오는 기름이 불길에 타며 밑으로 떨어져 내렸다. 그 고통이 어떻다는 것은 말하지 않아도 알 수 있는 것이지만, 그의 모습을 본다면 세상에 좋은 느낌 중 하나일 것이라는 생각이 들 것이다. 고통을 못 느끼는 것인지 그는 활짝 웃고 있었다.

"하하하하……."

살이 타는 지독한 냄새가 온 장원을 뒤덮었다. 새파란 불길은 이제 그의 상반신마저 삼켜가고 있었다. 그는 불길 속에 휩싸인 채 꼿꼿이 서서 웃고 있었다. 마지막 유언처럼 무어라 형용키 어려운 무서운 분노의 광소(狂笑)가 불길 속에서 터져 나왔다.

"크하하하하핫! 세상아, 잘있거라! 나 냉천상은 이대로 가지만, 나의 분신 제왕지재를 남겨놓고 가느니라!"

그의 음성이 메아리가 되어 허공을 울리고 있었고, 불길은 이제 그의 몸을 완전히 집어삼켰다.

그 집념의 시작은 어디이고, 그 끝은 어디란 말인가. 냉천상은 영웅이 아니었다. 그가 영웅이었다면 자신의 복수를 위해 한 가정을 파괴시키지는 않았을 것이다. 그는 보기 드문 효웅이었다.

마지막 불꽃이 꺼져가고 있었다. 냉천상이 서 있던 자리, 십기천작은 한 줌의 재가 되었을 뿐이다. 그가 세상에 남긴 수많은 일화와 사건들을 생각한다면 너무나 대조적이었다. 죽음이란 이렇게 말없는 것을.

휘이이잉!

한차례 바람이 불어 그나마 남아 있던 그의 잔재를 쓸어가 버렸다. 태풍조차 어쩌지 못했던 그였는데.

하늘은 늘 그렇듯이 항상 갖고 있던 그 색깔이었다. 그의 죽음이 어딘가 칠해져 있긴 한데.

제4장

# 계획된 잉태였다

01

찰합이성(察哈爾省).

자연의 묘한 조화로 인해 이곳은 사막과 초원이 함께 어우러진 곳이었다. 찰합이성을 가로지르며 거대한 만리장성(萬里長城)의 행진이 끝없이 계속되고 있었다.

붉게 타오르듯 단풍의 물결을 이루고 있는 산이 가을임을 짐작케 했지만 벌써 북해(北海)의 차가운 북풍이 몰아치고 있었다.

어디선가 양을 모는 목동들의 커다란 고함소리가 음메에 하고 들려오는 양들의 울음소리와 뒤섞여 적막한 초원을 공허하게 울렸다.

중원에서는 쉽사리 볼 수 없는 풍경이 이질감을 느끼게 하면서도 한편으로 따뜻한 정감을 느낄 수 있는 곳이었다.

돌연 북쪽에 있는 작은 구릉 위로 동그란 물체 하나가 불쑥 솟아올랐다. 잘 닦아서 집에 장식해 놓으면 그만일 것 같은 수석처럼 반짝반짝 빛나는 것은 분명 사람의 머리였다. 그런데 마치 거울처럼 햇빛을 반사시키는 것이 모아두었다가 밤에 쓰면 하룻밤을 새면서 책을 읽어도 남을 듯했다.

이어 얼굴이 드러나고 그의 모습이 완전히 보였다. 그는 민머리만 본다면 충분히 우습게 볼 수 있는 인물이었다. 그런데 모습을 드러낸 그 인물은 사람이 가질 수 없는 음산함을 가지고 있었다.

호리호리한 키, 푸르스름한 이끼가 피어날 정도로 파리하고 음습한 얼굴, 뻣뻣한 잿빛 눈썹 아래 우묵한 두 눈은 괴괴한 늪처럼 어둡고 깊었다. 도저히 심기를 꿰뚫어볼 수 없는 그 동공은 쳐다보기만 해도 눈이 터져나갈 것만 같았다.

세월의 연륜을 읽을 수 있는 주름진 얼굴. 믿겠는가, 그는 승려였다.

정감 있던 초원의 정경은 단지 한 명의 정체 모를 노승을 담았을 뿐인데도 음산하게 변해 버렸다. 자신이 지닌 기도만으로 주위를 물들일 만한 사람이 과연 몇이나 될까.

노승은 뭔가를 기다리는 듯 먼 곳으로 시선을 던졌다.

“올 때가 됐는데.”

막막한 눈동자는 초조감으로 번들거리고 있었다. 그를 이렇게 초조하게 만들 수 있는 것이 있었다니.

한 명의 여인이었다.

남쪽, 그러니까 정확히 말해 중원. 지금 그곳에서 전쟁이라도 일어나고 있단 말인가. 여인은 완벽하게 전쟁통에 시달리다 겨우 목숨을 건진 피난민의 모습이었다.

헝클어진 머리는 여인의 본연을 잊은 듯 감지 않아 가뭄 속에 자라난 잡초더미를 얹어 놓은 듯했고, 다 떨어져 해진 옷은 의복이라 하기가 민망할 정도였다.

“헉… 허억……..”

한 열흘 정도 물을 먹지 않으면 그렇게 될 성싶은 메마른 여인의 입술에서는 살아 있다는 증거로 탁한 숨결이 흘러나왔다.

한쪽 가슴이 슬프게도 옷 위로 비쳐졌다. 전혀 어울리지 않게 여인은 아름다웠다. 그 때문에 더욱 애처로워 보였다. 가진 것 모두를 내어줄 만큼이나.

“헉헉……..”

배가 약간 불러 있는 것이 몸매의 선을 볼 때 살이 쪄서가 아니라 임산부라는 것을 알 수 있었다. 더러움은 차마 그녀의 아름다움을 감추지 못했다.

초점 없는 여인의 시선은 백치미의 극치였다. 그녀는 그 시선을 멀리 앞쪽에 던져놓은 채 정신없이 걷고 있었다. 마치 그곳에 자신의 삶을 연명시켜 줄 무언가가 있는 듯이.

우연인지 여인이 걷는 방향은 노승이 서 있는 곳과 일치했다. 노승은 그녀를 발견하고는 괴이한 눈길로 그녀를 바라보았다.

그러나 여인은 노승의 앞을 지나가면서도 그를 보지 못한 듯싶었다.

'미친 여자인가?'

노승의 머릿속에 문득 떠오른 생각이었다.

그러나 사람 간을 빼먹으려는 듯 지나쳐 걷던 그녀가 갑자기 몸을 돌렸다.

"스님, 혹시 여래사가 어딘지 아십니까?"

말라비틀어진 입술에 어울리는 음성이었다.

때를 같이해 노승의 잿빛 동공에 변화가 생기더니 그의 시선이 여인의 불룩한 배로 향했다.

눈빛이 가늘게 떨리며 노승의 입가에 지극히 만족한 웃음이 번지기 시작했다.

"드디어 성공했군."

그는 한차례 그녀의 전신을 훑어보았다.

"최고의 여인이다."

노승의 괴이한 시선에는 감탄이 흐르고 있었다. 여인은 단지 그것이 목적인 듯 다시 한 번 물었다.

"여래사를 아시는지?"

"이름이 뭐지?"

그녀는 기계적인 대답을 했다.

"문약빙."

문약빙!

그녀는 개봉을 떠나 이곳 찰합이성까지 무려 육 개월에 걸쳐 걸어온 것이었다. 아직도 냉천상의 섭혼술(攝魂術)에 심지를 제압당한 채라 그녀는 어떤 고통도 느끼지 않았기에 그럴 수 있었다.

노승은 중얼거렸다.

"기다리기 지쳐 나왔더니 이제야 만나게 되는군."

노승의 눈에도 그녀가 조금만 늦었더라면 굶어죽을 몰골이었다.

"북방의 별은 찬란하고……."

노승의 입에서 그 말이 흘러나왔을 때였다. 멍하니 노승을 바라보던 문약빙은 갑자기 쓰러졌다. 마치 여기까지 올 힘만 남겨놓았던 사람 같았다.

"저를 맡아주……."

그녀는 말을 하다 말고 그 자리에 기절하고 말았다. 육 개월이 넘도록 잠시도 쉬지 못하고 이곳까지 걸어온 탓이리라. 섭혼술에 걸렸다지만 도저히 인간이 할 수 있는 일이 아니었다.

그래도 다행인지 그녀는 몰골만 더러울 뿐 한 군데도 상한 곳은 없었다. 남극영천단 덕이었다.

노승은 희미하게 웃으며 고개를 끄덕였다.

"물론 맡아주지. 애를 낳을 때까지만 말이야."

그가 문약빙을 안아들었다 싶은 순간, 그는 이미 그 자리에 없었다. 귀신같은 신법보다 이상한 것은 노승이 지금껏 단 한 번도 불호를 외우지 않았다는 것이다.

02

낡은 절(古刹).

후하게 쳐주어 그렇게 불렀지만 안쪽에 보이는 깨진 불상만 아니었다면 흉가라 부르는 것이 나을 정도였다.

이름을 알 수 있는 현판은 절반쯤에서 부러져 신기하게도 허공에 대롱대롱 매달려 있었고, 그나마 나머지 반쪽도 풍상에 시달려 퇴색되어 잘 보이지 않았다.

눈 씻고 찾아보면 알 수 있을 현판에 새겨진 이름이 여래사였다.

이끼 낀 담장은 군데군데 허물어져 있었지만 대강 눈대중으로 잡아도 그 넓이와 크기로 본다면 한때 더할 수 없이 번창 했을 이곳의 과거를 보여주고 있었다.

휘이이잉!

갈대가 바람에 쓸리면서 분위기라도 맞춰 주려는 요량인 양 귀신 우는 소리를 냈다.

밀실(密室).

어두컴컴한 밀실은 조그마한 촛불 하나가 간신히 어둠을 내쫓고 있었다. 그저 창고용으로나 지어졌을 법한 썰렁한 밀실은 전체가 회색 벽이었다. 그 회색 벽에는 지금 촛불을 받아 커다란 그림자가 비쳐져 있었다. 낮에 본 노승의 그림자였다.

"흐흐……."

밀실에 딱 어울리는 음산한 괴소였다.

노승의 앞, 나무침상 위에는 혼절한 문약빙이 민망하게도 사지를 활짝 편 채 누워 있었다. 촛불에 반사되는 그녀의 아름다움은 가히 살인적이었다.

노승의 눈길은 어울리지 않게 번들거리고 있었다.

'정말 군침 도는 여인이군.'

냉천상의 아기를 가진 여인이라는 사실을 누구보다도 잘 알고 있는 그였지만 본능은 어쩔 수 없었다.

노승은 이를 지그시 물었다.

"흐흐, 이 나이에……."

노승은 자신의 나이에 아직도 성욕(性慾)이 남아 있다는 사실에 적잖게 놀란 듯했다. 그도 오래 가진 않았고, 그는 다시 두 눈에 싸늘한 냉기를 뿜어냈다. 이어 그는 갑자기 여인의 천령혈(天靈穴)과 용천혈(勇泉穴)에 손을 갖다 대었다.

"전진(全眞) 비전(秘傳)의 마극영체대법(魔極靈體大法)을 펼치면……."

그의 머리에서 투명한 청색기류가 피어오르기 시작했다. 밀실 안은 불빛에 반사되는 청색기류로 인해 일시에 귀기스러워졌다. 그리고 순식간에 그 기류는 노승과 문약빙을 휘감았다.

마극영체대법(魔極靈體大法)!

이는 전설로만 전해지는 전진파(全眞派)의 비전도가대법(秘傳道家大法)이다. 이는 임신한 여인에게만 펼칠 수 있는 대법이다.

배교(拜敎), 이곳은 중원 사술(邪術)의 총 본고장이 아닌가. 그러나 그 배교는 십절대군단에 의해 대막(大漠) 이북 전진도가로 쫓겨 들어갔다.

전진도가는 배교를 받아들여 도가비전(道家秘傳)과 배교사술대법(拜敎邪術大法)을 융합시켜 새로운 사술대법들을 많이 만들어 낼 수 있었다. 마극영체대법은 그 사술대법 중 하나였다.

이 마극영체대법을 시술받은 여인은 자신의 진원진기(眞原眞氣)로 뱃속의 아기를 키우게 된다. 그러나 그 여인은 출산이 다가올수록 아이에게 진원진기를 빼앗긴 탓으로 피골이 상접하게 된다. 그 과정에서 여인은 자신의 잠재력까지도 아기에게 주게 된다.

그리고 출산 후 산모는 자신의 모든 것을 아기에게 주고 죽게 되는 것이다. 마극영체대법은 천리를 거역하는 사술이법(邪術異法)이었다.

옥(玉)을 깎아 만든 듯 새하얗던 문약빙의 피부는 투명한 청색을 띠고 있었다. 차츰 청색기류는 그녀의 전신으로 스며들고 있었다. 기류가 완전히 그녀의 몸에 흡수되었을 때였다.

파파파파팟!

노승의 양손이 그녀의 전신 삼백육십오 개의 대혈을 찍어 나갔다. 어둡도록 신중한 기색과 극히 엄중한 손놀림은 빠르기가 번개와 같았고 노승의 이마에 땀이 번들거리기 시작했다.

슈슈슈슉! 파파팟!

그의 양손은 허공을 격하고 쉴 새 없이 문약빙의 전신대혈을 찍어갔다. 시간이 갈수록 노승의 안색은 더욱 창백해져 갔고, 전신에서 구슬 같은 땀방울이 흘러내렸다.

'내 삼 갑자의 공력은 마극영체대법을 더욱 빛내리라. 여인은 남극영천단 백 알과 냉군주의 내공을 몸속에 가지고 있다. 그것이 모두 새로 태어날 제왕의 젖이 되리라.'

그랬던가. 남극영천단도 냉천상의 내공도 모두 다 아기를 위해 그녀의 몸속에 넣어주었던 것이다. 얼마의 시간이 흘렀는지 몰랐다.

"휴우……."

긴 한숨소리와 함께 노승은 탈진해 쓰러질 듯한 기색으로 손을 놓았다.

"혁혁, 이제 이 아이는 무림 역사상 전무후무한 능력을 지니고 태어나게 된다."

그의 얼굴에 두 번째로 만족한 웃음이 어렸다.

마극영체대법에 의해서 태어나는 아기는 영원히 임독양맥이 막히지 않게 된다. 그로 인해 내공을 익히는 순간 그 즉시 백 년의 공력이 몸 안에 생성된다.

상상이나 할 수 있는 일인가.

하물며 남극영천단과 냉천상의 내공까지 흡수하게 되었으니 그 내공이란 보지 않고는 믿지 못할 신화일 것이다.

그것뿐이면 말하지 않았을 것이다. 기절할 만한 일은 아직 끝나지 않았다.

천지이교(天地二交)마저 관통되어 있어 아무런 무리 없이 정공(正功)과 극악무도한 사공, 마공을 한 몸에 모두 익힐 수 있다.

노승은 결가부좌를 틀고 앉았다. 소모된 진기를 다시 보충하기 위함이었다.

"흐흐, 제왕지재의 사주라 그랬지? 흐흐, 십기천작의 신산(神算)을 나는 믿는다. 그는 자신의 몰락까지 맞추었으니까."

그는 운기조식을 하며 푸르스름한 광채로 번들거리는 문약빙을 바라보았다.

"제왕지재에다 특출한 오성까지 타고날 것이며, 천하의 어떤 무공이든 자신의 것으로 만들 수 있게 될 것이다. 흐흐……."

문약빙의 불룩한 배를 바라보는 노승의 눈빛도 어느덧 냉천상의 눈빛과 닮아 있었다. 복수심이 가득 담긴 눈빛이었다.

"전진의 말코도사가 복수 때문에 중이 되었다. 무량수불, 흐흐흐흐……."

노승, 그는 아미타불 대신 무량수불이라 했다. 그의 말대로 그는 전진의 도인이란 말인가. 마극영체대법은 전진파 중에서도 대장로(大長老)만이 펼칠 수 있는 것이었다.

확실한 것은 전진도가 역시 배교를 받아들였다는 사실 하나로 십절대군단에게 몰살당했다는 것이었다.

대초원, 언제부터인가 대초원에 이상한 냄새가 풍기기 시작했다. 어물전 바닥에 고인 물과 시궁창 물 따위를 섞는다면 아마도 이것의 절반 정도에 미치는 구역질나는 냄새가 만들어질 것이다.

우우우우우!

그 냄새가 풍기기 시작한지 얼마 되지 않아 멀리서 고막을 찢어 버릴 듯한 소름끼치는 소리가 들리기 시작했다. 노승은 며칠 전처럼 그때와 같은 구릉 위에서 저 멀리 시선을 던졌다.

"낭왕(狼王)이 오는군."

그가 말하는 낭왕이란 대막의 죽음의 신 낭왕 염천월을 말하는 것일까.

우워우우우!

아득히 먼 곳으로부터 들려오던 늑대들의 울음소리는 점차 가까워지고 있었다.

"흐흐, 죽음의 혈랑(血狼) 떼……. 언젠가는 새로운 주인을 따라서 중원 땅을 휩쓸 날이 오겠지."

저 멀리 시선을 던지는 노승의 눈빛 속에는 일말의 두려움과 더불어 감탄이 떠오르고 있었다. 노승을 감탄하게 만들기에 충분한 엄청난 광경이 그곳에 있었다.

노승의 시선이 머문 곳에는 하늘과 맞닿은 초원의 능선이 펼쳐져 있었다. 무슨 조화인지 능선이 움직이고 있었다. 북해의 싸늘한 바람이 불어오기 시작한 늦가을에 아지랑이란 말은 어울리지 않았다.

능선을 움직이게 만든 실체는 얼마 지나지 않아 드러났다. 세다 지쳐 잠들 만큼 끝없는 늑대의 무리, 늑대의 행렬이었다.

능선은 계속 움직이고 있었고, 그곳에서는 자욱한 황포먼지가 구름처럼 일어나고 있었다. 마치 능선 끝은 벼랑이고 그 벼랑이 무너지고 있는 것처럼 말이다.

우우워우워어어!

처절한 울부짖는 소리가 사방에서 들려오고 있었다. 멀리서 보아도 그들의 몸은 보통 늑대보다 최소한 두 배가 컸다.

"언제 보아도 무섭군."

사납고 흉폭하기 그지없어 보이는 늑대들의 털은 고슴도치인양 빳빳이 서 있었으며, 두 눈은 완전히 핏빛으로 등잔불처럼 타고 있었다. 혈랑들은 굶주린 듯 혀를 날름거리고 이빨을 번쩍이며 질주해 오고 있었다.

크르르릉크르르!

그런데 달려오는 혈랑 떼의 한가운데, 그곳에는 놀랍게도 수십만 마리의 늑대들을 호령하듯 금빛 찬란한 갈기를 휘날리며 달려오는 황금늑대 한 마리가 있었다. 그 황금랑은 다른 혈랑들보다 세 배나 큰 몸집을 가지고 있었다.

낭중지왕(狼中之王)!

이 늑대의 이름은 그것이었다. 전설에 의하면 이 황금랑의 영리함 때문에 늑대들이 천 년 동안이나 대막에서 죽음의 신으로 군림할 수 있었다고 한다.

그 늑대 위에 사람이 올라타 있었으니 묻지 않아도 그 사람의 이름을 알 수 있었다. 황금랑의 등 위에 탈 수 있는 인간이라면 이 세상에 단 한 명밖에 없었다.

낭왕 염천월, 바로 그였다.

그 뒤를 두 마리의 푸른 늑대가 호위하며 달려오고 있었다. 그들의 모습은 혈랑들 속에서도 당연히 눈에 확 띄는 것이었다.

휙!

황금늑대가 갑자기 허공으로 솟아오르더니 삼십여 장을 날아 노승의 옆에 내려섰다.

"여인은 왔는가?"

늑대가 사람 말을 한다면 꼭 이 음성과 같을 것이다. 노승은 고개를 끄덕였다.

"왔지."

대답을 들은 낭왕 염천월은 어울리지 않게 웃었다.

"크크크."

그의 웃음소리도 꼭 혈랑의 울음소리와 같았다.

"그럼 오늘쯤 다들 오겠군?"

노승은 고개를 끄덕였다.

"아마 그럴 거야."

낭왕 염천월은 휘파람을 불었다.

휘이익!

초원을 양단할 듯한 날카롭고 예리한 휘파람이었다. 그 휘파람은 늑대들을 부리는 신호인 것 같았다.

두두두두! 우우우우!

혈랑들은 휘파람소리가 울림과 동시에 다시 왔던 방향으로 돌아가기 시작했다. 혈랑들이 썰물처럼 사라지는 모습은 마치 핏빛 바닷물이 빠지는 것과 같았다. 노승은 혼자 중얼거리듯이 말했다.

"자네의 친구들은 언제 보아도 쓸 만해, 멋있어."

"흐흐, 백만 대군이지."

그렇다. 늑대군단은 백만 대군과 맞먹는 전력을 가지고 있었다. 아니 보여 지는 공포감으로도 그 전력을 능가하고도 남음이 있었다.

그때였다. 서편 하늘 저 멀리 점이 하나둘씩 보이기 시작했다. 보이는가 싶더니 이내 하늘을 새카맣게 뒤덮는 것이었다.

까악! 깍까악!

고막을 찢는 금속성의 울음소리와 함께 하늘은 마치 먹장구름에 뒤덮인 듯 새까맣게 물들었다. 하늘을 덮은 것은 바로 까마귀들이었다.

"흐흐, 까마귀 군단이군."

까마귀들은 앞서 보았던 혈랑의 숫자보다 더 많은 듯싶었다. 까마귀들로 인해 천지는 일시에 캄캄한 암흑천지가 되고 말았다.

그 모습을 바라보던 염천월이 중얼거렸다.

"밤이 아니라서 박쥐들을 볼 수 없는 것이 아깝군."

"까마귀들로도 충분하이."

노승과 낭왕 염천월은 갑자기 으스스한 기분이 들어 자신도 모르게 시선을 돌렸다. 그런데 그들 바로 옆에 어느새 또 하나의 어둠 덩어리가 자리하고 있었다. 그리고 신기하게도 그 어둠 속에서 그것을 닮은 음성이 흘러나왔다.

"클클, 나 오수편복제가 적이었다면 네놈들은 벌써 죽었을 것이야."

"어서 오게."

"네놈이 몇 마리 까마귀 새끼들을 믿고 까부는 모양인데, 네놈이 내 늑대들과 한차례 놀고 싶은가 보구나."

노승과 염천월의 음성에는 반가움이 흘러넘치고 있었다.

"계집은 아직 안 왔나?"

"곧 오겠지."

염천월이 오수편복제를 향해 말했다.

"빨리 까마귀 새끼들을 보내 얼굴을 보고 싶다."

"그럴까? 크크."

염천월과 마찬가지로 어둠 속에서 울려나오는 음성은 까마귀 울음소리와 똑같았다.

"까악 깍 끼오오!"

어둠 속에서 터져 나오는 까마귀 울음소리는 천공을 양단하며 일직선으로 솟구쳐 올랐다. 그러자 하늘에서 화답이 들렸다.

깍까악까아아악!

소름 끼치는 음침한 소리에 노승과 낭왕 염천월은 귀를 틀어막았다. 무공이 약한 사람이라면 이 소리에 고막이 터져나갔을 것이다.

'으으, 제기랄! 두 번만 더 들으면 미쳐 죽을 거야.'

'내 늑대새끼들 울음소리는 듣기가 좋은데 이 까마귀 소리는 다시 듣고 싶지가 않아.'

그들은 진저리를 쳤다. 이토록 많은 까마귀 소리를 한 시진만 계속 듣고 있게 된다면 누구든 미쳐 버리고 말 것이다. 까마귀들이 사라지자 천지는 다시 환해졌다. 빛이 이렇게 좋다는 것을 깨달은 것은 모두 까마귀들 덕분이었다.

바닥까지 내려온 흑의, 깡마르고 훤칠한 키였다.

나이는 짐작할 수 없었고, 얼굴에는 세 줄기의 검상이 얼룩져 있었다. 그중 하나는 유난히 깊고 길어 귀밑에서부터 입가까지 그어져 있었다.

그 칼자국으로 인해 그는 늘 잔혹하고 신비스러운 미소를 띠고 있는 듯이 보였다. 만약 누군가 그의 얼굴을 본다면 이 정도면 얼어 죽겠구나 하는 생각을 갖게 하는 한기를 느끼게 될 것이다.

그러나 그보다 훨씬 무서운 것은 그의 눈동자였다. 죽어 있는 잿빛이었고 감정도 생명도 없었다. 그 모든 것이 어둠을 닮아 있었다. 오히려 어둠이 그의 눈동자를 닮은 듯했다.

'기분 나쁜 놈이야.'

'언제 봐도 소름 끼쳐.'

사돈 남 말하고 있었다. 그러나 그것이 본심이 아니라는 것은 그들의 눈빛에서 흘러넘치는 진정 따뜻한 정을 보고 알 수 있었다. 친구인 것이다.

그들의 만남의 해후를 나누고 있을 때였다. 구릉 저편에서 벌써 세 번째의 귀청을 찢어놓을 듯한 호각소리가 울려 퍼졌다.

삐익! 삐리릭!

"계집이 오는군."

"빌어먹을 너희들은 왜 하나같이 재수 없는 것들만 몰고 다니는 거냐?"

노승의 투덜거림이었다. 그는 구릉 너머로 시선을 던지며 애써 구역질을 참아내고 있었다. 한두 번 본 것도 아니었지만 어째 전혀 익숙해지지 않았다.

이번에는 바닥을 가득 메운 것은 뱀들이었다. 수백만 마리의 뱀, 하나같이 물리면 세 발자국을 옮기기 전에 죽어 버리고야마는 극독을 지닌 독사들이었다.

백 장 가까이까지 왔을 때였다. 돌연 뱀들의 행렬이 두 갈래로 갈라지는 것이었다. 그리고 갈라선 독사 떼들은 공포에 질린 기색으로 고개를 땅에 처박고 있었다. 그 독사 떼들이 열어놓은 길로 서너 마리의 뱀이 기어오고 있었다.

"계집의 출현은 언제나 화려하단 말이야."

맨 앞의 뱀은 전신이 마치 백설과도 같이 흰데다가 기이하고도 부드럽게 반짝이고 있었고, 길이는 약 두 자 반 정도였는데 굵기는 어린아이 팔뚝만 했다.

머리의 한가운데에는 검고도 투명한 묵광(墨光)이 번뜩이는 벼슬이 돋아 있었는데, 그것은 마치 왕관을 쓴 것 같았다.

사중지왕(蛇中之王)인 묵관사왕(墨冠蛇王)이었다. 전신은

강철보다 단단하여 그 무엇으로도 해칠 수 없다는 영물이었
다.

묵관사왕이 네 마리 뱀들을 마치 호위로 삼듯 이끌며 갈라
선 독사 떼의 가운데를 통과하는 것은 마치 수만 대군을 거느
린 대왕이 사열을 하고 있는 것 같아 신비롭기까지 했다.

음양쌍극사(陰陽雙極蛇)!

철갑백묵사(鐵甲白墨蛇)!

각기 음양의 성질을 띤 쌍극사 두 마리와 철갑(鐵甲) 같은
비늘을 지닌 하얗고 까만 두 마리의 백묵사가 묵관사왕의 뒤
를 따라 호위를 서고 있었다.

음양쌍극사와 철갑백묵사들은 내단(內丹)을 키우는 영물들
로서 무림인이 먹으면 백 년의 공력을 얻을 수 있는 천고보물
이었다.

세상에 예외란 정말 있는 것 같았다. 그 뒤를 따라 걸어오
고 있는 것은 사람이었고, 여인이었다. 뱀이라면 보기만 해도
얼어붙고 마는 것이 여인이라는 사실은 세 살 먹은 어린아이
도 알고 있다. 그런데 뱀들을 부리는 인물이 여인이었다니.

염천월이 감탄을 터뜨렸다.

"역시 멋있어."

"여인 중의 여인이야."

더욱 놀라운 것은 뱀들을 부리는 여인의 모습이었다. 아름

다운 것은 둘째치고라도 그녀는 알몸이었다. 하늘에 태양이 두 눈 시퍼렇게 뜨고 떠 있는 것은 남의 집 일이라도 된다는 듯이 말이다. 밤에는 이래도 된다는 말이 아니었다.

아니 여인이 걸치고 있는 것이 있긴 했다. 그러나 그게 더 가관이었다. 그녀의 몸을 휘감고, 가장 은밀한 부분만을 가려주고 있는 것은 한 마리의 뱀이었다.

천령화사(天靈花蛇)!

역시 영물이며 뱀들 중 가장 잘생긴 몸을 갖고 있는 꽃뱀, 구렁이였다. 천령화사는 그녀의 은밀한 곳을 우람한 몸통으로 교묘히 가리고 있었고, 젖가슴 사이를 돌아 겨드랑 밑으로 해서 그녀의 어깨 위에 머리를 얹고 있었다. 여인은 눈부신 금발을 허리까지 흐트러뜨리고 있었다.

"으음, 역시 아름다워."

오수편복제마저도 넋을 잃고 있었다. 아름다움이 지나쳐 차라리 소름이 끼칠 정도였다.

얼음처럼 시리고 투명해 보이는 얼굴에 붉디붉은 입술, 깎아 빚은 듯 오똑 솟은 콧날, 보는 이의 심금을 온통 뒤흔들어 놓을 만큼 깊은 우수에 잠긴 두 눈은 사내들 피를 말려놓기에 그만이었다. 이마에 흘러내린 몇 올의 머리카락은 흐트러지며 입술에 물려 있어 더욱 퇴폐적인 인상을 주었다.

요화(妖花)!

어둠 속에 막 피어나는 한 송이 붉고 요기스러운 꽃의 아름다움이 이럴까. 여인은 붉은 입술을 열었다.

"오라버니들, 오래간만이에요."

"어서 오너라."

노승이 반가운 음성으로 입을 열었다.

"이제 모두 모인 것인가요?"

그녀의 음성은 뱀의 움직임같이 흐늘흐늘 흘렀고 끈적거렸다. 노승은 그녀의 물음에 고개를 끄덕였다.

"다 왔다."

"환유사(幻儒士)는요?"

"그는 아기가 태어날 무렵에 올 것이다."

여인은 엷게 웃었다.

"아기 호호, 제왕지재의 아기라."

"우리 모두 힘을 합해 그 아이에게 우리의 모든 것을 준다."

"줘야지! 주고말고. 흐흐흐……."

"이십 년 후 중원은 늑대와 까마귀, 박쥐, 그리고 뱀의 공포에 얼어붙고 말리라."

기이하게도 그들의 눈빛에서는 저주의 흉광이 쏟아지고 있었다.

## 04

여래사 밀실 앞.

도대체 뭘 하는 것인지 세 명의 괴이한 인물들이 밀실 앞에서 땀을 흘리고 있었다. 그들의 얼굴에는 하나같이 초조함과 불안이 겹쳐져 있었다.

대머리가 먼저 입을 열었다.

"경험도 없는 사월만후(邪月萬後)가 과연 애를 잘 받아낼까?"

오수편복제, 그가 형성하고 있는 어둠에서도 감정이 배어 나왔다.

"물론 잘 할 거야. 다골래……."

대머리의 이름은 다골래였던가. 낭왕 염천월이 이리 탈을 씰룩이며 무어라 말을 하려고 할 때였다.

"으아아아아악!"

밀실 안에서 괴로운 여인의 비명이 터져 나왔다. 동시에 그들의 얼굴에는 불안이 스쳐갔다. 비명소리가 장난이 아니었다. 이들은 아이 낳는 것이라고는 머리털 나고 처음 보는 광경이었다.

"애 낳는 것이 저리도 힘든 것인가?"

다골래의 볼이 씰룩여졌다.

"제기랄, 여자로 태어나지 않은 것이 참으로 다행이군. 벌써 꼬박 하루야."

그렇다. 지금 그들이 이 자리에서 식은땀을 흘린 것이 보통 사람이었다면 벌써 탈진하고도 남을 정도의 것이었으니. 비명소리만도 벌써 몇 번째인지 세는 것을 까먹었을 정도였다. 그들도 사람인지라 배에서 나는 밥 달라는 아우성 소리를 막을 수는 없었지만 상황이 상황인지라 신세 좋게 숟가락을 들 형편이 못 되었다.

낭왕 염천월이 으르렁거렸다.

"성질대로라면 확 배를 째고 애를 꺼냈으면 속이 다 시원하겠다."

극도의 긴장상태가 오래되어서인지 가장 성질 급한 염천월부터 짜증을 내기 시작했다. 그때였다.

"으아앙!"

천지를 진동하는 듯한 우렁찬 아기의 울음소리가 터져 나오는 것이었다. 그와 동시에 잔뜩 찡그리고 있던 그들의 얼굴이 풀 먹인 듯 쫙 펴졌다.

"드, 드디어!"

"으하하핫! 드디어 태어났구나! 으흐하하하!"

염천월의 대소는 여래사를 통째로 무너뜨릴 듯했다. 그러자 다골래가 주먹으로 그의 머리통을 후려쳤다.

퍽!

"이 미친놈아! 이제 막 태어난 아기의 고막을 터뜨려 죽일 참이냐?"

으르렁대려던 염천월은 그의 말에 꼬랑지를 내리며 머리를 긁적거렸다.

"나도 모르게 그만……."

그들이 더 이상 참지 못하고 문을 박차고 들어가려는 순간 안쪽에서 문이 열리며 사월만후가 강보에 싸인 아기를 안고 나왔다. 그러나 그녀의 얼굴에는 슬픔이 고여 있었다.

"아기 엄마는 아기를 낳는 순간……."

"음……."

그들 역시 그녀의 말에 금세 얼굴이 침울해졌다. 어찌되었든 주모가 아닌가. 눈치 빠른 사월만후는 분위기를 바꾸려고 활짝 웃었다.

"자, 보세요! 아기가 얼마나 잘생겼는데요."

"흐흐, 정말이네."

다골래는 귀밑까지 찢어지는 입을 다물지 못한 채 아기의 얼굴을 내려다보았다. 아직 핏덩이일 뿐 어디가 어떻게 잘생긴 아기인 줄은 몰랐다. 그래도 좋았다. 태어났다는 사실만으로도 말이다.

그는 동시에 날짜를 계산하기 시작했다.

‘그래 오늘은 광무 십오 년 청동치 삼 년 이월 이십일 생 새벽을축시.’

냉천상이 태극대주술을 펼치며 뽑았던 사주, 제왕의 사주에 꼭 들어맞는 시간에 아기는 태어났다.

“<u>으흐흐흐</u>, 십기천작 냉천상, 과연 귀신이군.”

“분명한 제왕의 사주, 아니 그것이 틀린 것이라 해도 아기는 냉천상이 예언한 시간에 정확히 태어났다.

“음…….”

“그랬던가?”

오수편복제와 낭왕 염천월은 그런 것에는 별 관심이 없는지 시큰둥한 표정이었다.

“히히, 동방대군, 조금만 기다려라.”

다골래는 갑자기 덩실덩실 춤을 추기 시작했다.

05

흑리길하(黑里吉河).

찰합이성에서 가장 길고도 먼 강이었다. 물살이 워낙 빨랐던 탓에 바닥의 흙을 요동시켜 물은 언제나 흙탕물이었다. 자살하기엔 그만인 물살이었다.

촤아아아아아!

아마도 이곳에서는 사자후를 터뜨려도 모기 소리만큼 밖에는 들리지 않을 것이다. 물살이 빠른 만큼 소리 또한 웅장했다.

흑리길하가 굽이치는 길목에는 거대한 벼랑이 우뚝 솟아 있었다.

흑리애(黑里崖)!

흑리애의 사면은 깎아지른 듯한 벼랑으로 얼음처럼 매끄러웠다. 그런데 기이하게도 벼랑의 중간쯤에 하나의 동굴이 뻥하니 뚫려 있었다. 장정 두 사람은 족히 드나들 만한 넓이의 동굴이었다. 그런데 그 동굴 입구에 사람이 우뚝 서 있었다.

많아야 십여 세 됨직한 어린 소년이었다. 어떻게 저곳에 올라갔는가라는 생각보다는 저 동굴에 사람이 살고 있었나 하는 생각이 먼저 들었다.

그러나 중요한 것은 그게 아니었다. 소년의 일신에서 흐르는 기태는 밤하늘을 찬란하게 밝히는 성좌와 같기에 장님이 아닌 이상 눈이 부실 정도였다.

햇살 같은 이마에 곤옥(坤玉)인 듯 피부 전체에 흐르는 광택하며, 한 쌍의 검미는 하늘이라도 벨 듯 힘차게 뻗어 올랐고, 두 눈은 수억 개 별의 정화를 응축시켜 박아 놓은 듯했다.

우뚝 솟은 콧날은 조물주의 지극한 정성을 고스란히 보여 주는 듯했다. 또한 붉고 섬세한 입술은 소년의 몸에서 따로 도려내 놓아도 그 자체만으로도 관능이며 유혹이라고 해도 좋을 듯했다.

이것이 불과 십여 세밖에 되지 않은 소년의 것이라는 사실을 믿어야 한단 말인가.

소년은 무심한 표정으로 흑리길하의 흙탕물을 바라보고 있었다. 얼마나 그렇게 서 있었을까.

뚝!

굵은 물방울 하나가 소년의 이마 위에 떨어졌다. 살짝 아미를 찡그린 그는 허공을 올려다보았다.

"폭우가 쏟아지려나?"

하늘은 어느새 먹장구름으로 뒤덮여 있었다. 그것은 탁한 흑리길하의 물빛과 어울려 꽤나 장관을 이루었다.

후두두두둑!

소년의 말을 예언으로 만들려는 듯 그의 말이 끝나기가 무섭게 제법 굵은 빗방울들이 떨어져 내리기 시작했다.

쏴아아아!

마침내 폭우가 쏟아지기 시작했다. 장대 같은 빗줄기가 소년의 얼굴에 박히듯 떨어져 내렸다. 순식간에 소년의 온몸은 후줄근하게 젖어들었다.

버언쩍!

꽈앙!

시퍼런 뇌광(雷光)에 이어 고막을 찢을 듯한 벽력음이 터졌다. 십 중 아홉은 놀라 넘어졌을 정도의 벼락이었는데도 소년은 눈 하나 깜짝하지 않고 그대로 돌이라도 된 듯 미동조차 하지 않고 서 있었다.

그때였다.

"아이야!"

한없이 부드러운 음성이 동굴 속에서 흘러나왔다. 그제야 소년은 고개를 돌려 음성이 들려온 쪽을 바라보았다.

"이제 그만 들어오너라."

부드러운 음성이 재차 이어지자 소년은 몸을 돌려 동굴 속으로 사라져 버렸다.

동굴은 사람이 파놓은 것처럼 곧게 이어져 있었고 매우 길고 어두웠다. 그러나 소년은 매우 익숙한 걸음으로 걸어 들어가고 있었다.

십여 장쯤 갔을까. 소년 앞에 막다른 석벽이 나왔고, 눈 씻고 찾아봐도 더 이상 갈 길이라곤 없었다.

그러나 소년은 여전히 걸음을 옮겨 벽을 향해 다가갔다. 조금만 더 가면 부딪칠 상황이었다. 소년과 석벽과의 거리가 주먹 하나만큼 남았을 때였다.

스르릉!

놀랍게도 석벽이 양쪽으로 쫙 갈라지며 소년은 그대로 석벽 안쪽으로 들어섰다.

쿵!

석벽은 소년을 삼켜 버리기라도 하듯 그가 들어서자마자 다시 원상태로 닫혀 버렸다.

석벽 안쪽은 꽤 넓은 하나의 석실이었다. 사면의 석벽에는 나무로 만든 책장에 책들이 빽빽하게 진열되어 있었다. 그 책의 양이 웬만한 서가 두 개 정도 합쳐 놓은 것이었다. 중앙에는 하나의 탁자와 두 개의 의자가 놓여 있었다.

그리고 그 의자에는 우람한 체구를 청의로 휘감은 한 명의 청수한 노인이 앉아 있었다.

희다 못해 창백하게까지 느껴지는 피부에 눈썹은 마치 서리라도 앉은 듯 하얗게 세어 관자놀이까지 뻗어 있었고, 그 아래 한 쌍의 눈은 순진무구한 어린아이의 그것처럼 너무나도 깨끗했다.

그러나 일면 너무 맑아서인지 어딘지 모르게 차갑게도 느껴지는 눈빛이었다.

우뚝 솟은 콧날은 그의 강직한 성격을 나타내는 듯했고, 꽉 다물린 얄팍한 입술은 언뜻 냉혹하고 비정한 성격의 소유자임을 짐작케 했다. 턱밑으로는 수염이 곱게 빗질되어 가슴까지 늘어져 있었다.

소년이 들어서자 노인의 차가운 얼굴에 따뜻한 미소가 일었다.

“이리 와서 앉거라.”

소년은 벙어리인 듯 말없이 그 앞에 앉았다. 노인은 비에 흠뻑 젖은 소년의 얼굴을 물끄러미 바라보았다.

“하늘을 보았느냐?”

소년은 역시 말없이 고개만 끄덕였다.

“찰합이성의 하늘은 좁지?”

소년은 말을 할 줄 알았다.

“중원의 하늘이라도 좁을 것 같습니다.”

노인은 고개를 끄덕였다.

“갈수록 마음이 넓어지는구나.”

“넓어질 수밖에 없지요. 이제는 책에서 배울 것이 없고 대자연의 도리로써 마음을 채우려 하니 마음이 넓어질 수밖에요.”

“음…….”

노인은 감탄성을 터뜨렸다.

‘음! 십이 세의 어린아이하고 이런 대화를 나눈다는 것이 어울리지 않다는 것은 상식이지만…….’

그렇다. 소년은 십이 세밖에 되지 않았는데도 나이답지 않게 어울리지 않는 말을 하고 있었다. 곧 노인은 탁자 위에 있는 종이를 들어 읽기 시작했다. 한 편의 시였다.

“일왈양(日曰陽), 월왈음(月曰陰), 아문음양후일세사행(我

聞陰陽後一世事行), 연이(然而), 일거후월래(日去后月來), 불상봉하위합일(不相逢何爲合一)이라.”

그것은 소년이 써놓은 글이었다. 노인은 소년의 문장과 필적을 유심히 들여다보고 있었다.

“해를 양이라고 하고 달을 음이라 한다. 나는 음양이 합하여 세상사가 이루어진다고 들었다. 그런데 해가 간 뒤에 달이 나타난다…… 으음…….”

노인은 고개를 갸웃거리다가 계속 뜻을 풀이해 나갔다.

“그렇다면 일월은 어디서 서로 만난단 말인가? 만나지 않고 어떻게 음양이 합일한단 말인가?”

소년은 노인이 문장을 풀이하는 것을 묵묵히 지켜보고 있었다. 시를 모두 풀이해 본 노인은 기가 막힌다는 시선으로 소년을 응시했다.

“네가 말하는 음양이란 우주의 양의(兩義)를 말함이냐, 아니면 사람의 음양을 말함이냐?”

“당연히 남녀를 이름이지요.”

“그럼 너는 음양합일이 무엇인지 아느냐?”

소년은 주저 없이 말했다.

“남녀 간의 일이 아닙니까? 음양합일은 남녀 간에 무한한 쾌락을 주고 또한 자손의 번창을 위한 것으로서 지극히 당연한 인간의 생활 중의 하나입니다.”

"음……."

노인은 입을 다물었다. 그 얼굴에는 감당하기 힘든 곤혹스러운 표정이 역력했다.

"진정 이 안에서 더 이상 배울 것이 없단 말인가?"

소년 역시 곤혹스러운 표정을 지었다.

"배울 것이 있다면 아직까지도 책을 읽고 있지, 하늘을 보지는 않았을 것입니다."

거침없는 대답이었다.

사면에 꽂힌 책자는 줄잡아 오만 권 정도는 되어 보였다.

사서삼경, 제자백가(諸者百家)를 비롯해서 의(醫), 진(辰), 역리(易理), 기문(奇問) 등의 학문과 시서금화(詩書琴畵), 음률(音律), 기(棋), 예(藝) 등등 칠기(七技)에 이르기까지 천하 학문에 관한 책자를 총망라한 것이었다.

범인이라면 그 방대한 양의 책자를 읽는데도 수십 년, 깨우치기에는 두 번 환생하고도 불가능한 일이었다. 책 제목만 다 읽는데도 근 한 달은 걸리는 것이니 말 다한 것이다.

그런데 한낱 십이 세의 소년이 이 모든 것을 읽고 깨우쳤다고 하지 않는가. 확인해도 못 믿을 일이다. 그러나 소년은 가능했다.

통천가공하리만큼 무섭고 놀라운 오성(悟性)이 그에게 있었다. 노인은 내심 혀를 내두르고 있었다. 소년은 계속 말을 이어갔다.

"경서(經書)가 읽을 만한가 싶더니 허구(虛構)가 많고 공리허론(空理虛論)이라, 어떻게 자연의 조화와 비교할 수가 없고, 시문(詩文)은 인간의 감성(感性)을 알 수가 있어 읽을 만하나 감성에 젖어 한 세상을 보낼 수는 없지 않겠습니까?"

노인은 계속 입을 떼지 못했다.

"그래서 자연 잡학(雜學)으로 마음을 달래볼까 했으나, 의경(醫經)을 읽어 내 몸에 대해 살펴보니 어떤 거대한 힘이 자리 잡고 있어 이 힘을 활용하기 위해서는 어떤 계기가 마련되어야 할 것 같습니다."

"계기라니?"

묻는 노인의 음성이 떨리고 있었다.

"무공이란 학문이 필요할 것 같습니다. 그리고 성복지리(星福地理), 관상(觀相)을 공부하여 우연히 내 자신의 운명에 대한 신산(神算)을 펼쳐보니, 내 운명의 사주는 제왕(帝王)을 나타내고 있기에 하늘의 뜻이라 여기고 요즘은 하늘의 섭리에 대해서 배우려 하고 있습니다."

"으음……."

노인은 갑자기 숨이 탁 막히는 것을 느꼈다.

'아아, 놀랄 일이 아니로다.'

그는 감탄에 앞서 한숨을 푹푹 내쉬었다.

'신동(神童)이라고 생각하기에 앞서 이건 숫제 괴물이다.'

지(知)에는 세 가지가 있다.

생이지지(生而之知).

학이지지(學而之知).

곤이지지(困而之知).

생이지지란 배우지 않고도 저절로 안다는 말이니 천성의 재, 곧 천재를 말함이다.

학이지지란 배우기만 하면 아는 것이니 수재(秀才)를 말함이다.

곤이지지는 배우되 애를 써야 겨우 안다는 것이니 범재(凡才), 또는 둔재(鈍才)라고 한다.

생이지지!

고서에나 기록됨직 할 말이다. 어떻게 배우지도 않고 저절로 학문을 깨달을 수 있다는 말인가. 그렇다면 인간이 아니고 괴물이리라.

그 괴물이 바로 눈앞의 소년이었다.

그는 하늘을 보면 백, 천을 깨우쳤고, 무엇이든 한 번 본 것은 절대 잊지 않는 기이한 능력을 가지고 있었다.

그의 학문과 해박한 지식은 이미 만사무불통지(萬事無不通知)의 경지에 도달한 지 오래였다.

노인은 크게 숨을 들이마시며 입을 열었다.

"그래, 네 생각에는 이제부터 네가 어떻게 했으면 좋겠느냐?"

소년은 그제야 빙그레 웃었다.

"내 나이 십이 세, 나이답게 놀아야 하지 않겠습니까? 자연 속에서 마음껏 뛰놀며 하늘을 보고 친구도 있어야 내 감정이 메마르지 않을 것이 아닙니까?"

노인은 다시 다문 입을 쩍 벌렸다. 그러나 소년은 아랑곳없이 말을 이어갔다.

"이제는 잠시 쉬고 싶습니다. 한 살 때부터 지금까지 쉬지 않고 공부를 했으니 마음껏 놀아야겠습니다."

"그, 그렇게 하려므나……."

"그럼 나가 놀겠습니다."

소년은 일어나 밖으로 나갔다. 어린아이처럼 놀고 싶다고 말한 소년, 그러나 하나도 어린아이답지 않았다. 노인은 힘없이 눈을 감았다.

"아아… 천상, 자네는 너무도 무서운 아이를 낳았네."

그렇다면 지금 이 괴물 같은 소년이 바로 십기천작 냉천상이 자신의 목숨과 바꾸어 만들어 낸 제왕지재, 바로 그 아이였다.

세월은 그렇게 흘러 벌써 십이 년이 흘렀던 것이다.

"저 아이는 자네 뜻대로 분명 자네의 원수를 갚아줄 수 있을 것이네.”

노인은 추억에 잠긴 듯한 멍한 눈빛을 하고는 중얼거렸다.

“나는 저 아이를 다섯 살까지 가르치다가 손을 들고 말았네. 허허… 천상, 누가 믿겠는가? 대헌(大憲)의 숲, 그곳의 대장로(大長老)인 이 환유사가 밑천이 달려 가르침을 포기했다는 사실을 말이네.”

환유사, 그가 바로 대헌의 숲의 대장로였다.

대헌의 숲!

깨달음을 얻은 자들이 모여 사는 곳이다.

한림원(翰林院).

당시대(當時代)에 세워져 당금까지 내려오고 있는 관원(官院)이다. 이곳은 황제의 의결(議決)을 보좌하는 곳으로 천하의 모든 학문에 관한 한 최고의 기관이었다. 단 천자문 한 자라도 읽은 사람이라면 누구나 한림원의 학사가 되길 꿈꿨다.

그리고 그 한림원의 학사들은 은퇴한 후 대헌의 숲에 들어가 여생을 마치고 싶어 한다. 당대의 석학(碩學)들이 모여 있는 곳, 천하 백만 유문(儒門)의 선비와 학자들의 정신지주가 바로 대헌의 숲이다.

그곳의 대장로라 함은 최고의 학문과 최고의 지혜, 최고의 경륜과 최고의 나이를 지닌 인물이다.

소년은 냉벽린(冷碧麟), 냉벽린은 그의 이름이었다.

# 제5장

# 나를 시험하려 들다니……

## 01

비온 뒤의 초원은 물기를 머금고 눈이 아릴 정도로 싱그러웠다.

냉벽린은 초원의 구릉 위에 우뚝 섰다. 그러나 지금 그의 모습은 얼마 전 동굴 입구에 서 있던 그런 모습이 아니었다.

동심에 젖은 얼굴, 치기 어린 모습이었다. 어디 장난칠 때 없나 하는 십이 세 소년의 표정이었다.

해가 막 기울고 있었다. 홍시처럼 붉은 석양이 산봉우리 사이에 걸리고 흰 눈은 그 바람에 붉게 물들어 낭자한 핏덩어리처럼 보였다.

"와아… 정말 아름답다."

　푸르른 초원도 연한 분홍색으로 물들어 부드러운 바람에 조용히 물결치고 있었다.

　흡사 꿈같은 풍경이었다.

　인간의 모든 욕망이나 추한 감정 따위도 이곳의 조용하고 아늑한 저녁 풍경에서는 모두 다 감화되고 말 것만 같았다.

　“이야아아!”

　냉벽린은 하늘을 향해 고함을 지르더니 구릉 아래로 뛰기 시작했다. 그러다 이내 뒹굴고 다시 일어나 뛰었다.

　“이야호!”

　목이 터져라 고래고래 고함을 지르기도 했다. 마치 태어나서부터 반평생을 반신불수로 골방에 누워 있던 사람이 처음으로 세상 빛을 보게 된 듯한 모습이 이럴 것이다.

　그러나 냉벽린은 이내 잠잠해졌다. 주위를 둘러보는 그의 눈빛은 시무룩해져 있었다.

　“재미가 없군.”

　그렇다. 아무도 없었다. 억지로 고함도 질러보고 했지만 흉내 낸다고 기분까지 얻어지지는 않는 것이다.

　“친구가 없어⋯⋯.”

　그는 여지까지의 가슴 벅찬 걸음걸이와는 반대로 황혼 속으로 쓸쓸히 걷기 시작했다. 축 처진 모습이 물 먹은 솜 같았다.

열두 살 나이에 있어서는 안 될 진한 고독이 냉벽린의 어깨에 얹혀져 있었다.

"이럴 때는……."

그는 얼마 떨어지지 않은 한 그루 커다란 나무로 뛰어갔다. 그만한 소년 셋은 있어야 밑둥을 감을 수 있을 만한 제법 큰 나무였다.

나무 앞에 다다른 냉벽린은 다짜고짜 나무의 밑둥을 끌어안았다.

"나무야, 미안하지만 내 기분전환을 위해 너를 뽑아야겠다."

그렇게 말하고 그는 손에 힘을 주기 시작했다. 가녀린 팔뚝에 그는 딱 매미처럼 나무에 붙어 있는 모습이었다.

"이이야압!"

냉벽린은 땀을 뻘뻘 흘려가며 힘을 썼다. 이렇게라도 해서 그의 상심이 풀린다면 얼마나 좋을까.

그런데 그를 응시하는 눈들이 있었다. 환유사의 복수 때문에 중으로 변장한 전진의 대장로였다.

"허허, 꽤나 심심한 모양이군."

전진의 대장로, 다골래(多骨來)가 괴괴한 적막이 어둠처럼 깔린 눈에 생기를 닮았다.

"이제 우리의 모든 것을 줄 때가 온 것 같습니다."

“조금 빠르지 않겠소?”

“아닙니다. 열두 살이면 충분합니다. 게다가 벽린의 몸에는 이미 삼 갑자 이상의 힘이 잠재되어 있습니다. 사술(邪術)을 배우기에 무리는 없습니다.”

“무서운 괴물이오. 잘 가르치셔야 할 것이오.”

다골래의 입가에 흡족한 미소가 떠올랐다.

“흐흐, 역시 냉 군주는 걸물이오. 죽었으면서도 살아 있는 것만 같으니.”

“벽린은 조만간 노부의 사탑(邪塔)으로 올 것이오. 흐흐…….”

그의 웃음소리가 공기를 음산하게 흔들어 놓을 때였다.

“이야아압!”

한마디 호통과 더불어 냉벽린은 마지막 힘을 가했다.

우지지직!

못해도 삼십 년은 된 거목이었지만 썩었거나 양분이 부족했던 것은 아니었다. 근처에는 나무가 별로 없었고, 이곳에는 사시사철 풍족한 강우량과 일조량을 얻을 수 있는 곳이었다. 숙달된 나무꾼이라도 반각 정도는 씨름을 해야 베어낼 수 있는 튼튼한 나무였다.

그런데 고작 십이 세의 소년 손에 뽑히다니. 냉벽린은 별일 아니었다는 듯 나무를 옆쪽으로 내던지며 흐르는 땀을 닦아내었다.

"내 몸속에 흐르는 이 힘은 어찌된 것일까? 타고난 신력인가? 그렇지 않으면……, 무공을 익힐 수만 있다면.……."

제 몸보다 적어도 스무 배는 큰 나무를 뽑아내고 나니 한결 기분이 좋아진 그였다. 찰합이성의 하늘은 어느새 점점 어두워져 가고 있었다.

"이제 뭘 하지? 석실로 돌아가기는 싫은데……."

냉벽린은 시선을 구릉 너머로 던졌다. 어둠 속에 저 멀리 솟아 있는 거대한 탑이 눈에 들어왔다. 갈 곳을 몰라 하는 그의 흥미를 끌기에는 딱 안성맞춤이었다.

"석탑에나 놀러갈까? 그런데 거긴 왠지 기분 나쁜 곳이란 말이야……."

고개를 갸웃거리면서도 그는 걸음을 탑 쪽으로 옮기고 있었다. 탑은 전진 대장로 다골래가 세운 것으로 여래사 안에 있었다.

냉벽린은 여래사로 들어서더니 이내 후원 쪽에 있는 탑을 향해 걸음을 옮겼다. 잠시 후 방대하기 그지없는 거대한 칠층 석탑이 나타났다.

석탑은 온통 검푸른 이끼로 뒤덮여 있었고, 처마 밑의 곳곳에는 거미줄이 지저분하게 늘어져 있었다. 뿐만 아니라 이 괴이한 석탑은 어느 사찰에서나 볼 수 있는 사리탑(舍利塔)이나 나한탑(羅漢塔)과 같은 조각이나 단청의 흔적이 전혀 보이지 않았다.

칠 층에 이르기까지 사면의 문은 바람 한 점 새어 들어가지 못할 정도로 굳게 밀폐되어 있었고, 탑을 가리키는 현판조차도 없었다. 마치 전염병이 돌아 사람이 다 죽어 버린 마을의 건물 같았다.

냉벽린은 탑을 올려다보며 고개를 갸웃거렸다.

"왜 내 주위에는 전부 괴이한 분들뿐일까?"

이 탑의 주인인 다골래만 해도 그랬고, 뱀과 더불어 사는 여인 사월만후, 까마귀와 박쥐를 부리는 인물에서부터 낭왕 염천월까지 태어나서 함께 지내온 사람들이긴 했지만 세상사를 모두 꿰뚫은 냉벽린은 그들이 평범한 사람들과는 다르다는 것을 알 수 있었다.

정상적인 사람이라고는 환유사뿐이었다.

"후후, 그러나 그 분들은 한결같이 나를 사랑해 주시잖아."

이제껏 오직 그들만이 그의 유일한 친구들이었다.

"대머리 아저씨는 이 탑을 사탑이라고 했는데? 도대체 무엇 때문에 사탑이라 부르는 것일까?"

냉벽린이 문 앞에 이르렀을 때였다.

쿠르르릉!

엄청난 굉음이 울리며 거대한 석문이 열렸다. 그리고 냉벽

린이 안으로 들어서자마자 또다시 굉음을 울리며 석문은 닫혀
버렸다.

"과연 대머리 아저씨의 기관장치는 천하제일이란 말이야."

그는 내심 감탄을 터뜨리며 안으로 들어섰다. 실내는 하나
의 커다란 석실을 이루고 있었고, 각이 진 모퉁이마다 네 명
의 거대한 사천대왕(四天王像)이 세워져 있었다.

냉벽린이 들어온 문의 맞은편에는 이 층으로 오르는 돌계
단이 있었고, 계단 옆에는 네 줄의 글이 용이 꿈틀거리는 듯
힘찬 필치로 쓰여 있었다.


생이후사사이생(生而後死死而生).
자처직전이횡출(自處直前而橫出).
백골부시상장의(白骨腐屍喪葬儀).
속기회두상불만(速氣廻頭常不滿).
삶은 죽음이요, 죽음은 곧 삶이니라.
이곳은 서서 와서 누워서 나가느니,
오로지 백골과 썩은 시체만이 그 애와 벗하리라.
허나 아직도 늦지 않았으니 속히 머리를 돌려 사라짐이 어
떠할까?


냉벽린의 눈에서 빛이 일었다.

“아니? 전에는 이런 글귀가 없었는데?”

읽어 보니 은근히 배알이 뒤틀리는 그였다.

“아직도 늦지 않았으니 속히 돌아가라? 그렇게는 못하겠는데.”

그때였다. 어디선가 창노한 음성이 들려왔다. 다골래의 음성이었고, 그가 머물고 있는 맨 꼭대기 층에서 들려오는 것일 것이다.

“벽린, 이제는 전처럼 이곳으로 쉽게 올라올 수 없다. 기관을 발동시켰다. 올라올 자신이 있느냐?”

다골래의 자존심을 살살 긁어대는 말에 냉벽린은 약이 바싹 올랐다.

“감히 나를 시험하려 들다니!”

용서할 수 없었다. 자신의 키보다 열 배는 더 큰 자존심을 가진 그였기 때문이다. 모르는 것이 없는 만큼 못할 것도 없었다.

그가 분통을 터뜨리며 약올라 하자, 다골래는 끌끌거리는 이상한 웃음을 흘렸다.

“죽어도 나를 원망하지는 마라.”

“원망을 하다니? 나는 내 능력이 모자라 남에게 당하는 것을 원망하지 않아. 내 자신의 모자람을 탓할 뿐이지.”

냉벽린은 코웃음을 치며 이 층으로 향하는 계단으로 걸음을 옮겼다. 그때였다.

우르르릉!

석실 전체가 무너져 내리는 듯한 굉음이 터지며 사천왕상이 냉벽린을 향해 벼락처럼 덮쳐오는 것이었다.

"앗! 벌써부터?"

그중 하나에라도 깔리면 그날로 앞길 창창한 인생은 종치게 되리라. 냉벽린은 대경실색하여 쾌속하게 몸을 뒤로 날렸다. 그러나 이러한 그의 행동을 마치 예상이라도 하고 있었다는 듯 또 하나의 천왕상이 덮쳐오며 철퇴로 내려치는 것이 아닌가.

냉벽린은 다시 신형을 돌려 우측으로 몸을 날렸다.

위이이잉!

간발의 차이로 철퇴는 냉벽린의 머리와 손가락 하나 정도의 사이를 두고 스치고 지나가며 엄청난 파공음을 발했다. 자신도 모르는 사이 그의 전신에는 식은땀이 주르르 흘러내렸다.

그러나 들이마신 숨을 내뱉을 시간도 없었다. 마치 살아 움직이는 것처럼 또 다른 두 개의 상이 각각 검과 도끼를 휘두르며 그를 덮쳐왔기 때문이다.

우르르릉!

냉벽린은 바닥으로 몸을 던지며 피해냈다. 그가 몸을 일으키려 할 때 두 천왕상이 좌우에서 벼락처럼 짓쳐왔다.

'이, 이럴 수가! 이 천왕상들은 기관으로 움직이는 것이 틀림없을 것인데 내 움직임을 읽기라도 하는 것 같다.'

냉벽린은 진땀을 흘리며 급급히 천왕상의 공격을 피해 앞으로 몸을 날렸다.

우르르르릉!

그러자 앞뒤의 천왕상들이 계속 덮쳐들었다.

'음…… 이것들은 나의 움직임을 미리 계산에 넣고 작동되고 있는 것이군.'

냉벽린은 침착하게 머리를 굴렸다. 오래 생각할 필요도 없었다. 생각을 시작함과 동시에 그의 몸은 석실의 중앙에 버티고 섰다. 죽을 것을 각오하기라도 한듯 올 테면 와 보라는 식이었다.

"이제 됐다."

콰르릉!

네 개의 사천왕상은 '그래, 죽여주마'라는 식으로 일제히 그의 전후좌우에서 덮쳐왔다. 그러나 냉벽린은 석실의 한가운데서 꼼짝도 하지 않고 버티고 서 있었다. 미치지 않고서야 그 상황에서 웃을 수는 없는 법이다. 냉벽린은 웃고 있었지만 미치지 않았다.

그그그궁! 끼이익!

급한 쇳소리가 고막을 찢을 듯 울리며 사천왕상들이 일제히 멈추었다.

‘휴우, 그러면 그렇지.’

그는 안도의 숨을 내쉬었다. 천왕상들의 맹점, 네 개의 천왕상들이 한꺼번에 가운데로 몰리게 되면 그 사이에 한 사람이 서 있을 수 있는 사각형의 공지가 생기게 된다. 냉벽린은 창졸간에 그 맹점을 발견한 것이다.

‘후후, 그대로 천왕상들을 부딪치게 해서 부숴 버리기에는 기관장치가 너무 아까웠겠지.’

여유 있는 몸짓이었지만 그의 이마에는 구슬 같은 땀방울이 송알송알 맺혀 있었다. 맹점을 찾은 후이긴 했지만 도박이었다.

우르릉!

사천왕상은 석실을 뒤흔드는 굉음과 함께 원래 있던 자리로 돌아갔다. 냉벽린은 기관장치의 정교함에 놀라움을 금치 못하며 서서히 이 층으로 오르는 계단으로 걸음을 옮겼다.

“대머리 아저씨는 정말 나를 죽일 셈이군.”

그는 이 층 역시 하나의 거대한 석실로 내부가 많이 바뀌었음을 알 수 있었다.

“음……”

아래층에 비하면 조금 규모가 작은 듯했고, 전체적으로 팔각형을 이루고 있었다.

그그궁!

냉벽린이 들어서자 문은 자동적으로 봉쇄되었다. 그는 침착한 태도로 석실을 둘러보았다.

"으음…… 계단이 모두 여덟 개나 되는군."

그렇다. 팔각형의 석실 벽면에 하나같이 삼 층으로 오르는 계단이 있었다. 그는 팔짱을 끼고 곰곰이 생각을 하기 시작했다.

"하나를 빼고 나머지 일곱 계단에는 필시 수작을 부려 놓았을 것이고……."

계단들의 모습은 모두 똑같았다. 이상한 점은 찾아볼 수 없었다.

"방 구조가 팔각이니 분명 팔괘(八卦)를 이용했을 거야."

그는 팔괘의 도형을 떠올리며 찬찬히 여덟 개의 계단을 살펴보았다.

"건(乾)은 하늘이며 태(兌)는 연못, 손(巽)은 바람, 감(坎)은 물, 간(艮)은 산, 곤(坤)은 땅이라……. 이(離)는 불, 진(震)은 우레……."

그는 차근차근 팔괘의 묘리를 되짚어갔다.

"후후, 팔괘의 변화라 해야 건(乾)에서 시작하여 곤(坤)에서 끝나는 것. 그 안의 변화는 모두 눈가림일 것이다."

그는 중얼거리며 건을 향하는 계단과 곤을 향하는 계단을 살펴보았다.

"좋은 뜻으로 생각할 수 있는 곳은 건과 곤뿐인데……."

하늘이면 으뜸이다 싶어 그리로 걸음을 옮기던 냉벽린은 고개를 가로저으며 걸음을 멈추었다.

"아니지……, 본시 하늘이면 아버지를 뜻함인데 내가 비록 아버지 없이 자라긴 했어도 제왕의 위를 허락받은 몸이거늘."

건의 계단을 밟고 올라갈 수는 없었다.

"건이 아버지면 곤은 어머니. 언제나 사랑으로 감싸주시는 분이 어머니이다. 아버지를 밟은 불효막심은 용서가 안 되나 어머니는 이해해 주시리라!"

그는 결정을 내리자마자 곤의 계단으로 올라섰다. 그의 등골은 긴장으로 인해 식은땀이 촉촉이 배였다. 그러나 그가 삼 층으로 오를 때까지 기관은 발동하지 않았다.

냉벽린의 팔괘도해 풀이는 완벽한 것이었다.

삼 층은 둥근 원형으로 생긴 석실이었는데, 들어서는 문과 반대편 쪽 십 장 밖에 사 층으로 오르는 계단이 있었다.

그 외는 별다른 특이한 점이 없었고, 다만 바닥에 회백분과 같은 하얀 분말이 수북이 깔려 있을 뿐이었다.

"이 층보다 삼 층이 더 하겠지. 여기에 또한 괴이한 기관이 설치되어 있을 것이다."

그는 석실을 둘러보다가 문득 천장을 올려다보았다. 천장에는 이 장 간격으로 한 사람이 간신히 들어갈 수 있을 만한 다섯 개의 구멍이 둥글게 배열되어 있었다.

"흐음…… 오행(五行)의 배치라……."

천장에 난 다섯 개의 구멍, 그 구멍 옆에는 각각 목(木), 화(火), 토(土), 금(金), 수(水)라는 다섯 글자가 깨알만하게 새겨져 있었다.

"오행의 배치를 이룬 구멍 다섯 개라……."

냉벽린은 곧 알았다는 듯이 고개를 끄덕였다.

"이곳이야말로 가장 무서운 기관장치가 설치되어있군."

그는 웃옷을 벗어 석실의 중앙에 던졌다. 옷이 바닥에 떨어지는 것과 동시였다.

꽈그그그궁!

벼락 치는 소리와 함께 천장이 무서운 속도로 떨어져 내렸다.

쿵!

바닥을 강타한 천장은 다시 원위치로 돌아갔다. 천장 전체가 기관장치였다.

"으음……."

냉벽린은 무거운 신음을 흘렸다. 무턱대고 들어섰다가는 완전 빈대떡이 될 뻔했다.

"정확히 오행의 위치를 잡아야 살아남겠구나."

어느 틈엔지 계단이 다른 곳으로 이동되어 있었다. 만약 무공을 배웠다고 단 한 번에 뛰어넘어 계단에 내려섰더라면 계단의 위치가 바뀌어 역시 오징어포가 되고 말았을 것이다.

"정확하게 구멍 속으로 들어가야겠군."

휙!

그는 날렵하게 목형(木形)의 구멍이 있는 자리로 몸을 날렸다.

우르릉!

그의 발이 바닥에 닿는 것과 동시에 천장은 급속히 밑으로 내려왔고 냉벽린은 자신의 몸이 천장에 뚫린 구멍 속으로 들어갔음을 느끼고 안도의 한숨을 내쉬었다.

천장이 올라간 후 다시 살펴보니 계단은 역시 예상대로 위치가 바뀌어 있었다.

"음……, 과연 놀랄 만한 기관이다."

냉벽린은 식은땀을 흘리며 토형, 금형의 구멍을 거쳐 화형의 위치에 섰다. 막 천장이 올라가고 난 후였다. 놀랍게도 계단은 바로 앞에 와 있었다. 그러나 냉벽린의 얼굴에는 웃음기를 찾아볼 수 없었다.

"아직도 수형의 구멍이 하나 더 남았는데, 계단이 바로 앞에 오다니……. 나는 그리 급하지 않아."

그는 눈앞에 와 있는 계단은 거들떠보지도 않고 하던 대로 수형의 구멍으로 걸음을 옮겼다. 천장이 올라가고 난 후 그의 얼굴에는 의미심장한 웃음이 흘렀다.

"후훗!"

화형의 구멍 앞에 있던 계단은 토형의 위치로 옮겨가 있었고, 오행의 위치를 제대로 밟아가자 새로운 계단이 나타났다.

처음부터 계단은 함정이었다. 만약 계단이 바로 앞에 와 있다고 방심한 채 계단을 올랐다면 그 방심은 곧 죽음으로 이어졌을 것이다.

"오행상생의 구멍을 제멋대로 움직여 혹 저 계단에 올랐다고 한들 죽음만이 기다리고 있었으리라."

기관학과 역학(易學)에 능통하지 못한 사람이라면 제아무리 천지를 진동시킬 무공이 있다한들 염라대왕과 대면해야 했을 것이다.

02

사 층의 석실 내에는 각기 다른 네 개의 문이 있었다. 문의 가운데에는 각각 일(日), 월(月), 성(星), 신(辰)이란 붉은 글자가 새겨져 있었다.

"이번에는 사상(四象)이군."

일(日)은 불을 뜻하고, 월(月)은 물을 뜻하며, 성(星)은 흙을, 그리고 신(辰)은 돌을 뜻하는 것이 사상이다.

냉벽린은 날카로운 시선으로 네 개의 문을 살피며 생각을 굴렸다.

"어느 곳을 택해야 오 층으로 올라갈 수 있을까?"

이내 그의 눈빛이 반짝 빛을 발했다.

"본시 사상은 일월성신의 뜻과 화수토석(火水土石)의 생리사별(生離死別)을 가리키니 즉 생(生)은 일(日)이 되는 법, 그렇다면 결국 살아남을 수 있는 유일한 길은 불이 토해지는 문이 아닌가."

냉벽린은 생각을 굳히고 주저 없이 일문(日門)으로 걸음을 옮겼다. 일문은 그가 다가서기 무섭게 우르르 소리를 내며 열렸다.

"아니 웬 구멍들이?"

열려진 문의 안쪽은 마치 관과 같은 형상을 하고 있었고, 벽에는 수천 개의 밤톨만한 구멍이 뚫려져 있었다.

"후훗, 저 구멍에서 불길이 쏟아지겠군."

그는 성큼 계단으로 올라섰다. 그러나 그는 발이 바닥에 닿기도 전에 다시 거두어들였다.

"아니야, 잘 올라왔다가 불고기가 될 수는 없지."

그는 다시 한 번 세심한 눈초리로 주위를 살펴보았다. 천장

한가운데에는 거대한 용이 조각되어 있었다. 용의 입부분에는 여의주와 같은 한 알의 구슬이 물려 있었고, 그 구슬의 한가운데에는 우왕(禹王)이라는 두 글자가 새겨져 있었다.

우왕이라면 요(堯), 순(舜)과 더불어 오제(五帝) 중의 하나로 일컬어지며 물을 다스리는 왕이 아닌가.

"하마터면 그대로 죽을 뻔했군."

그는 뭔가를 발견한 듯 회심의 미소를 지으며 위에다 대고 소리를 질렀다.

"대머리 아저씨! 나는 무공을 익히지 않아서 이 구슬을 누를 수 없으니 대신 구슬을 눌러 지나갈 수 있도록 해줘!"

"여우같은 녀석!"

들려오는 다골래의 음성에는 지독한 감탄이 담겨 있었다. 그의 음성의 여운이 채 가시지 않았을 때였다.

슈우욱슈슈슉슈슉!

심혼을 녹여 버릴 듯한 소름 끼치는 소리와 함께 수천 개의 구멍이 일제히 시퍼런 불길을 토하는 것이 아닌가.

냉벽린은 입을 딱 벌렸다.

"이런! 숯덩이가 될 뻔했는걸."

불길을 바라보는 것만으로도 전신이 타오르는 것만 같은 열기를 느꼈다.

그때였다.

쉬쉬쉬쉭!

어디선가 날카로운 음향이 울리면서 한 줄기 백광이 날아와 천장에 조각된 용의 입에 물린 구슬을 때렸다. 그러자 용 조각의 입에 물린 구슬이 용의 목구멍 속으로 퉁겨지듯 들어갔고, 그와 동시에 무섭게 뿜어지던 불길이 거짓말처럼 순식간에 사라져 버렸다.

그는 유유히 오 층으로 올라섰다.

오 층은 불이 켜져 있지 않아 한 치 앞도 볼 수가 없었다. 냉벽린은 아무것도 보이지 않자 눈을 감으며 청력을 곤두세웠다.

'이번에는 무엇으로 나를 골탕 먹이려고?'

그때였다.

사르르르~

무언가 정체를 알 수 없는 지극히 미약한 소리가 그의 귓속을 파고들었다. 제일 먼저 그의 머릿속에 연상되는 것은 옷자락이 스치는 소리였다.

"웬 향기가?"

그 정체를 알 수 없는 소리가 들린 직후 내실 안에서 묘한 향기가 풍기기 시작했다. 냉벽린은 콧속으로 향긋한 내음이 후각을 자극해 옴을 느꼈다. 무엇인지 알 수는 없었지만 나쁘지 않은 냄새였다.

“살내음 같은데……, 전에 뱀 아줌마에게서 맡았던…….”

그런 유치한 짓을 할 다골래는 아니었지만, 마치 놀라게 해 주려는 의도가 있는 듯했다. 냉벽린이 후각을 자극하는 묘한 냄새에 대해 생각을 굴리고 있을 때였다.

확~~!

암흑에 싸여 있던 실내가 일시에 밝아졌다.

“아니?”

냉벽린은 갑자기 밝아진 탓에 눈을 가늘게 뜨며 경악성을 터뜨렸다. 자신의 몸이 어느새 하얀 백무(白霧)가 자욱이 피어오르는 들녘으로 옮겨져 있었다.

들판 위에는 온통 푸른 잔디가 융단처럼 깔려 있었고, 갖은 기화이초(奇花異草)가 만발한 가운데 각양각색의 봉접(蜂蝶)들이 여기저기 날아다니며 감밀(甘蜜)을 취하기에 여념이 없었다.

“으음……, 갑자기 웬 세외도원(世外桃源)의 별유천지(別有天地)란 말인가?”

더구나 모든 풍경들이 새하얀 안개 속에 희미하게 가려져 있어 마치 꿈속에서 옥계(玉階)를 보는 듯한 느낌마저 들었다.

“게다가 아름다운 미녀들이라.”

그렇다. 하얀 안개 속에 절색의 소녀 십여 명이 있는 것이 눈에 들어왔다. 더욱 놀라운 사실은 그 아리따운 미소녀들이 매미날개와 같이 얇은 나의(羅衣) 하나만을 걸친 전라에 가까운 모습을 하고 있다는 것이었다.

"호호~."

"어서 오세요, 소공자님!"

음악처럼 감미로운 음성이 그의 귓전을 간지럽게 했다.

"흐음, 내 나이 십이 세에 이토록 훌륭한 견식을 할 수 있게 된 것은 모두 대머리 아저씨 덕분인걸."

냉벽린은 마음이 흐뭇했다.

"내 평소 친근히 대할 것이 없기에 음양에 관심을 두었더니 이렇듯 여인들의 실체를 보게 되는구나. 허나 이것이 허상(虛像)이라는 것이 안타까울 따름이다."

이 모두가 환상이란 말인가. 참으로 벽을 긁어대며 안타까워 할 일이었다. 이때 어디선가 부드럽고 온화한 비파의 음률이 천상의 금음소리처럼 들려오기 시작했다.

딩! 디딩!

가냘프고 청아한 음률은 끊어질 듯하면서 은은하게 이어졌고, 사람의 심신을 신비롭게 휘어잡고 있었다. 갑자기 냉벽린은 허공에 대고 소리쳤다.

"월하애상곡(月下哀想曲)이라. 대머리 아저씨! 이 따위 환상무환소녀진(幻想霧幻素女陣)으로 나의 혈관을 팽창시켜 죽이려고 하는 것이야? 나는 이제 열두 살, 이 따위 미혼진에 죽기에는 너무 억울하단 말이야!"

그러나 진은 사라지지 않았고, 소녀들은 나긋나긋한 몸짓으로 냉벽린의 주위를 맴돌며 몸을 비비꼬며 미태가 흐르는 춤을 추기 시작했다. 소리를 질러도 아무런 반응이 없자 냉벽린은 탄식을 터뜨렸다.

"빌어먹을! 나를 죽이려고 단단히 결심한 모양이군."

천하에 모르는 것이 없다고 자부할 수 있는 냉벽린, 그는 환상무환소녀진이 얼마나 무서운 것인지 잘 알고 있었다.

배교의 사술인 이 진 속에 걸리면 대라신선이라도 정력이 고갈되어 죽을 참이다.

향유(香油)가 흐르듯 매끄러운 허벅지와 움직일 때마다 미묘하게 모습을 드러내는 아담한 숲은 시간이 흐를수록 냉벽린을 선경(仙境) 속으로 빨아들이고 있었다.

얼마의 시간이 흘렀다. 평온한 신색으로 도취된 듯 미소녀들의 환무를 바라보던 냉벽린은 일순 고개를 갸웃거렸다.

"이상하군. 나는 벌써 혈맥이 터져 죽었어야 할 텐데?"

그렇다. 그는 이미 유혹에 죽어도 열 번은 죽었을 시간을 아무런 이상 없이 보낸 것이다.

"뭔가 이상하다?"

그는 고개를 갸웃거리면서 방금 전까지 멍한 눈길로 바라보던 소녀들의 춤을 날카로운 시선으로 살펴보기 시작했다. 그리고 시간이 얼마 지나지 않아서였다.

"아니 이것은?"

소녀들의 움직임, 분명 그가 알고 있는 환상무환소녀진의 그것이 아니었다. 야릇함에서야 닮았다고는 하지만 이건 달 랐다.

그 움직임은 어떤 일정한 변화를 담고 있었으며, 마치 구름 을 타고 노니는 것도 같았다.

화사(花蛇)가 똬리를 트는 듯한 허리의 움직임, 물을 차고 오르는 한 마리 제비와 같은 움직임, 소녀들의 춤은 해가 지 고 달이 뜨는 것처럼 자연스러웠다.

소녀들의 발은 오행육합(五行六合)의 역리(易理)에 따라 열 여섯 번 변화를 일으키고 있었다. 그러다가 어느새 선인(仙 人)이 구름을 밟고 승천하는 것 같은 모습으로 이어졌다.

냉벽린은 어느새 소녀들의 움직임에 따라 함께 몸을 움직 이고 있었다.

언젠가 책에서 읽었던 무아지경이란 말을 이해할 수가 없 었던 그는 이제야 그것을 알게 된 것이다. 알게 된 것이 아니 라 몸으로 느끼고 있었다. 구름 속을 거닐 듯 자신도 모르게 소녀들과 같이 흐르듯 움직이는 것이었다.

냉벽린은 알고 있을까. 자신의 유연하면서도 화려한 몸놀림이 전진(全眞)의 도가최고신법(道家最高身法)이라는 것을.

그의 머릿속은 한없이 맑아졌다.

‘만물(萬物)은 순리에 따라 생성한다. 음양(陰陽)의 순리는 어떠한가? 정욕(情慾)은 자연발로의 인간 생리다.’

오만 권의 책이 그의 머리에 담겨 있고, 그 활용의 지혜는 바다를 풀어낼 만큼 지대했다. 소녀들 틈에 묻힌 그의 얼굴에서 볼 수 있는 것은 아무것도 없었다. 무심(無心), 무아(無我)였다.

그의 몸은 인간이 움직일 수 있는 가장 자연스러운 동작들로 흐르고 있었다. 힘 하나 들어가 있지 않았다. 무형의 힘이 그를 떠받쳐 주고 있었다. 그의 정신은 법(法)의 삼라만상(森羅萬象) 속에 들어 천지의 이치 속에 노닐고 있었다.

“순리에 따라 행하면 초탈(超脫), 초극(超克)의 경지에 더욱 가까이 도달할 수 있다.”

냉벽린의 전신에서 갑자기 금광(金光)이 빛나기 시작했다.

“심(心)이 청허(淸虛)에 이르면 선계(仙界)가 따로 없고, 만상(萬象)은 태허(太虛)로 돌아와 귀종(歸宗)한다.”

그의 입에서 심오한 무학의 도리가 흐를수록 그의 몸에서 번지는 금광은 더욱 짙어져 갔다.

“으음……, 설마 했는데 이럴 수가!”

다골래의 비명에 가까운 탄성이 어디선가 터져 나오고 있었다.

“그저 녀석을 놀라게 하려고 전진의 천원무극단심(天元無極丹心)을 환상무환소녀진에 숨겨 놓았던 것인데.”

다골래는 혀를 내둘렀다.

“자신도 모르게 깨달아가는 천원무극단심은 녀석의 몸을 탈태환골시키고 금강불괴로 바꾸어 놓을 것이다.”

그는 오 층 석실에 환상무환소녀진을 펼쳐 놓으면서 최혼환상무(催魂幻想舞)로써 냉벽린의 정혈을 메마르게 해서 죽이는 대신 전진 최고의 내공심법인 천원무극단심의 오묘한 구결을 펼쳐 놓았던 것이다.

전진기환대법환술(全眞奇幻大法幻術)!

전진파의 기환술에다 배교의 사술대법을 혼합하여 창안한 대법환술이었다. 환상무환소녀진에 천원무극단심의 구결을 넣어 환상으로 깨달을 수 있게끔 펼쳐 놓은 희대의 사술이었다.

이것은 전진파에서 장문인에게 무공을 전수할 때만 사용되는 대법이기도 했다. 그러나 전진의 도사들은 절대 친절한 것이 아니었다.

만약 환상무환소녀진 속에 숨겨진 천원무극단심의 묘리를 깨닫지 못한다면 나중에는 최혼환상무가 펼쳐져 정혈이 고갈되어 죽고 마는 무서운 기환대법이었다.

기재가 아니면 필요 없다는 식의 잔인함이었다.

"으음, 최혼환상무에 걸리게 되면 진을 깨뜨려 녀석을 구하려 했는데 필요 없게 되었군."

다골래의 최후의 낙이 사라져 버린 것이다. 원래 다골래는 어린 냉벽린이 아마도 환상무에 취해 해롱댈 것이라고 생각했다. 그래서 실컷 괴롭힌 후, 진 속에서 구해내어 사실을 말해 주려고 했다.

그렇게만 되었다면 냉벽린은 분명 약이 올라 제풀에 머리털을 뽑으며 방방 뛰었을 텐데 남 좋은 일만 시키고 만 것이었다.

이제 또 냉벽린의 오만한 콧대가 하늘까지 솟을 것을 생각하니 벌써부터 속이 끓는 다골래였다.

"으음, 도리어 녀석의 체내에 잠겨 있는 사 갑자의 공력이 천원무극단심의 구결로 인해 체내의 모든 경맥을 타통시켜 금강불괴를 만들어 주겠군."

그대로도 괴물 같은 냉벽린이었다. 그의 몸이 어디 보통 신체인가.

마극영체대법에 의해 남극영천단 백 알의 공력과 냉천상의 평생공력, 그리고 어머니 문약빙의 순음지기가 그대로 그의 몸에 계승되었지 않은가. 그로 인해 그의 몸에는 태어나는 순간 삼 갑자의 공력이 잠재되어 있었고, 영원히 임독양맥이 막히지 않는 두 번 다시 있을 수 없는 신체를 갖게 된 것이었다.

그런 그의 몸이 드디어 천원무극단심에 의해 완벽하게 다듬어져 가고 있었다.

쫘르르릉!

금광에 휩싸인 냉벽린의 몸에서는 뇌음(雷音)이 쉴 새 없이 터져 나오고 있었다. 천지개벽의 광경이 인간의 몸에서 나타날 수 있다는 사실이 놀라울 뿐이었다.

찬란한 금광이 소용돌이치더니 곧 두 줄기 기둥처럼 변하며 죽은 듯이 서 있는 냉벽린의 머리끝 백회혈과 발바닥 밑 용천혈로 스며들어가기 시작했다.

우르르르릉꽝!

벽력음이 냉벽린의 몸을 질타했다. 그러나 그것은 환상일 뿐이었다. 그와 동시에 그의 몸에 괴이한 변화가 일어나기 시작했다. 아마도 누가 보았다면 저 사람 죽네 하며 안타까워했을 것이다.

냉벽린의 옷이 바람을 잔뜩 품은 듯 터질 듯이 부풀어 오르는 것이었다. 동시에 그의 머리칼이 번개를 직통으로 맞은 사람처럼 뻣뻣이 일어섰다.

우드득 우드드득!

뚝뚜두둑!

뼈마디 부딪치는 듯한 음향이 일며 냉벽린의 신체가 점점 근육과 뼈가 이동하며 골격이 늘어나는 것이 아닌가.

탈태환골(奪胎換骨)!

바로 골수가 완전히 뒤바뀌는 천고의 기현상이 일어나고 있었다. 그리고 그 현상은 무려 아홉 번이나 계속되었다. 그러나 그것뿐이 아니었다. 이런 모습들이야 단지 눈에 보이는 것일 뿐이고, 지금 냉벽린의 내부에는 탈태환골 따위완 비교도 되지 않는 변화가 일어나고 있었다.

그의 내부에 잠재해 있던 삼 갑자의 공력이 전신 삼백육십오 혈에서 각각 독단적인 힘을 터뜨리면서 서로 합쳐지기 위해 치열한 분합(分合)을 계속하고 있었다.

좋은 결과를 가져올 것이긴 했지만 보기엔 딱 터져 죽을 모습이었다.

팍! 파파파팍!

그의 내부에 보이지 않는 경혈이 진력의 분합에 의해 터지고 막힌 부분이 뚫리는 변화가 계속되었다. 이것은 모든 모세혈관의 세맥까지 뚫어 버리는 것이었다.

이 사람 잡을 듯한 변화가 끝난 다음에 찾아올 공능에 대해서는 언급도 하기 싫을 정도로 사람 기죽이는 것이었다.

그는 지금 육체만 천지인합일(天地人合一)을 이루어 가는 것이 아니라 영혼까지도 무의식중에 천지인합일을 이루어 가고 있었다.

미칠 노릇은 끝이 없는 듯했다.

냉벽린의 몸에서는 무슨 구경거리라도 보여주려는 듯 또다시 새로운 변화가 일기 시작했다. 요번에는 그의 얼굴이 변화하기 시작했다. 그의 얼굴에는 그야말로 감히 범접할 수 없는 성(聖)스러운 기운이 어리기 시작했다.

"으음, 제왕이 됨을 허락받고 태어난 천운의 신분, 타인은 백 년 천 년이 걸려도 꿈도 꾸지 못할 광명대불휘(光明大佛輝)를 무공도 익히지 않고 도달하다니……."

냉벽린을 놀려주려고 했던 장난은 도리어 다골래의 입을 쩌억 벌어지게 만들었다.

광명대불휘(光明大佛輝)!

석가세존이 득도하는 순간 전신에 어렸던 빛의 이름이다. 그리고 이 빛은 중원무림에 무학을 처음으로 전파한 달마조사(達摩祖師)가 무상금광대법력(無上金光大法力)을 완성하며 열반했을 때 나타났던 빛이기도 했다.

지금 그 광명대불휘가 냉벽린의 전신에서 뻗치고 있었다. 이는 오로지 마극영체대법에 의해 잠재되어 있던 힘이 환상무환소녀진의 감추어져 있던 천원무극단심을 무아지경에서 깨달아 일어날 수 있었던 현상이다.

이것이야말로 하늘이 내린 복연이 아니고 무엇이겠는가.

"으음……."

눈을 감고 있던 냉벽린이 눈을 떴다. 두 눈은 더욱 신비하기 그지없게 변해 있었다. 눈빛의 맑음은 사람의 발길이 한 번도 없었던 깊은 산중의 옥수(玉水)를 방불케 했다. 그뿐인가.

담담하고 현기 어린 그의 눈빛을 대하면 그 누구라도 빠져들 것 같은 신비로운 느낌이 서려 있었다.

붉고 섬세한 저 입술은 그의 아버지 냉천상도 따라오지 못할 유혹을 담고 있었다. 여자뿐 아니라 심지어 남자라 해도 그 매력에는 아무런 저항을 못하고 말 것이다.

"모든 것이 사라져 버렸군."

냉벽린은 그야말로 구름이라도 타고 있는 것 같은 상쾌함을 느꼈다. 그런 그의 얼굴은 감격으로 물들어 있었다.

"참으로 오묘했다. 하늘을 보며 깨달았던 대헌(大軒)은 비교조차 할 수 없을 것이다."

그는 무의식중에도 자신이 엄청난 대기연을 얻었다는 것을 알 수 있었다. 그대로 한참동안 기연의 여운을 음미하던 그는 다시 걸음을 옮겨 서서히 육 층으로 올라갔다.

"으음……, 벽에 그림이?"

층계 벽면의 벽돌 하나하나마다 새겨진 문양이 기막힌 조화를 이루어 갖가지 무늬와 인상(印象)을 이루고 있어 하나의 미술관을 방불케 했다. 그것은 갖가지 신비경(神秘境)을 묘사

한 은현(隱玄)한 그림이 거의 대부분이었다.

위로 올라갈수록 그림에 그려진 사람의 모습들은 점점 많아지고 있었다. 선인들이 하늘을 나는 비천상(飛天像)이 있는가 하면, 십장생들과 어울린 선인도(仙人圖)도 있었다.

냉벽린은 절로 감탄을 터뜨렸다.

"이 모든 그림이 환상무환소녀진의 변화가 담겨 있었다. 그리고 나는 이 변화를 받아들였고, 음…… 이것은 무공이었군."

벽화들은 하나같이 전진의 도가비전이었다. 냉벽린은 그 모든 것을 환상무환소녀진 속에서 얻은 것이다.

그는 계단을 밟되 계단을 밟고 있지 않았다. 하나의 신묘한 이치(理致)를 밟고 있었다. 그가 지금 계단을 오르는 것은 단지 물질로 이루어진 계단을 오르는 것이 아니었다. 전진의 도가비전의 오묘한 도의가 담긴 경지를 오르는 것이었다.

# 제6장

# 사령마주(邪靈魔珠),
# 전진배교통천경(全眞拜敎通天經)!

## 01

육 층에는 여덟 개의 계단이 기다리고 있었다. 전에 올라왔던 이 층과 흡사했다.

계단 앞에는 각각 충(忠), 효(孝), 애(愛), 인(仁), 신(信), 의(義), 화(和), 평(平)이라는 글이 한 자씩 쓰여 있었다.

"팔덕(八德)이라……."

팔덕이란 사람이 지켜야 할 여덟 가지의 도리였다.

"후훗, 마지막 관문에 인간의 도리라? 모든 것이 사람이 주관하기 때문인가? 당연한 귀결이다."

사람으로서 지켜야 할 여덟 가지의 도리, 그 어느 한 가지도 비중이 더하지도 덜하지도 않는 무거운 것들이었다. 과연 어느 길을 택해야 옳을 것인가.

"당연히 택해야 할 길은 단 하나! 내게 육신을 주신 부모가 계시지 않았다면 어찌 세상을 볼 수 있었을까."

세상에 태어났기에 다른 일곱 개의 도리가 생겨난 것이다. 팔덕의 으뜸은 당연히 효(孝)였다. 그는 효의 계단을 통해 맨 위로 올라갔다. 당연히 아무런 저항도 없었다.

마지막 층에 올라선 냉벽린은 놀라지 않을 수 없었다. 방금 전에 얻었던 천하제일의 신체와 가공할 내공은 개에게 줘 버렸단 말인가.

도무지 아무것도 분간할 수 없었다. 이곳은 빛이라고는 이미 잊혀진지 오래인 듯 죽음 같은 어둠으로 뒤덮여 있었다.

"으으윽……."

그는 갑자기 목이 졸리는 듯한 극심한 답답함을 느꼈다. 어둠속에 무엇인가가 움직이고 있었다. 겨우 확인할 수 있었던 것이 이런 것들이었다.

마기(魔氣), 사기(邪氣), 귀기(鬼氣) 따위들이었다. 또한 그것들은 무섭게 살아 꿈틀거리고 있었다.

"음, 이 저주의 기운은…… 실로 섬뜩할 지경이군."

이때 석실 한가운데에서 기이한 광채가 일기 시작했다. 냉벽린은 그 빛을 바라보는 순간 다급한 신음을 터뜨렸다.

"헉!"

눈이 빠지는 듯한 고통이 뒤를 따랐다. 석실 한가운데에는 하나의 옥탁이 놓여 있었다. 거기까지는 별반 이상할 것이 없었다. 그러나 문제는 옥탁 위에 있었다.

혈주(血珠)!

옥탁 위에는 주먹만한 혈주가 놓여 있었다. 냉벽린에게 그만한 고통을 준 것이 단지 저 구슬 따위라는 것은 이해할 수 없었다.

그러나 구슬을 본 사람이라면 아마도 뼈저리게 느낄 수 있을 것이다. 아수라(阿修羅)의 마안이나 악마(惡魔)의 눈도 이보다는 사악한 느낌을 줄 수 없을 것이다.

번쩍!

혈주에서는 시뻘건 혈광(血光)이 끔찍스럽게 폭사되어 냉벽린의 눈을 향해 쏘아지고 있었다. 아니 자세히 보니 그 기운은 그의 눈 속으로 빨려들고 있었다. 얼마 지나지 않아 혈광은 완전히 냉벽린의 전신을 휘감았다.

혈광은 예리하기가 마치 독사의 이빨 같았다.

냉벽린은 전신이 그대로 파열되는 것만 같은 고통을 맛보고 있었다.

말이 되는가, 금강불괴가. 그러나 그것은 그의 신체와 별개의 문제였다. 그 마기는 그의 살갗이 아닌 심연 깊은 곳을 찢어 놓는 듯했다.

"이 무슨 지독한 마기……, 그러나 마기는 빛으로 물리칠 수 있다."

이길 방법만 있으면 그는 이긴 것이나 진배없었다. 그리고 그 방법은 곧바로 시행되었다. 혈주의 마기에 의해 그의 전신에는 미미한 진동이 일어나고 있었지만, 단지 눈 꼬리만 가늘게 떨리고 있을 뿐 안색조차 변하지 않았다.

혈주(血珠)!

이것은 천지간의 모든 사기(邪氣)가 하나로 응결된 사령마주(邪靈魔珠)였다. 배교의 신물로서 장문인을 나타낼 수 있는 신표이기도 했다. 배교에서는 천자의 옥쇄와도 같은 것이었고, 사마(邪魔)의 무공을 배운 자라면 개침을 흘리며 탐을 낼 물건이었다.

만약 사마공(邪魔功)을 익힌 자가 이 사령마주를 얻는다면 무공은 순식간에 극성에 이를 수 있었다. 뿐만 아니라 사령마주의 사기를 완전히 흡수할 수만 있다면 고금을 통틀어 가장 강한 사존(邪尊)이 될 수 있었다. 그러나 동시에 인성(人性)이 파멸되고 피만을 찾아다니는 아수라로 화하고 마는 폐단이 있었다.

다골래의 음성이 파르르 떨렸다.

"녀석, 조금만 참아라. 그 사령마주의 사기를 이겨내야만

남이 펼치는 사술도 첫눈에 깨뜨리고 전진배교의 사술대법도 속성할 수 있다.”

다골래는 내심 초조하지 않을 수 없었다. 단 한순간의 어긋남이 있어도 모든 것은 물거품이 되어 버리기 때문이다. 그는 지금 냉벽린을 걸고 도박을 하고 있었다.

이 순간을 이겨내기 위해 마극영체대법이 시술되었다고 해도 과언이 아니었다. 사령마주의 사기는 그만큼 엄청난 위력을 가지고 있었다.

냉벽린은 입술을 지그시 깨물었다.

“어둠의 주인은 빛이다. 빛으로 어둠을 물리치면…… 마기, 사기도 어둠과 함께 사라지리라.”

차츰 괴로웠던 그의 눈이 담담히 가라앉기 시작했다.

“저 혈주에서 발산되는 사기만 모두 받아들이면 된다.”

그러나 자신의 본 심령만은 잃지 않아야 한다. 그것이 가장 큰 문제였고, 가장 풀기 힘든 문제였다.

구구구구구!

냉벽린의 전신에서 눈부신 금광이 찬연히 흘러나왔다.

광명대불휘가 시전되고 있었다. 냉벽린의 입가에 미소가 떠올랐고, 그의 몸은 상서로운 서기와 금광, 그리고 형언할 수 없을 만큼 장엄한 기도로 뒤덮였다.

그와 동시에 사령마주에서 폭사되던 혈광이 점차 미약해지더니 급기야 완전히 소멸되어 버렸다.

확!

사령마주의 혈광이 사라짐과 동시에 석실에 불이 들어왔다. 냉벽린은 계속 눈을 감은 채 서 있었다.

'으음, 내 몸에 두 개의 가공할 힘이 흐르고 있군.'

천원무극단심으로 인한 힘과 사령마주를 통해 받아들인 사의 힘, 이 두 개가 그의 몸 안에 공존하고 있었다.

다골래는 더할 수 없이 흐뭇한 표정으로 냉벽린을 응시하고 있었다.

"정말 괴물이군. 이백 년간 오직 실패밖에 없었던 일을 성사 시키다니……."

전진의 천원무극단심과 배교의 사령마주의 합일은 언제나 실패로 돌아갔다. 그래서 전진파의 모든 인물들은 그것을 아예 인간이 이룰 수 없는 일로 치부해 버리고 말았다. 그런 일이 지금 다골래의 위험한 도박으로 인해 인간이 이뤄 낼 수 있는 일로 바꾸어 놓았다.

"이제 저 녀석에게 전진의 도가비전과 배교의 시술을 가르치기만 하면 되는군."

다골래는 이제 죽어도 한이 없었다. 두 가지 비전을 전해 주기만 한다면 말이다. 이는 그의 숙원이자 전진배교의 숙원이었다.

이윽고 냉벽린이 눈을 떴다. 그런데 지금 그의 눈빛을 도대체 뭐라고 말해야 하는가.

사이함이 깃든 그의 눈빛을 원시적 아름다움이라고 해야 할까.

"사내 녀석이 너무 지독한 아름다움을 가지게 되었군."

다골래는 도저히 무어라 형언키 어려운 신비스러운 아름다움을 후광처럼 두르고 있는 냉벽린을 바라보며 혀를 내둘렀다.

어느새 멍하니 서 있는 그에게 다가온 냉벽린이 씩 웃으며 손을 내밀었다.

"대머리 아저씨! 내 놔!"

갑작스런 그의 행동에 그는 어리둥절했다.

"뭘 말이냐?"

"내게 가르쳐 주고 싶은 것이 적혀 있는 책자 말이야. 이를테면 비급 같은 거 말이야."

"허허…… 참……."

다골래는 기가 막힐 뿐이었다.

"내가 무의식중에 깨달은 것들을 기록한 책이 있을 거 아냐? 빨리 줘!"

"그, 그래 알았다. 이놈아!"

그는 품속에서 한 권의 책을 꺼내 냉벽린에게 주었다. 고색

창연한 고서였다.

"흐음, 전진배교통천경(全眞拜敎通天經)이라……."

냉벽린은 고개를 끄덕였다.

전진배교통천경!

전진배교의 모든 무공과 사술이 기록되어 있는 비급이었다.

냉벽린은 책을 받아 들고 말없이 돌아섰다.

"어! 이놈아, 그냥 가는 거냐?"

다골래는 어이가 없다는 듯 물었다. 냉벽린은 고개를 갸웃하며 돌아섰다.

"그럼 춤이라도 추고 가란 말이야?"

"아니, 그런 건 아니고…… 쩝……."

빌어먹을 괴물 같은 놈은 예의도 없는 것인가. 미운 건 아니지만 그래도 아쉬운 입맛을 다시는 그였다. 그래도 이만큼 해주었으면 떨어지는 국물이라도 있어야 할 게 아닌가. 그는 이 콧대 높은 놈에게 고맙다는 인사 정도는 받을 줄 알았다. 평소에 그가 얼마나 자존심 센 놈인지 아는 그에게는 그것도 감지덕지할 일이었다.

다골래가 밑 안 닦은 사람처럼 찜찜한 기색을 하고 있자 냉벽린은 도리어 냉소를 쳤다.

"흥! 온갖 고생을 다 시켜 놓고 지금 이곳에 기름이 없기에

망정이지 기름만 있었으면 그 민머리를 광이 나도록 닦아 주었을 텐데.”

“끄응……..”

다골래는 자신도 모르게 머리털 하나 없는 자신의 머리를 쓰윽 문질러 보았다. 머리에는 송글송글 땀이 맺혀 있었다.

그러는 사이 냉벽린은 벌써 계단 입구에 가 있었다. 다골래는 버럭 고함을 질렀다.

“네 녀석은 도대체 궁금한 것도 없느냐?”

책을 받았으니 이것은 어떻게 써먹어야 하고, 어떻게 연마하는 것인지 정도는 물어봐야 하지 않겠는가. 괴물이라는 전제를 깔더라도 출처 정도는 물어봄직했다.

그러나 냉벽린은 고개도 돌리지 않은 채 그저 어깨만 으쓱했을 뿐이다.

“전혀!”

비급에 관해서는 둘째치고라도 애써 찾지 않아도 그가 궁금해 할만한 일은 수두룩했다.

“이놈아! 무엇 때문에 이런 고생을 시켰느냐? 도대체 내 부모는 누구냐? 등등 너를 키우는 우리들은 누구냐 등 물어볼 말이 많지 않느냐?”

다골래는 제풀에 열이 나서 고래고래 고함을 질러댔다. 냉벽린은 웃음을 머금고 돌아섰다.

"내가 자라나는 환경을 보니 내 출생에는 어떤 비밀이 있음이 확실하긴 해. 그러나 말해줄 일 같았으면 내가 묻기도 전에 먼저 가르쳐 주었을 거 아니야?"

달리 뭐라 말하겠는가. 저런 괴물 같은 놈이라는 말밖에는……. 다골래의 얼굴에는 그렇게 쓰여 있었다.

"대답도 안 해 줄 것을 물어서 무엇해? 나를 키우는 것도 다 목적이 있을 것이고 ,어느 정도 그 목적을 내가 이루어 줄 만하다 싶으면 먼저 이야기해 주겠지. 안 그래?"

다골래의 완패였다. 죽었다 깨어나도 그는 냉벽린을 이길 수 없을 것이다. 입맛이 썼다.

"나는 급할 게 하나도 없어."

"그래 너 잘났다! 잘났어!"

냉벽린은 투덜거리며 아래층으로 내려가기 시작했다.

"제기랄! 스무 살쯤 돼야 해줄 이야기를 먼저 안 물어본다고 신경질이야. 나 원참……."

다골래는 턱뼈 빠진 사람마냥 입을 쩍 벌리고는 다물지 못했다. 너무 기가 막혀 나오는 것이라곤 헛바람 소리뿐이었다.

"망할 놈! 내 뱃속에 들어갔다 나왔나?"

사실 그의 마지막 비장의 수는 바로 이것이었다. 냉벽린이 그런 물음을 하면 좀 더 큰 다음에 가르쳐 줄 거야 하며 그를 약 올리려고 마음먹고 있었다. 그에게 있어 냉벽린은 정말 오르지 못할 하늘이었다.

당연히 그의 오를 대로 오른 심통이 하늘 끝까지 뻗쳤다.

"으으으, 내 저놈을 어떡하든 한 번은…… 아이고, 아이고!"


02


사탑을 빠져나온 냉벽린은 눈을 가늘게 떴다. 어느새 날이 밝은 것이다.

"탑 안에서 꼬박 하루를 보냈군."

그는 맑은 아침 공기를 크게 들이마셨다. 그리고는 고개를 들어 탑을 올려다보았다.

"별것도 아닌 걸 가지고 그토록 고생시켰겠다."

어젯밤 고생한 걸 생각하면 은근히 부아가 치미는 냉벽린이었다. 부아가 치밀 사람은 따로 있는데 말이다.

"어떻게 복수를 한다?"

그는 무슨 좋은 방법이 없나 하고 궁리를 하다가 웃음을 지었다. 그런 치기 어린 미소가 바로 그 나이에 어울리는 웃음이었다. 불쌍한 다골래의 모습이 눈에 선하다.

그는 품속에 넣어두었던 전진배교통천경을 꺼내 책장을 넘기기 시작했다. 수십 장을 넘겨가던 그의 손이 어느 한 부분에서 멈추었다.

천원무극단심!

냉벽린은 그곳에 적혀 있는 구결을 읽기 시작했다.

"후훗, 바로 이거야. 여기에 적힌 대로만 하면 내 몸의 힘을 밖으로 발출할 수 있구나."

냉벽린은 그 자리에 털썩 주저앉아 가부좌를 틀고 공력의 활용에 들어갔다.

"단전(丹田)의 기(氣)를 두 곳으로 나누어 백회(百會), 용천(勇泉)으로…… 백회의 힘은 독맥(督脈)으로 통하고 용천의 힘은 임맥(任脈)으로 통한다."

그의 단전에서 두 개의 다른 내력이 분출되었다. 뜨겁고 찬 두 개의 기운이었다. 양기(陽氣)는 단전을 벗어나 몸의 정중선(靜中禪)에 있는 삼관(三關)에 번개같이 치달았다.

그리고 음기(陰氣)는 단전을 벗어나 삼음경(三陰經)을 거치면서 몸의 직하선(直下線)으로 내리 뻗쳐갔다.

내공이란 본시 기를 생성시켜 그 힘을 키우는 것, 오랜 세월이 흘러야 힘이 생겨 기를 사용할 수 있고, 올바른 힘을 쓰려면 경맥을 뚫어야 했다.

그러나 냉벽린은 모든 것이 다 되어 있는 상태였다. 단지 그 힘을 활용할 줄만 알면 되는 것이다. 책자에 쓰여 있는 구결대로 공력을 운용시키던 그의 전신이 어느새 자광(紫光)과

청광(淸光)으로 휩싸여 있었다.

삼 갑자의 내공을 지니고 있던 그는 천원무극단심을 일주천 시킴으로써 완벽한 성취를 본 것이었다.

"음……."

맨 위층에서 그를 내려다보고 있던 다골래는 고개를 끄덕였다.

"당연한 귀결이지."

냉벽린은 계속해서 운기조식을 했다.

"천중(天中)에서 두 힘을 모아 다시 중부(中府), 극천(極泉)에서 곡지(曲池), 내관(內官), 외관(外官)을 통해 합곡(合谷)으로 보내니……."

냉벽린의 상체에서는 모락모락 흰 김이 피어올랐고, 하체에서는 냉기가 뿜어져 나왔다.

치치칫!

내공이 독맥과 임맥을 교차하면서 그의 전신에 뿌옇게 서렸던 백무(白霧)가 어느 순간 그의 전신으로 빨리듯 스며들었다. 문득 그의 전신에는 차츰 은은한 금광이 서려갔다.

"합곡의 기를 다시 전신 경락으로 보낸다!"

냉벽린의 전신 모공이 그의 뜻에 따라 활짝 문호(門戶)를 열었다. 그의 내부에서 광명대불휘의 힘이 어리며 전신이 그대로 허공으로 붕 뜨는 것 같은 엄청난 진력이 용솟음치기 시작했다.

"대붕천력(大崩天力)!"

냉벽린은 웅후한 외침을 토하며 오른손을 비스듬히 위쪽으로 쭉 뻗었다.

쿠와우우우!

뇌성벽력 같은 소리가 몰아치며 어린아이 팔뚝 굵기만 한 금광이 그대로 사탑의 꼭대기를 향해 폭사되어 갔다.

계속 그를 지켜보고 있던 다골래는 대경실색했다.

"저, 저런 빌어먹을 놈이!"

그러나 놀라고 있을 수만은 없었다. 이것저것 생각할 필요 없이 그는 그대로 탑 밑으로 몸을 날렸다. 그냥 있다가는 석탑은 둘째치고라도 자신의 몸까지 산산조각이 날 판이었다.

콰앙!

다골래가 대경실색한 얼굴로 탑 밑으로 몸을 날린 것과 동시에 엄청난 폭발음이 터져 나왔다. 자욱한 돌먼지가 흩어지고 윗부분이 휑하니 박살나 버린 석탑의 모습이 드러났다. 오, 륙, 칠 층이 그대로 붕괴된 것이다. 원래 사 층으로 지어진 석탑인 듯 삼 개 층이 흔적도 없이 날아갔다.

대붕천력!

무림사를 통틀어 단 한 번 그 진정한 위력을 드러낸 적이 있었다. 육백 년 전, 전진의 십오 대 장문인이었던 대천우인

(大天雨人)!

신비에 가려져 있던 전진도가의 인물이 나타났다 하여 중원이 흥분의 도가니로 들끓고 있었을 때, 대천우인은 단 일권으로 백여 명의 고수를 쓰러뜨린 적이 있었다.

발출된 권강(拳剛)은 진공상태로 압축되어 시전자의 손을 떠나 상대의 공력과 부딪치는 순간 폭발하게 되어 있는데, 그 폭발하는 순간의 힘은 터지는 순간의 탄력을 받아 수십 배로 증가되는 것이다.

그때의 위력이란 보는 것만으로도 악몽을 꿀 정도였다.

대천우인이 대붕천력을 시전하고 난 후 중원에서 그에게 도전하는 미친놈은 한 명도 없었고, 그는 그대로 전설이 되어 버렸다.

다골래가 기겁을 하고 뛰어내린 것도 이해가 되었다. 그는 겨우 그 대붕천력을 육 성 정도밖에 연성하지 못했기에 감히 십이 성을 이룩한 냉벽린의 대붕천력을 어찌해 볼 담력이 없었던 것이다. 그런 미친 짓을 하느니 차라리 제 손으로 수급을 따 던져주는 게 편했다.

다골래의 노화는 일만 장(一萬丈)이나 솟구쳤다.

"이런 빌어먹을 놈! 기껏 천하 최고의 무공과 사기를 얻게 해주었더니 그 보답으로 나를 죽이려 든단 말이냐?"

말을 하면서 그의 신형이 부드럽게 미끄러져 왔다. 그러나 냉벽린은 자신이 도저히 피할 수 없다는 것을 느끼고 당혹해했다.

"이놈!"

그가 승포자락을 휘두르자 냉벽린은 자신의 몸이 어떤 부드러운 잠경에 휘감기고 있다는 것을 느꼈다.

쾅!

한 차례 폭음과 함께 냉벽린은 비틀거리며 뒤로 물러났다.

"으……!"

"크으으…….."

그런데 비명은 다골래의 입에서도 터져 나오고 있었다.

'아니? 아무리 육 성의 공력으로 때렸다지만 내 공력이 삼 갑자에 이르거늘 손목이 끊어질 것만 같다니?'

전부 그를 우습게 본 다골래의 잘못이었다. 냉벽린의 신체는 천하에서 가장 부드러운 천잠사(天蠶絲)와도 같은데다 금강불괴에 반탄력까지 겹쳐져 도리어 공격했던 다골래가 곤욕을 치른 것이다.

냉벽린은 신형을 바로하고 냉랭하게 웃었다.

"감히 나를 때리다니!"

"이놈아! 네가 먼저 나를 죽이려 하지 않았냐?"

"감히 제왕의 잘못을 따지려 들다니 더욱 용서할 수 없다."

다골래는 코웃음을 쳤다.

"흥! 이놈아, 제왕이 될지 안 될지는 두고 봐야 알지. 그리고 네 실력에 감히 나를 어떻게 하겠다고?"

"후훗…… 좋아, 잠시만 기다려."

그는 다시 전진배교통천경을 넘기기 시작했다. 그러자 다골래는 흠칫했다. 저놈의 괴물이 뭔 일을 저지를 게 뻔하기 때문이다.

'저놈이 또 벼락같이 무공을 익혀 나에게 덤비려고! 어림없지!'

그는 손을 들어 책자를 뒤적이고 있는 냉벽린을 향해 십지(十指)를 퉁겼다.

"이번에는 어림없다."

쐐애액!

그가 퉁겨낸 지풍은 십지태허강(十指太虛剛)이었다. 그런데 그때 마침 냉벽린은 벽력천강지(霹靂天剛指) 편을 읽고 있었다.

"흥! 어딜!"

그는 벼락같이 허공에다 두 번 손가락을 찍었다.

슈아앙!

그의 손에서 두 줄기 지풍이 발출되었는데 어찌나 빠른지 눈으로 볼 수 없을 정도였고, 터지는 음향은 하늘이 무너지는 것만 같았다.

"으악!"

다골래는 목청이 찢어져라 비명을 질렀다.

팍!

그리고 그의 신형이 갑자기 연기처럼 사라져 버렸다.

"크으으……."

그의 모습은 사라졌지만 그와 동시에 뼈를 깎는 듯한 비명과 피보라가 퍼졌다. 그는 사라지기 직전 벽력천강지에 의해 상처를 입은 것이다. 냉벽린은 어리둥절했다.

"어? 어디로 갔지?"

벽력천강지, 과연 어떤 위력이 있기에 다골래가 기겁을 하고 몸을 피했단 말인가.

전진도가에는 두 개의 지공(指功)이 있었다.

십지태허강과 벽력천강지가 바로 그것이었다.

이 두 가지 지공은 현격한 차이가 있었다. 십지태허강은 이 갑자의 공력으로 펼치는 열 줄기의 지풍에서 금석(金石)을 꿰뚫는 위력이 있다.

반면에 벽력천강지는 삼 갑자의 공력이 있어야 펼칠 수 있는 것이었다. 마치 용수철같이 공력을 압축시켰다가 일시에 터뜨리듯 발출하는 지공이었다. 때문에 그 위력은 상상을 불허했다.

지풍이 상대를 때리고 나서야 뒤늦게 음향이 들리는 빛보다 빠른 지공이었다.

다골래가 기겁을 하고 사라진 것도 또한 이해가 갔다. 겁쟁이는 아니었지만 그에겐 아직 새털같이 많은 날이 남아 있었기 때문이다.

"도대체 어디로 사라졌지?"

아무리 찾아도 다골래의 흔적은 보이지 않았다. 고개를 갸웃거리던 냉벽린은 무슨 생각을 했는지 다시 전진배교통천경을 읽기 시작했다.

"흠, 바로 이것이군."

그의 눈에 한 가지 사술에 대한 내용이 들어왔다.

환허무혼술(幻虛無魂術)!

급박한 상황에서 도망칠 때 이 수법을 사용하면 육신은 한 분의 물이나 피, 연기로 화해 사라지게 된다.

"크큭크! 되게 급했군. 그러게 누가 내 비위를 건드리래?"

이때 냉벽린은 바로 등 뒤에서 기척을 느꼈다.

반짝!

햇빛에 반사되어 눈부신 빛을 발하는 그것은 둘 중 하나였다. 잘 닦아 놓은 수석(水石)이거나 아니면 바로 다골래의 민머리 이 둘 중 하나였다.

이런 곳에 없던 수석이 있을 리 만무하고 그렇다면 십중팔구 다골래의 민머리였다.

기이하게도 그의 몸체는 어디 가고 땅 위에 머리만 삐죽이 솟아 올라와 있었다.

'후훗, 요 녀석 혼 좀 나봐라.'

다음 순간 땅 속에서 팔 하나가 냉벽린의 발을 움켜쥐려고 스으 올라왔다.

그때였다.

멋모르고 있는 줄 알았던 냉벽린이 벼락같이 돌아섰다.

"우왁!"

"으악!"

팍!

냉벽린이 갑자기 돌아서며 고함을 지르자 다골래는 기겁을 해 비명을 지르고는 떨어질 뻔한 간을 추스릴 겨를도 없이 다시 환허무혼술을 발휘하여 사라지고 말았다.

"우하하! 내 그럴 줄 알았지."

다골래는 또다시 당한 것이다. 그가 다시 사라지고 나자 냉벽린은 휘파람을 불며 유유히 사라져 갔다. 그리고 잠시 후.

스으윽!

땅 속에서 두 개의 손이 뻗어 나오는 것이었다.

뭉글뭉글!

무엇인가 뭉치기 시작하더니 그 속에서 흐릿한 인영이 모습을 드러내기 시작했다. 다골래였다.

그런데 그는 왼쪽 어깨를 움켜쥐고 오만가지 인상을 다 찌푸리고 있었다. 그러나 그 얼굴에 흐르는 만족감이란 이루 말할 수 없는 것이었다.

"흐흐흐, 천추만승제 동방대군! 너의 앞날이 훤히 보이는구나."

도끼로 찍어낸 듯 좁은 절곡이었다. 습습하니 어딘가 음울한 기운이 흐르고 있었다. 마치 비온 뒤에 마르지 않은 땅처럼 눅눅한 기운은 사람을 축 쳐지게 만든다. 주위에는 온통 암석뿐 잡초 한 포기 자라 있지 않았다.

스스스슷!

괴이한 음향이 일며 하나의 인영이 절곡에 길게 그림자를 드리웠다. 냉벽린이었다. 그가 막 절곡 안에 발을 디밀었을 때였다.

쉬익쉬쉬쉭!

온몸에 다닥다닥 소름이 끼쳐 오르는 괴이한 음향이 들려왔다. 마치 가려 놓았던 장막을 치운 듯했다. 언제 어디서 나타났는지 그의 발 앞에는 수천, 수만 마리가 넘는 독사들이 절곡 전체를 뒤덮고 있었다.

"하하하. 이놈들, 오래간만이구나."

냉벽린은 미친 것이 아니면, 땅꾼이 분명했다. 기겁을 해도 모자랄 판에 그의 얼굴에는 반가움이 가득했다.

쉬이익쉭쉭!

소름 끼치는 음향과 함께 마치 그를 반기기라도 하듯 뱀들의 머리가 일제히 치켜들려졌다. 냉벽린은 뱀들의 행동을 보며 재차 한바탕 대소를 터뜨렸다.

"하하하하! 알겠다! 알겠어! 나도 너희들과 놀고 싶지만……."

냉벽린은 웃음을 그치고 안으로 발걸음을 계속 옮겼다.

"허나 나는 우선 가짜 엄마를 먼저 만나봐야 한단다."

그러자 그의 말을 알아듣기라도 한 듯 뱀들이 일제히 맥없이 고개를 떨구었다.

휘익!

뱀들을 이해(?)시킨 그는 휘파람을 불어제치며 절곡 안으로 쾌속하게 신형을 움직였다. 절곡 끝에는 절벽이 있었고, 그 절벽 한가운데에는 하나의 비동(秘洞)이 있었다. 그런데 그 비동 앞에는 실로 무시무시한 대망이 지키고 있었다.

똬리를 틀고 앉아 있는 그 대망은 마치 자그마한 동산을 보는 듯했다.

그런데 대망은 냉벽린이 다가서자 고개를 낮게 깔고 혀를 날름거리며 음산한 눈빛을 뿌리는 게 아닌가.

쉬이쉬식!

대망의 눈빛은 냉벽린이 여간 싫은 표정이 아니었다. 그 모습을 본 그는 눈살을 찌푸렸다.

"요건 항상 나만 보면 인상을 써."

그는 돌연 대망의 턱을 향해 발을 날렸다.

퍽!

그의 발길에 채인 대망의 턱이 획 돌아갔다.

"크꾁!"

가뜩이나 싫은 놈의 발길질이 작렬했으니 득도한 고승이라도 참을 수 없는 마당에 한낱 뱀이야 오죽하겠는가.

대망은 꼬리를 들어 냉벽린을 후려쳤다. 대전 기둥만한 대망의 꼬리가 맹렬한 바람을 일으키며 냉벽린에게 날아왔다. 그 바람만으로도 사람 하나는 족히 날려 버릴 만한 위력이었다.

그러나 냉벽린은 코웃음을 쳤다.

"네까짓 놈이 감히 작은 주인을 못 알아보고!"

그는 곧바로 천원무극단심의 기운을 일으켰다. 그러자 그의 전신은 찬란한 금광으로 물들었고, 뒤이어 날아드는 꼬리를 맨손으로 잡아갔다.

계란으로 바위 치는 게 낫지. 벌써 눈에 보이는 그의 손과 대망의 꼬리의 굵기에서부터 비교가 되지 않았다.

썩은 나뭇가지로 검과 부딪쳐 가는 모습이었다. 뼈가 가루가 되고 피보라를 뿌릴 냉벽린의 모습을 직접 그려낼 수 있을 것처럼 선명했다.

팍!

그러나 그는 예상을 완전히 뒤집어엎고 대망의 꼬리를 잡아냈다. 아니 그 모습이란 잡았다는 표현이 민망할 정도로 완전히 대망의 꼬리에 매달려 있는 듯한 모습이었다. 그러나 현실은 그렇지가 않았다.

"이얍!"

그는 꼬리를 잡는 것과 동시에 호통과 함께 허공으로 솟구쳐 올랐다.

태허어기류(太虛御氣流)!

그는 대망의 꼬리를 잡고 한없이 허공으로 솟구쳐 올랐다. 놀랍게도 대망의 길이는 무려 십여 장에 달했다.

'요놈아! 항상 나를 고깝게 생각했지. 어디 오늘 혼 좀 나봐라!'

냉벽린은 그대로 허공에서 빙글빙글 몸을 회전시켰다. 그러자 이내 대망의 그 길고 커다란 몸뚱이는 여덟 팔 자로 묶여 버리고 말았다. 슬픈 뱀의 운명이 시작되는 순간이었다.

끄으으!

대망은 구슬픈 비명을 질렀다.

그러나 냉벽린은 잔인하게도 대망을 그대로 밑으로 내던져

버렸다. 바위가 도토리에게 부서지는 망신살 뻗치는 순간이
었다.

쿵!

절벽이 와르르 무너져 내리는 것만 같은 굉음이 지축을 흔
들었다.

"이제 내 앞에서 눈도 똑바로 뜨지 못하겠지."

몸을 비비꼬며 꼬여 버린 몸을 풀려고 바둥대는 대망을 내
버려 둔 채 그는 비동 안으로 사라져 버렸다. 그런데 그가 동
굴 안으로 들어선 바로 그때였다.

휙!

예리한 파공음이 일었다. 그러나 냉벽린은 전혀 놀라는 기
색 없이 나직이 호통을 쳤다.

"어딜!"

그의 허리가 기묘하게 비틀어졌다. 그러자 그를 암습해 오
던 경력이 찰나지간에 무위로 돌아가고 말았다.

"이놈, 맛 좀 봐라!"

냉벽린의 우수가 쾌속하게 어둠 속을 갈랐다.

탁!

뒤이어 짤막한 격타음이 울렸다. 그의 앞에 유난히도 하얀
빛이 보이고 있었다. 마치 백설과도 같이 희면서도 은은하게
반짝이는 그 물체는 머리 한가운데 검고 투명한 묵광(墨光)이

번뜩이는 벼슬이 달려 있는 한 마리 뱀이었다.

묵관사왕이었다.

"하하! 사중지왕인 네놈도 이제 나를 어찌할 수 없을 것이다."

끄륵! 쉬이익!

묵관사왕은 괴이한 소리를 내며 냉벽린의 품 안으로 날아들었다. 공격이 아닌 반가움이었다.

냉벽린은 묵관사왕을 품에 안아들며 몸을 쓰다듬어 주었다.

"하하하! 잘 있었니?"

그는 묵관사왕이 매우 귀여운지 머리의 벼슬 같은 관을 쓰다듬었다. 묵관사왕 역시 냉벽린이 매우 반가운지 머리를 비비며 애교를 부렸다.

냉벽린은 처음 보는 것도 아니지만 볼 때마다 감탄을 터뜨리지 않을 수 없었다.

'도대체 뭘 먹고 자랐기에 사람 말을 알아들을 수 있는 걸까?'

그는 묵관사왕을 안은 채 계속해서 안쪽으로 들어갔다.

잠시 후 그는 석문 앞에 이르렀다. 그리고 지체 없이 석문을 열고 들어섰을 때였다.

휘이익!

엄청난 경풍이 그의 전신에 덮쳐들었다.

"헉!"

냉벽린은 다급성을 터뜨렸다. 전혀 무방비한 상태에서의 암습이었다. 그는 황급히 신형을 옆으로 미끄러뜨렸다.

'늦었다!'

그의 몸은 이미 한 마리 커다란 구렁이에게 칭칭 감겨들었다. 대망보다는 작았지만 역시 족히 삼십 자는 되어 보이는 지극히 거대한 괴사였다.

"거, 거령사(巨靈蛇)! 이놈이!"

거령사는 그의 말은 아랑곳하지 않은 채 제 할 일은 이거라는 듯 냉벽린의 전신을 힘껏 옥죄어 들었다.

"후훗, 네놈이 그렇게도 장난을 치고 싶다는 거지?"

그의 몸은 거령사의 거대한 그물 안에서 교묘하게 비틀리기 시작했다. 이 무슨 믿지 못할 괴변인가.

물 샐 틈조차 없는 거령사의 옥죄임 속에서 서서히 그의 신형이 밖으로 빠져나오기 시작했다.

쉬쉬이쉬르륵!

거령사는 당황했다.

밤톨만한 놈이 용케도 빠져나가는 것이다. 사람 아닌 뱀으로서도 눈알 튀어나올 노릇이었다.

거령사는 긴 휘파람소리를 터뜨렸다. 그리고 전신의 모든 힘을 끌어올려 상한 자존심만큼 빠져나가려는 냉벽린을 옥죄었다. 빠져나가긴 해도 뼈만이라도 부러뜨려야 성에 찼다.

"어림없다, 요놈아!"

그는 순식간에 마치 뼈가 없는 연체동물처럼 거령사의 공세에서 여유만만하게 빠져나와 버렸다. 냉벽린의 발이 채 땅에 닿기도 전이었다.

쫘악!

거령사가 입을 쫙 벌리며 냉벽린의 전신을 통째로 집어삼키려 들었다.

"좋아! 네 녀석이 오랜만에 계속 장난을 치며 놀고 싶은 게로구나."

냉벽린은 거령사의 입을 향해 쾌속하게 손을 뻗었다.

끄아!

뒤이어 거령사의 입에서 고통의 비명이 터졌다. 냉벽린의 손이 거령사의 혓바닥을 잡은 것이다. 그러나 그에 그치지 않고 혓바닥을 잡아 쭈욱 당기었다. 거령사는 말 못할 고통에 빠지게 되었다.

"하하하. 이 녀석, 이제는 항복하겠지?"

거령사는 다 죽을 판이 되어서야 새파란 빛이 나는 눈을 껌뻑였다. 항복의 표시였다.

"자! 이제 가라!"

거령사는 그의 발에 머리를 서너 번 비벼댄 다음 동굴 속 어디론가 사라져 버렸다.

석실(石室).

사방 열다섯 자 가량의 석실엔 담담한 백광이 빛을 뿌리고 있었다. 천장에 열다섯 개의 야명주가 박혀 있어 담담한 백광이 뻗어 나와 석실 안은 지극히 정갈한 기운을 풍겼다.

중앙에는 하나의 석대가 있었고, 좌우 벽 쪽으로 하나씩의 석 침상이 놓여 있었다. 그리고 한쪽 벽에는 고서진본(古書眞本)으로 보이는 책자들이 고풍스러움을 풍기며 꽂혀 있었다.

석 침상, 그 위에 한 명의 여인이 누워 있었다. 침상 밑까지 흘러내린 금발, 그녀는 사월만후였다. 원색적이고 퇴폐적인 눈을 가지고 있는 여인, 그 여인의 폭발적인 아름다움은 십이 년이 지난 지금까지 조금도 격감되지 않았다. 오히려 더 젊어진 듯했다.

그런데 기절초풍할 노릇은 그녀의 전신을 온통 뱀들이 뒤덮고 있다는 것이었다.

'와! 저놈의 뱀들 호강하는군!'이란 생각보다 먼저 기절하고 볼 일이었다.

마치 뱀들은 그녀의 이불 같았다. 그 뱀들은 모두 아름답기 그지없는 화사(花蛇)들이었고, 그 주위를 천령화사(天靈花蛇)와 음양쌍극사(陰陽雙極蛇), 철갑백묵사(鐵甲白墨蛇) 등이 지키고 있었다.

천령화사는 냉벽린이 나타나자 고개를 치켜들며 경계를 했다. 사월만후는 그를 보자 활짝 웃었다.

"벽린! 어서 오너라."

만 개의 꽃이 일제히 봉우리를 터뜨리는 것 같은 눈부신 아름다움이 그녀의 미소 속에 있었다.

"잘 있었어? 가짜 엄마!"

냉벽린은 그녀의 품속으로 뛰어들었다.

"녀석……."

사월만후는 두 팔을 뻗어 냉벽린을 포근하게 안아주었다. 그녀의 품속으로 뛰어든 그의 표정은 더할 수 없이 행복해 보였다. 그는 그녀의 품에 안긴 채 따스한 그녀의 앞가슴에 얼굴을 비볐다.

끝없이 그러고만 있어도 좋을 것 같다. 사월만후는 가슴으로 전해오는 냉벽린의 외로움을 함께 느끼고 있었다.

냉벽린은 손을 뻗어 젖먹이처럼 그녀의 가슴을 만졌다. 손끝으로 응석이 묻어났고, 냉벽린의 외로움이 약간 사그라드는 것 같았다.

그녀는 눈시울을 붉혔다.

'불쌍한 아이…….'

여인이라면 누구나 갖고 있는 것이 모성애였다. 그리고 사월만후는 여인이었다. 자기 배 앓고 난 자식이 아니더라도 마찬가지였다.

문득 그녀는 가슴에 뜨듯한 촉감을 느꼈다. 냉벽린의 눈물이었다. 냉벽린의 머리칼을 보듬어 주고 있던 그녀는 깜짝 놀라 그의 얼굴을 쳐다보며 말했다.

"린아, 너 울고 있니? 왜 그래? 무슨 일이 있었니?"

"가짜 엄마……."

그는 그저 그녀의 가슴에 얼굴을 묻은 채 힘없이 말했다.

"응, 어서 말해봐."

그녀는 조급히 물었다.

'이 녀석이 울다니 어쩐 일인가?'

냉벽린은 더욱 그녀의 품속으로 파고들었다.

"가짜 엄마, 린이는 말이야……."

"응."

그는 여전히 그녀의 가슴에 얼굴을 묻은 채 말했다.

"가짜 엄마! 이 벽린은 정말 이곳이 싫어. 외롭고 추워."

사월만후는 냉벽린보다 세 배는 더 많은 나이를 먹었다. 그녀의 얼굴이 젊어 보인다고 나이만큼의 연륜이 없다는 말은 아니다. 그렇다면 그녀는 눈물을 멈추게 하는 말이 아니더라도 약간의 슬픔을 덜어 줄 수 있는 말이라도 해주어야 했다. 의무는 아니지만 도리였다.

그러나 그녀는 아무 말도 할 수 없었다. 냉벽린의 말에 묻어나오는 슬픔이 그녀의 입을 봉해 버렸다.

'그래, 네 말을 이해할 수 있어. 네가 아무리 뛰어난 아이라 해도 아직 어리니까. 친구도 필요할 테고……'

냉벽린은 숨을 깊숙이 들이마시며 그녀의 체취를 조금이라도 더 느끼려고 애썼다. 그가 멀리 떠나는 사람이 아니라는 점이 그녀의 마음을 더욱 아프게 했다.

누군가 곁에 있어도 외롭다는 것은 사람을 미치게 만드는 것이었다.

"가짜 엄마라도 이곳에 있는 것이 얼마나 다행인지 몰라. 그렇지 않았다면 난 감정과 정서가 파괴된 인간으로 자라게 되었을 거야."

"린아……"

"나는 그런 멋없는 사람은 되기 싫어. 그러나 나는……"

"그래, 그래."

그녀는 이럴 땐 그저 속에 있는 말을 털어놓는 것이 가장 좋은 방법이라는 것을 알고 있었다. 그녀는 손으로 냉벽린의 머리칼을 쓸어 넘겨주며 그가 말을 하기 편하게 유도해 주었다.

"나는 분명 어떤 목적에 의해서 키워지고 있을 거야. 정작 나를 낳아준 부모는 없고, 나를 키워주는 사람들은 나를 분명 사랑해 주긴 하지만…….”

“미안하구나, 린아…….”

“나는 한 번도 그런 것에 대해서 묻지는 않았지만, 그런 것은 아무래도 다 좋다고 다만…….”

여인의 직감은 그가 무슨 말을 하려는지 대강 짚어 내고 있었다.

“이곳의 분위기, 어둡고 사이한 분위기가 내 정서를 망친단 말이야. 나는 좀 더 부드럽고 따뜻한 사람이 되고 싶은데 말이야.”

사월만후는 고개를 가로저었다. 다 이해할 수 있었지만 그럴 수 없기에 더욱 가슴 아팠다.

“미안하다. 린아야! 이 가짜 엄마가 네게 해줄 수 있는 말은 너는 누구보다 강해져야 하며, 누구보다도 더 냉혹하고 무서워져야 한다는 말뿐이란다.”

냉벽린은 픽 하고 실소를 터뜨렸다.

“이 세상 어떤 사람보다도 강해질 자신은 있어. 그러나 과연 가짜 엄마와 네 아저씨들이 나를 강하게 만들 힘을 줄 수 있을까?”

“그거야 물론이지. 호호호…….”

“강해지고는 싶지만 냉혹하고 무서운 인물이 되고 싶지는 않아.”

“너는 제왕이야 이제 제왕지도를 배우게 될 거야.”

“에이! 아무것도 모르겠어.”

냉벽린은 그녀의 품을 벗어나 벌떡 일어났다. 그는 어느새 십여 세 소년의 치기 어린 얼굴을 되찾고 있었다. 슬픔을 벗어나려면 그 속에 빠져만 있어선 아무것도 할 수 없다. 그걸 잘 아는 냉벽린이었다.

돌연 그는 그녀의 몸 뒤쪽에 있는 음양쌍극사들을 노려보았다.

‘저것들, 내단(內丹)을 키우고 있어 먹었다 하면 백 년 공력은 단숨에 문제없는데…… 쩝쩝.’

그는 음양쌍극사를 노려보며 혀로 입술을 한 번 훑으며 입맛을 다셨다.

음양쌍극사들은 그가 자신을 보며 입맛을 다시자 위기의식을 느꼈는지 고개를 숙이고 슬금슬금 눈치를 보며 사월만후의 등 뒤로 숨어들었다.

그녀는 눈을 부릅뜨며 상큼하게 냉벽린을 째려보았다.

“너, 또 이 아이들이 먹고 싶은 게로구나.”

동심이 활짝 피어나는 순간이었다. 안개처럼 깔려 있던 슬픔도 동시에 달아나 버렸다.

음양쌍극사!

암수 두 마리인 이것들은 뱀 중에서는 묵관사왕 다음 가는 영물로서 몸에 내단을 키우는 뱀이다.

그 내단은 무림인들이 꿈에도 그리는 천고기약으로서 암수 두 마리의 내단을 동시에 먹으면 내공을 음양합일 할 수 있으며, 단숨에 이백 년의 내공을 얻을 수 있다.

냉벽린은 음양쌍극사의 공능을 알고 난 후부터 계속 그렇게 보기만 하면 군침을 흘렸다. 그는 묵관사왕에게 조그맣게 속삭였다.

"사왕아, 네 호위는 철갑백묵사만 있어도 괜찮지?"

음양쌍극사와 철갑백묵사들은 모두 묵관사왕의 호위들이었다. 그의 말에 묵관사왕은 그의 품속에서 고개를 내밀고 음양쌍극사와 그를 번갈아 쳐다보더니 고개를 살래살래 흔들었다.

"싫어?"

냉벽린의 어이없는 물음에 묵관사왕은 고개를 끄덕였다. 그러자 그는 묵관사왕의 머리에 알밤 한 대를 먹였다.

콩!

"요게! 같은 뱀이라고 의리를 지키네."

"끄윽!"

묵관사왕은 괴이한 소리를 지르더니 그의 품속으로 파고들었다. 그 모습을 보고 있던 사월만후는 교소를 터뜨렸다.

"호호, 린아야! 음양쌍극사들보다 더 좋은 것을 가르쳐 줄

테니 묵관사왕을 그만 괴롭히렴.”

그녀의 말에 그는 활짝 웃으며 그녀를 응시했다.

“정말? 그게 뭔데?”

“묵관사왕을 따라가 보거라. 그러면 천년혈담백섬(千年血潭白蟾)을 볼 수 있을 것이다. 그놈의 내단은 음양쌍극사의 내단보다 더 뛰어난 공능을 가지고 있단다.”

냉벽린의 두 눈이 번쩍 뜨였다. 정말 책에서만 보았던 그 천년혈담백섬을 오늘 직접 보게 된다고 하니 꿈만 같았다. 게다가 보기만 하는 게 아니지 않는가.

천년혈담백섬(千年血潭白蟾)!

이것은 두꺼비의 일종으로 천 년 동안 혈천장독이 고인 혈담(血潭)에서 서식한다. 그러는 동안 두꺼비는 전신에 그 혈천장독의 모든 독기를 흡수하는 것이다.

그리고 천 년째 되는 삼월 보름날, 완전히 모든 독을 자신의 것으로 흡수하여 천 년만에 비로소 외계(外界), 즉 바깥 세상에 모습을 나타내는 것이다. 그야말로 만독을 지닌 독영섬(毒靈蟾)인데, 그 몸에 있는 내단은 만독과 천지간의 영기(靈氣)를 흡수하여 생성된 것이기에 그 공능의 뛰어남은 필설로 형용할 수가 없었다.

# 제7장

## 닭 대신 꿩

## 01

석양이 지고 있었다.

초봄에 들어선 계절은 석양 속에 간혹 훈기 짙은 바람을 불어대고 있었다.

휘익!

한 가닥 파공음은 바람이 일으키는 소리가 아니었다. 하나의 인영, 냉벽린은 막 돋아나는 풀잎 위를 스치듯이 미끄러지고 있었다. 빠르기란 소리보다 먼저 보이는 번개를 닮아 있었다.

그러나 그 속도는 점점 빨라져 급기야 석양 속에 한 줄기 잿빛의 선으로 보일 뿐이었다.

잠시 후 냉벽린은 벼랑 끝에 이르러 신형을 멈추었다. 밑이 보이지 않는 천인단애(千仞斷崖)는 족히 수백 장은 넘어 보였다.

냉벽린은 그렇게 빨리 달리고도 숨 한 번 고르지 않은 채 그대로 벼랑 아래를 향해 훌쩍 뛰어내렸다. 아니 뛰어내린 것이 아니었다. 보고도 믿을 수 없는 광경이었다.

냉벽린은 벼랑에 착 달라붙어 있었다.

스르르르.

그의 허리가 한 번씩 비틀어질 때마다 그의 신형은 벼랑 아래쪽으로 수십 장씩 미끄러져 내렸다. 흡사 뱀이 절곡을 기어내리는 형상 같았다. 그러기를 얼마 지나지 않아 수백 장이나 되는 절곡의 바닥에 우뚝 서 있었다.

"음, 역시 땅덩어리는 오묘하구나. 이런 곳이 있을 줄이야."

그는 주위를 둘러보며 거듭 감탄을 터뜨렸다. 사방 약 삼백 장에 달하는 분지(盆地) 형상의 절곡은 으스름한 안개가 자욱이 깔려 있었는데, 그 중앙에 방원 오십여 장에 달하는 하나의 소(沼)가 자리하고 있었다.

그런데 그 소는 온통 시뻘건 혈수(血水)를 담고 있었다. 주위에는 단 한 포기의 풀조차 나 있지 않았다. 단지 기암괴석들이 으스스한 모습으로 혈소를 굽어보고 있었다.

냉벽린은 조심스럽게 혈소 부근으로 다가갔다. 그리고 몸 숨기기 딱 알맞은 바위를 찾아내고 그곳으로 가 쪼그리고 앉았다.

서서히 땅거미가 깔리며 달빛이 조금씩 내려오고 있었다. 묵관사왕이 그의 한쪽 팔을 감고 고개를 들고 있었다.

"사왕! 이제 이곳에서 달이 뜨기만 기다리면 되는 거니?"

묵관사왕은 고개를 끄덕였다. 그는 하늘을 올려다보았다.

"곧 만월이 뜨겠군."

얼마 후, 서편 하늘 위로 둥근 만월이 그 우아한 자태를 드러내기 시작했다.

"야아! 달이 저렇게 멋있을 줄은 몰랐는데."

환유사와 같이 있던 동굴에서 보던 달빛과는 완전 딴판이었다.

냉벽린은 달빛에 취해 넋을 잃고 야천을 바라보고 있었다. 이윽고 터질 듯한 만월은 밤하늘의 정중앙에 자리를 잡았다.

그때였다.

천지간의 모든 빛이 어느 한곳으로 쏠리고 있었다. 그리고 그 빛은 모두 혈소를 비치는 것이 아닌가.

"시간됐군."

냉벽린은 갑자기 가슴이 쿵쾅쿵쾅 뛰는 것을 느꼈다. 혈소를 바라보는 그의 눈빛 속에는 긴장감과 기대감이 가득했다.

그의 품속에 있던 묵관사왕도 고개를 내밀고 혈소를 바라보았다. 눈빛은 사람이 아닌 묵관사왕도 똑같았다.

부글부글.

혈소의 중앙에서 괴이한 음향이 일면서 무수한 물거품이 일었다. 다음 순간 일대괴변이 벌어지기 시작했다.

혈소의 혈수가 엄청나게 빠른 속도로 줄어들기 시작했다. 구멍 뚫린 항아리가 아니라 밑둥이 아예 없는 항아리처럼 말이다.

점점 줄어드는 물은 어느 한곳으로 흡수되는 것 같아 보였다. 거의 혈소의 바닥이 드러났을 때였다.

꾸우우워우어!

혈소 속에서 모골이 송연해지는 괴성이 울려 퍼졌다.

번쩍!

또한 달빛을 무색케 하는 한 줄기 백광이 혈수가 사라진 곳에서 찬란하게 솟구쳐올랐다. 냉벽린의 입에서 흥분의 신음이 흘러나왔다.

"으음……, 천년혈담백섬! 드디어 나타났구나."

번쩍!

백광은 끊임없이 피어올라 주위를 대낮보다 환하게 만들었다.

꾸어어어어워!

재차 괴성이 터지며 빛의 강도가 더욱 짙어졌다. 눈을 뜨고 있지 못할 지경이었다.

"후훗, 어서 나오너라."

냉벽린은 연신 치밀어 오르는 흥분을 감추지 못했다.

꾸어어억!

세 번째 괴성이 울리며 서서히 천년혈담백섬이 그 모습을 드러냈다. 한 마리 백색의 두꺼비였다. 흡사 투명한 백옥으로 빚은 듯한 백섬의 전신에서는 눈을 멀게 만들 것 같은 지극히 찬란한 백광이 이글거렸다.

천 년만에 나온 세상이었다. 오랜 잠에서 깨어난 기지개처럼 백섬은 계속해서 괴성을 토해냈다. 한참을 그렇게 괴성을 토해내던 백섬은 안광이 폭사되는 눈을 들어 주위를 살펴보았다. 그리고는 천천히 혈소 밖으로 걸음을 옮겼다. 그러면서도 안심이 되지 않는 듯 고개를 이리저리 돌리며 주위를 살폈다.

냉벽린은 내심 고소를 금치 못했다.

'그놈 참 의심이 많군.'

냉벽린은 여지없이 입맛을 다시고 있었다.

'어느 책에 쓰여 있었더라? 남자란 자고로 먹을 수 있게 생긴 것은 무엇이든 다 먹을 줄 알아야 한다고……. 후훗.'

백섬은 둥근 만월을 향해 고개를 곧추세웠다.

'뭘 하려는 거지?'

냉벽린이 의아해하며 고개를 갸웃거릴 때였다.

백섬이 입을 쩍 벌리는 것이 아닌가. 놀랍게도 혀는 매우 붉었다. 혈수 속에 살아서인가. 지금이라도 피를 뚝뚝 떨어뜨릴 것 같은 붉디붉은 혀는 하얀 몸과는 너무나 대조적이었다.

슉!

무엇인가가 천년혈담백섬의 입에서 튀어나와 만월을 향해 쏘아져 나갔다. 그것은 붉고 투명한 구슬이었다.

쉬이이!

백섬은 만월을 향해 쏘아올린 붉은 구슬을 다시 흡입해 들였다. 그 광경을 보던 냉벽린은 감탄을 터뜨렸다.

'으음, 저 두꺼비는 달을 향해 내단을 뱉었다 삼켰다 하면서 달의 정기를 흡입하여 내단을 키우는 것이구나.'

그는 묵관사왕에게 나직이 속삭였다.

"사왕, 저 내단이 완전해졌을 때 빼앗아 먹어야 진짜지?"

쉬이이!

묵관사왕은 혀를 날름거리며 고개를 끄덕였다. 묵관사왕은 백섬이 나타날 때부터 노려보고 있었다. 잡아먹었으면 하는 눈치였다.

'요 녀석도 좋은 건 알아가지고.'

냉벽린은 묵관사왕의 내심을 눈치 채고는 씩 웃었다. 어느새 천년혈담백섬의 입 속으로 들락날락거리던 내단은 처음 메

추리알 만하던 크기가 계란 크기만큼 커져 있었다. 그것은 거의 완성단계에 와 있다는 것을 말해주었다.

냉벽린은 서서히 내단을 가로챌 준비를 했다.

"사왕, 내가 내단을 가로챌 테니 너는 두꺼비를 맡아라."

묵관사왕의 새파란 눈이 번들거리기 시작했다. 냉벽린에게 알밤을 얻어맞는 등 평소에 애교를 부리던 묵관사왕이었지만 어쨌든 뱀의 왕이었다. 그만큼의 무서움이 있었고, 그것은 때 맞춰 지금 빛나고 있었다. 묵관사왕은 천년혈담백섬과의 일전을 앞두고 독기를 품어가고 있었다.

그때였다.

슈우우욱!

계란 만해진 붉은 내단이 다시 달을 향해 쏘아 올려졌다. 그러자 냉벽린은 내단을 향해 몸을 날리려고 했다. 무릎을 굽히고 공력을 끌어올렸을 때였다.

쉬이이이!

흡사 태풍이 아주 작은 동혈 사이를 빠져나가는 듯한 예리한 음향이 분지를 울렸다. 동시에 분지 안 가득히 차가운 한기(寒氣)가 몰아쳤다.

스스스슥!

무엇인가 지극히 거대한 물체가 지면을 긁어내는 듯 괴음향을 울리며 분지 안에 공포의 전율을 던져 주었다. 이게 정말 뱀이란 말인가.

　냉벽린은 두 눈을 휘둥그레 뜨고 새로이 나타난 구렁이를 쳐다보았다.

　"아니! 가짜 엄마의 대망보다 더 크잖아!"

　그렇다면 도대체 그 크기가 얼마나 된단 말인가. 묵관사왕은 찔끔 하는 표정이었고, 냉벽린은 신음을 흘렸다. 크기로 따져 대망이 뱀이었다면 나타난 놈은 용이었다.

　"으음, 혈린대룡사(血鱗大龍蛇)!"

　혈린대룡사!

　역시 만고의 영물인 이것은 혈룡(血龍)의 일종이다. 혈룡이 거대한 능구렁이와 교미하여 태어난 돌연변이 거사(巨蛇)였다. 뱀이란 칭호가 붙여지긴 했지만 분명 용이었다. 단지 여의주(如意珠)를 얻지 못해 진정한 혈룡이 되지 못하고 있을 뿐이었다.

　전신에는 온통 시뻘건 핏빛 비늘이 뒤덮여 있었다. 눈으로 보기에도 도검을 이쑤시개 정도로 만들 단단함을 가졌지만 실제로는 그보다 더 단단했다.

　몸통은 어린아이의 체구 굵기만 했고 그 길이는 이십여 장에 달했다. 머리에는 용의 뿔과 같은 뿔이 좌우로 두 개가 달려 있었고, 턱에는 두 가닥 수염이 길게 자라 있었다. 전신에 달린 핏빛 비늘이 접혔다 펴졌다 하며 속을 게워내게 만드는 비릿한 내음을 풍겼다.

냉벽린은 은근한 목소리로 묵관사왕에게 물었다.

"사왕아, 너 혈린대룡사하고 싸우면 이길 수 있니?"

묵관사왕은 쉽게 대답을 못했다. 아마도 대답은 분명 고개를 가로젓는 것일 것이다. 하지만 뱀인 묵관사왕도 자존심이 있었기에 대답하지 못했다. 냉벽린은 묵관사왕이 곤란해 하는 모습을 보고 코웃음을 쳤다.

"후훗, 지는 모양이구나? 그렇겠지. 네가 무슨 수로 저렇게 큰 혈린대룡사를 이길 수 있겠냐?"

쉬이이쉬식!

사실이긴 했지만 묵관사왕은 비위가 뒤틀린 모양이었다. 연신 붉은 혀를 날름거렸다.

혈린대룡사와 천년혈담백섬은 삼 장 거리를 두고 대치했다.

꾸워어억!

쉬쉬쉬익!

그들은 각기 절곡이 무너질 정도의 괴성을 지르며 자신의 위용을 과시했다. 상대에게 위압감을 주기 위한 전초전이었다.

혈린대룡사의 두 눈에서 서서히 흉광이 뻗치기 시작했다. 괴이하게도 핏빛의 두 눈에서 백광이 번쩍였다. 반면 백섬의 백색 투명한 두 눈에서는 은은한 혈광이 발산되고 있었다. 둘이 안광을 바꾸면 잘 어울릴 것만 같다.

꾸워어어억!

쉬쇄르르륵!

각기 다른 괴성은 한데 어우러졌다.

"그래, 둘이 싸워라!"

어부지리를 바라는 냉벽린은 둘이 싸우길 바랐고, 그 바람은 그가 빌지 않아도 이루어졌을 것이다.

먼저 공격을 한 것은 천년혈담백섬이었다. 백섬의 입에서 시뻘건 혈무(血霧)가 뻗쳐나갔다. 혈무 속에는 달의 정기를 받아 키웠던 내단이 들어 있었다.

슈우우!

동시에 혈린대룡사의 입에서도 새하얀 백무가 뿜어지기 시작했다. 백무 속에는 역시 계란 크기만한 투명한 백색 내단이 들어 있었다. 냉벽린은 흥분을 금치 못했다. 호박이 넝쿨째 굴러오는가 싶더니 완전 하늘에서 쏟아져 내리는 격이 아닌가.

천년혈담백섬만으로도 눈물 흘릴 정도로 기뻐했던 냉벽린은 갑자기 상상도 하지 못했던 혈린대룡사의 내단까지 먹게 된다는 생각을 하니 이 위험한 상황에서 밖으로 뛰쳐나가 춤이라도 추고 싶은 심정이었다. 십이 세 어린아이가 감당하기에는 너무 큰 기쁨이었다.

"두꺼비는 양(陽)의 기운을 띠고 있고, 뱀은 음(陰)의 기운이니 저 두 내단을 복용하면……. 후후 흐하하핫!"

꾸억꺼꺽!

쉬익쐐쐐쐐!

두 마리의 영물은 사력을 다 기울인 일대혈전을 벌이고 있었다. 무림 초고수들의 싸움을 방불케 하는 긴장감 넘치는 승부였다.

파파팟!

내단이 맞부딪치는 소리가 마치 예리한 칼로 창호지를 그어대는 소리 같았다.

"사왕, 너의 독기로 저놈들의 독기를 막아주겠니?"

쉬르르!

묵관사왕은 혓바닥을 날름거리며 고개를 끄덕였다.

슈우우!

쉬이이익!

다시 혈무와 백무에 감싸인 두 개의 내단이 허공 한가운데로 날아들었다. 닿기만 하면 무엇이든 녹여 버리는 무서운 독무(毒霧)였다.

그때를 노렸는지 묵관사왕이 입을 쩍 벌렸다.

쿠크크크!

지독스레 새카만 두 줄기 독기가 천년혈담백섬의 독기와 혈린대룡사의 독기를 향해 날았다. 두 독기를 차단하려고 묵관사왕이 쏘아낸 독기였다.

두 영물이 어리둥절할 사이도 없었다.

"차앗!"

맑은 호통과 함께 냉벽린은 신형을 날렸다. 그는 독기를 꿰뚫고 두 개의 내단을 거머쥐기 위해 허공을 갈랐다.

꾸어어어!

슈이이이!

천년혈담백섬과 혈린대룡사는 위기감을 느끼고 다급한 비명을 질렀다. 내단을 빼앗기게 되면 영물은 죽고 만다. 눈 깜짝할 사이에 붉고 흰 독기류는 섬전같이 두 영물의 입으로 회수되었다. 그러나 빠진 것이 있었다. 냉벽린은 이미 두 개의 내단을 손에 쥐고 반대편 쪽으로 날아가고 있었다.

슈우우우!

묵관사왕의 두 줄기 독기는 여전히 두 영물의 독기를 차단하기 위해 뿜어지고 있었다.

휙!

혈린대룡사의 꼬리가 엄청난 광풍을 몰고 냉벽린을 향해 날아들었다. 냉벽린은 몸을 훌쩍 날리며 허공을 두 번 찍었다.

파팟!

그의 손가락 끝에서 두 개의 금광이 빛을 발하는 순간이었다.

슈위이이잉!

두 줄기의 금광은 그대로 혈린대룡사의 두 눈에 꽂혔다.

끄아아아아!

혈린대룡사의 입에서 구슬픈 비명이 터져 나왔다.

우르르르룽꽝!

절곡을 에워싸고 있는 단애가 무너져 내렸다. 혈린대룡사는 눈이 멀게 되어 그 큰 몸으로 발광을 했고, 그 바람에 단애가 감당 못하고 닥치는 대로 흔들어대는 혈린대룡사의 몸통과 꼬리에 무너져 내리고 있었다.

"네 처지가 가련하다만 어쩔 수 없다."

그는 다시 허공에 일지를 찍었다.

번쩍!

다시 그의 손에서 금광이 빛을 발했다. 그러나 그것은 방금 전 쏘아낸 두 줄기의 금광보다 훨씬 밝고 컸다.

퍽!

금광은 그대로 혈린대룡사의 머리를 박살내며 지나갔다.

끄아아아아!

꽝! 우르르르!

혈린대룡사의 몸이 머리를 잃고 그대로 옆으로 쓰러지며

단애를 때렸고, 절곡이 통째로 무너지는 것 같은 천번지복의 소리는 계속 울렸다.

그때였다.

쉬익!

묵관사왕이 섬전처럼 허공으로 몸을 날렸다. 그리고 그대로 입을 벌리며 독기를 뿜어내는 천년혈담백섬의 입 속으로 벼락같이 날아들었다.

꾸에에에엑!

천년혈담백섬은 자지러지게 놀라 허공으로 펄쩍 뛰어올랐다. 묵관사왕은 천년혈담백섬의 내장을 모조리 긁어먹고 밖으로 나올 것이다. 불쌍한 천년혈담백섬의 천 년만의 외출 앞에는 너무나 많은 적들이 도사리고 있었다.

"후훗."

냉벽린은 손 안에 든 두 개의 내단을 내려다보았다. 맑고 투명하고 붉고 하얀 두 개 내단의 말랑말랑하며 따스하고 서늘한 감촉이 너무나 좋았다.

"후훗, 이 두 내단을 먹으면 내 몸 안의 공력은 도대체 어떻게 될까?"

냉벽린이 아무리 천재라 해도 그것만은 짐작할 수 없었다. 먹어 봐야 맛을 아는 법이니까. 세상에 어느 누가 이 두 가지 내단을 먹어보았겠는가.

그는 지금 필설로 형용할 수 없는 엄청난 기연 앞에 서 있었다. 마극영체대법에 의해 태어난 몸에 기연으로 인해 이미 금강불괴를 이루고 있는 그의 몸에 또 두 개의 내단이 더해진다면, 그 다음은 아무도 상상할 수 없는 힘을 얻게 될 것이다.

이 사실을 안다면 모든 무림인들은 자결하고 말 거나 아니면 무림계를 떠나게 될 것이다. 도대체 힘들여 무공을 쌓을 이유가 없지 않은가. 그렇게 해서도 평생 이름 한 번 못 날리고 죽어갈 목숨이 너무 초라하게 느껴질 것이다.

냉벽린은 너무도 얄밉게 두 개의 내단을 냉름 집어삼켰다.

"후훗, 제왕이 되려면 이 정도의 힘은 가지고 시작해야 말이 되지."

그는 내단을 삼킴과 동시에 가부좌를 틀고 앉았다. 그리고 전진의 신선단방내공심법(神仙丹方內攻心法)을 끌어올렸다. 그와 동시에 그는 부르르 몸을 떨어야 했다.

'으…… 지, 지독하군.'

그는 몸의 오른쪽은 활활 타오르는 듯하고, 왼쪽은 아예 얼어붙어 조각조각 부서져 나가는 것만 같은 고통을 느꼈다. 기연을 얻은 대가처럼 말이다.

그는 이빨을 부서져라 악물었다.

'참아내지 못하면 이대로 총각귀신이 되고 만다.'

이내 그의 몸의 반쪽은 활활 타오르는 불길 속에, 나머지

한 쪽은 빙산의 얼음구덩이 속에 파묻힌 듯 서리가 내려앉았
다. 그리고 정확히 그 사이를 가르며 은은한 금광이 빛을 발
하고 있었다.

천원무극단심이 두 개 내단의 기운을 융합시키고 있었다.
냉벽린은 무려 이틀이나 그 자리에서 운기조식을 해야 했다.

영생불사지체(靈生不死之體)!

그 두 개의 내단은 그의 몸을 영생불사지체로 만들어 놓았
다. 냉벽린은 열두 살이었다.

02

이렇게 재미있을 수가 없었다. 세상에 이렇게 좋은 걸 놔두
고 고리타분한 학문이 적힌 책들만 읽었다니, 열두 살밖에 안
된 세월이었지만 그 세월이 아까웠다. 완전히 별세계였다. 민
머리 아저씨는 물론이거니와 나머지 세 아저씨들과 가짜 엄마
까지 골려먹을 수 있는 진기한 보물 같은 책이었다.

보면 볼수록 사람 빨아들이는 것이 그의 머릿속엔 이걸 어
찌 써먹나 하는 고민뿐이었다. 난생 처음으로 민머리 아저씨
에게 고맙다는 생각을 하는 그였다.

흑리애의 석실.

밝은 불빛이 석실을 밝히고 있는 가운데 냉벽린은 책을 들

여다보고 있었다.

전진도가와 배교의 모든 것이 들어 있는 경전, 냉벽린은 전진배교통천경을 펼쳐 들고 흥분하고 있었다. 책의 첫 장에는 이런 글이 적혀 있었다. 예상했지만 전진배교의 역사였다.

〈전진은 중원 삼대도가(三大道家)의 한 지류로서 막관(漠關) 이북 몽고에 자리하면서 세속을 잊고 도학(道學)과 무학에만 전념했었다.

그러던 어느 날 중원제일의 세력 대왕조에 의해 겁난(劫亂)을 당한 배교(拜敎)의 장문인 적혈술사(赤血術士)가 세 명의 장로와 전진도가로 도망쳐왔다.

당시 전진도가의 장문인이었던 본좌 적봉우사(赤鳳羽士)는 평소 배교의 사술대법을 흠모, 동경해 왔던 바, 그들을 받아들이게 되었다.

본 장문인과 적혈술사는 서로 의기가 통하여 합파(合派)를 하고, 전진의 도가와 배교의 사술을 합하여 새로운 무학을 창조하기로 하였다. 그 후 백 년이 흐른 뒤 우리는 실로 가공할 무학을 창안했다.

여기 그 무학들을 기록하니 이 경전의 이름을 전진배교통천경이라 명명(命名)한다.〉

이상하게도 냉벽린의 시선은 글의 내용 중 어느 한 단어에 머물러 있었다.

"대왕조……?"

실로 듣는 것만으로도 위압감이 느껴지는 이름이었다. 그 이름을 되뇌이던 냉벽린은 커다란 흥분을 느꼈다. 그리고 그 이름에서 그는 피 냄새를 맡았고, 숙명적으로 그 이름에 고인 도전과 정복의 의미를 읽어낼 수 있었다.

"언젠가 한 번은 부딪치겠지……, 후후."

냉벽린은 냉소를 터뜨렸다. 세인들이 본다면 모르기 때문에 그럴 것이라는 생각을 할 것이다. 하지만 그에겐 모르든 알고 있었든 그런 문제는 필요치 않았다.

천성적으로 자신의 이름 앞에 그 무엇이든 먼저 놓을 수 없다는 그 무엇이 그에게 있었다.

그것을 세인들은 제왕의 자존심이라 말한다. 그리고 그가 바로 제왕이었다.

냉벽린은 경전의 다음 장을 넘겼다.


〈천원무극단심(天元無極丹心).

천원무극단심은 전진도가의 신선단방내공심법으로 칠단공(七段功)으로 나누어져 있다. 부드러움과 강함을 동시에 지닌 음양이기(陰陽二氣)를 일시에 연성하기 때문에 처음에는 많은 고통이 따르지만 삼단공(三段功)이 완성되는 순간 그 고통은 사라지게 된다.

만약 칠단공까지 완벽히 연성하게 된다면 장생불사(長生不死)할 수 있는 신선의 경지에 이르게 되고 무한한 힘을 얻게 될 것이다.〉

냉벽린은 고개를 끄덕였다.

"좋아! 이제부터 무학을 배운다. 그동안 배울 것이 없어서 얼마나 심심했던가?"

〈일단공(一段功) 천원음양심(天元陰陽心).

천원음양심을 익히기 시작하면 여타의 심법과는 달리 음, 양의 두 기운이 동시에 생성되게 된다.

천원음양심을 완전히 연성하면 우수는 붉은색, 좌수는 백색을 띠게 된다.

이단공(二段功) 천원음양분합심(天元陰陽分合心).

음양분합심을 익히면 양 손이 금강불괴가 되기 시작한다. 그리고 완전히 대성하게 되면 만년청석(萬年靑石)도 가루로 만들 수 있게 된다. 그리고 몸 안에 따로이 생성되고 있는 음양이기를 오분(五分)까지 융합시킬 수 있게 된다.

삼단공(三段功) 천원음양일원심(天元陰陽一元心).

천원무극단심의 가장 중요한 부분이다. 익히는 데 극심한 고통을 수반한다. 극상승의 경지로 올라가는 고비로서 고통을 이기고 완전히 대성하면 음양합일하여 어떠한 공력이든, 정통으로 격중되어도 흠집 하나 나지 않게 된다. 그러나 실패하면 주화입마(走火入魔)를 당해 죽게 된다.

사단공(四段功) 천원음양혼천기(天元陰陽混天氣).

삼단공인 천원음양일원심에서 융합된 음양이기를 기르는 단계이다. 사단공에서 연성된 음양이기는 천원음양혼천기라 부르며, 기의 위력은 천하의 어떤 힘보다 강하다.

천원음양혼천기를 십이 성까지 연성하면 전신에 금광이 어리며 음양혼천장법을 펼칠 수 있게 된다.

오단공(五段功) 천원음양무상기(天元陰陽無上氣).

오단공을 익히기 시작하면 강한 기의 천원음양혼천기가 마정지기(魔精之氣)로도 끊을 수 없는 부드러운 기로 변한다. 이를 천원음양무상기라 한다.

본 장문인이 단언하건데 이를 완벽히 익힌다면 그대는 이미 천하제일고수의 자리에 올라 있다고 할 수 있다.

천원무상기로 십지태허강(十指太虛)을 익힐 수 있게 된다. 십지태허강은 금석도 꿰뚫는 위력이 있다.〉


책을 읽어 내려가던 냉벽린은 엷은 미소를 떠올렸다.

"대머리 아저씨가 나에게 펼쳤던 지공이 바로 십지태허강이었구나. 그렇다면 대머리 아저씨는 오단공까지 익힌 모양이군."

그는 미소를 지으며 계속해서 책을 읽어갔다.


〈육단공(六段功) 천원음양천극기(天元陰陽天極氣).

육단공부터는 구결의 깊이가 끝이 없고 경지는 심오하여 하늘이 내린 천부적인 오성이 없으면 깨닫기 힘든 심도(心道)의 초보단계이다.

천원무극단심을 익힌 자는 이를 완전하게 익히느냐 못하느냐에 따라 나머지 대공의 성패가 달려있다. 천원음양천극기를 대성하면 천하의 그 어떤 무공도 천원음양천극기로 펼칠 수 있게 된다.

극상승의 무공은 본시 그 무공에 맞는 독특한 내공심법이 뒤따르게 마련이다. 아무리 타인이 초식을 훔쳐 배워 흉내를 낸다 해도 그 위력을 십분 지 일도 발휘할 수 없다. 그러나 천원음양천극기는 우주(宇宙)의 법칙에 따라 소우주(小宇宙)인 인체에 맞추어 창안된 내공심법으로서 모든 상식을 불허하는 위력이 있다.

또한 이를 익혀낸 자는 어떤 무공이라도 단 한 번 보는 즉시 그보다 더 완벽하게 펼칠 수 있게 된다.〉

냉벽린은 감탄을 터뜨리지 않을 수 없었다.

"음, 오단공까지는 별로 뛰어나다고 할 만한 점이 없었는데, 육단공부터는 꽤 쓸 만하겠는걸."

그러나 약간은 어이가 없었다.

"위력이 진정 말대로라는 것이 쉽게 믿어지지 않는군."

그뿐만이 아닐 것이다. 무공을 익힌 자라면 어느 누구도 믿을 수 없을 것이다. 한 가지 초식을 익히기 위해 그 초식에 따르는 내공심법을 한평생 익혀야 하는 것은 마구잡이 주먹질을 하는 하류잡배들도 알고 있는 상식이었다.

어찌되었든 그는 마지막 칠단공을 읽기 시작했다.


〈칠단공(七段功) 천원무극단심(天元無極丹心).

일명 음양태허심극도(陰陽太虛心極道)라 부르기도 하고, 신선단방도학(神仙丹方道學)이라고도 부른다.

무당(武當)의 태청강기(太淸剛氣)조차도 이에 필적할 수 없고, 곤륜(崑崙)의 건곤일허무원도(乾坤一虛無元道) 따위를 감히 이와 비교할 수 있겠는가.

칠단공은 무공이 아니다.

유(有)에서 무(無)로 돌아가는 무위심도(無爲心道), 즉 불도에서 말하는 비상비비상간(悲想悲悲想間)의 불허무상지경(佛虛無上之境)이다. 익히지 않고 깨달아야 한다. 그 깨달음은 찰나에 올 수도 있으나 영원히 깨닫지 못하는 수도 있다.

만약 깨닫게만 되면 모든 것이 평범 속으로 돌아가게 되나, 마음이 일면 공력도 따라 경지에 다다르게 되니 이는 무(武)의 마지막 경지이자 전설의 경지이다.〉

냉벽린은 신음을 터뜨렸다.

"으음, 심도(心道). 마음의 닦음이라. 후훗, 도대체 마음의 시작이 어디이고 끝이 어디란 말인가?"

그는 하늘을 바라보면서 우주의 광활함을 마음속에 채우고 또 채우지 않았던가. 그러나 그 넓은 우주도 냉벽린의 작은 가슴을 다 채우지는 못했다. 그때 냉벽린은 마음이란 시작도 없고 끝도 없음을 깨달았다.

냉벽린은 눈을 감고 사탑에서 자신이 천원무극단심에 대해 얼마나 깨달았나를 생각해 보았다.

"육단공까지였군. 그렇다면 이제 구결을 외워 그 실체만 몸에 익숙하도록 하면 되겠군."

다골래는 전진기환대법환술로서 환상무환소녀진 속에 육단공까지의 천원무극단심을 감추어 놓았었다.

그것을 깨달은 순간 그는 광명대불휘에 도달했던 것이다. 도교에서는 광명대불휘를 무량극광(無量極光)이라 부른다. 그의 광명대불휘는 무량극광이라 불러야 옳은 것이다.

대붕천력!

태허어기류!

벽력천강지!

이 세 가지의 가공할 무학은 육단공 천원음양천극기를 익혀야 제대로 시전 할 수 있는 최고의 무공들이었다. 이 무공들은 냉벽린이 다골래를 혼내줄 때 한 번 훑어보고 그대로 시전해 내어 다골래가 머리털이 다 빠지도록 혼이 나지 않았던가.

"아직 육단공조차 완벽히 익힌 인물이 없었다니 실망인데."

그는 전진도가의 인물들에 대해 큰 실망을 느꼈다. 육백년 전의 십오대 장문인 대천우인을 제외하고는 육단공에 이른 인물들이 없었다.

그는 책장을 넘겼다. 무공 편에는 이미 거친 무공들이 기록되어 있었다. 헌데 이상한 것은 전진배교의 무공에는 검법이 없다는 것이다.

전진배교기환대법환술!

드디어 전진과 배교의 정화(精華)가 담긴 편(篇)에 이르렀다.

〈본시 전진의 자랑은 무공에 있었던 것이 아니고 기환술(奇幻術)에 있었던 바, 그 신비함과 괴이함에 있어서 타의 추종을 불허한다.

여기에 배교의 궤이독랄(詭異毒辣)하며 사이한 사술을 가미하여 기환대법술(奇幻大法術)을 창조하니 누구도 당해내지 못하리라…….

잔백사혼광(殘魄邪魂光).

이것은 전대미문의 섭혼술이다. 사람은 물론 죽은 시체라도 영원한 주구로 혹사시키며 눈빛만으로도 사람을 즉사시킨다.

배교의 잔백사혼술(殘魄邪魂術)에 전진의 천원무극단심을 가미시킨 섭혼대법(攝魂大法)이다.

환마무영술(幻魔無影術).

제아무리 미세한 틈새라도 흔적도 없이 스며들고 연기처럼 빠져나오는 가공 사술이다.

귀령최심술(鬼靈催心術).

눈 깜박할 사이에 상대의 내심을 손바닥 보듯 여지없이 읽어 버리는 불가사의한 사술이다. 배교의 최심사술에 전진의 투심기환술(偸心奇幻術)이 혼합된 무공이다.

제령세뇌대법(制靈洗腦大法).

사람의 감정을 자신의 뜻대로 조종한다. 철천지원수를 정인(情人)으로 둔갑시키고, 천하제일의 추물도 미남으로 보이게 한다.

공령천투술(空靈天偸術).

일종의 신투술이다. 대화를 나누는 사이에 상대의 속옷마저 감쪽같이 훔쳐내는 가공의 투술이다.

지둔은비술(地遁隱秘術).

땅 속을 지상에서 경공을 펼치는 것보다 더 빨리 다니는 엄청난 괴공사술이다.

잠수어패술(潛水魚佩術).

물속에서 물고기처럼 호흡을 하며, 일 년이든 십 년이든 지낼 수 있는 괴공사술(怪公邪術)이다.

환허무흔술(幻虛無痕術).

급박한 상황에서 도망칠 때 육신을 한 줌의 물이나 피, 또는 연기로 화해 사라질 수 있게 만드는 사술이다.

극심투혼술(極心透魂術).

상대의 영혼을 밀어내고 자신의 영혼을 상대의 몸속에 집어넣어 상대로 둔갑하는 사이한 대법이다. 늙어 죽더라도 산 사람의 육신과 교체하여 영원히 살아갈 수 있는 불사지술(不死之術)이다. 이것이야말로 실로 가공할 기환대법환술이다.

어쩌면 천리를 거역하는 사술로서 가장 극사한 사술대법일지도 모른다.

명부나혼대법(冥府拿魂大法).

죽은 자는 말이 없다. 그러나 명부나혼대법은 죽은 지 한 시진 이내의 시체이면 입을 벌리게 할 수 있다. 억울한 죽음

을 당한 자가 죽고 나서도 자신의 죽은 사연과 원수를 말할
수 있다.

괴혼비사술(怪魂秘邪術).

인간의 힘을 수십 배로 증가시켜 끔찍한 괴수(怪獸)로 만들
고, 어린애의 성장을 억제시켜 아무리 나이를 먹어도 소동으
로 있게 하는 사술이다.

사령이체술(邪靈離體術).

몸은 그대로 두고 영혼만이 빠져나가 마음대로 돌아다니
며, 육신이 불에 타서 재가 된다 해도 다른 사람의 몸을 빌려
살아갈 수 있는 사술이다.

환희섭마소(歡喜攝魔笑).

아무리 성인군자라 해도 순식간에 희대의 색마로 돌변시
킬 수 있는 사술이다. 단지 웃음 한 번으로 단숨에 상대의 정
혈(精血)을 고갈시키며 극치감(極致感)을 느끼는 순간 상대는
자신도 모르게 숨이 끊어져 죽어버리고 만다.

만응감령대법(萬應感靈大法).

오감오각(五感五覺)을 최대한 이용하여 백 리(百里) 안에서
일어나는 그 어떤 일도 감지해 낼 수 있다.

심지어 전음마저도 도청이 가능하다.〉


냉벽린은 신음을 터뜨릴 수밖에는 도리가 없었다.

“으음……, 실로 가공하구나.”

아무리 그가 천하의 제왕이라 해도 전진배교기환대법에는 놀라지 않을 수 없었다. 아마 옥황상제가 이 사실을 알았다면 우선 기절했을 것이고, 감히 자연의 섭리를 역행한 인간들을 응징했을 것이다.

“이것이 만약 악인의 손에 들어간다면 할 짓 못할 짓 다해 먹겠군.”

아닌 게 아니라 그랬다. 아마도 이 전진배교통천경에 적힌 사술은 상상 속에서나 생각했을 인간이 갖고 싶어 하는 모든 능력을 집대성해 놓은 것이라고 해도 과언이 아니었다.

문제는 그 상상을 현실화시킬 수 있다는 데 있었다.

솔직히 악인이 아니고 득도한 고승이라도 이런 책을 얻었다면 한 번쯤은 나쁜 짓을 하지 않고는 도저히 배기지 못할 것이다.

힘이 아니라 상상력만 대단하다면 세상사 재미없어지는 것은 시간문제가 될 것이다. 아니 종국에는 신에게 도전하려고 하늘로 오르려 할지도 모르는 문제였다.

“실로 기환술과 사술의 대조종(大祖宗)이로군.”

냉벽린은 감탄에 감탄을 거듭했다. 아마 이 책을 다른 누군가가 얻었다면 사흘 밤낮을 좋아 웃어제끼다가 억울하게도 숨이 넘어가 죽게 될 것이다.

무슨 생각을 떠올렸는지 갑자기 그의 입가에 매우 묘하면서도 치기 어린 미소가 떠올랐다.

"몸은 두고 영혼만 빠져나간다……. 흐흐흐, 바로 이거야."

어린 동심에 물든 치기 어린 웃음은 더욱 짙어갔다. 그였으니 이런 자제가 가능할 것이다.

"사령이체술이나 극심투혼령을 이용하면 참으로 재미있는 일이 많이 생기겠는데. 후훗……."

그는 도대체 무슨 생각을 했기에 미소 짓는 것일까. 냉벽린의 손에 치를 떨게 될 몇몇 인물들의 모습이 처량하게 떠올랐다.

# 제8장

# 허무(虛無), 폭풍전야의 기도!

## 01

두두두두!

황금랑이 달리는 소리는 마치 적토마가 달리는 것처럼 우렁차고 박력이 있었다. 냉벽린은 지금 황금랑의 등 위에 올라탄 채 유쾌한 웃음을 날리고 있었다.

주위의 풍경들은 화선지에 그려진 그림의 먹물감이 채 마르기도 전에 옆으로 쓰윽 문질러 놓은 것처럼 휙휙 지나갔다. 단지 제대로 보이는 것은 앞쪽밖에 없었지만, 마주쳐 오는 바람은 눈을 뜨고는 도저히 맞을 수 없었다.

황금랑이 말 같은 우둔한 동물이 아니라서 좋았다. 말처럼 일일이 방향을 조정할 필요가 없었다. 단지 실려만 있으면 백리고 천 리고 자신이 알아서 달려주었다. 그래서 즐겨 탔다.

그저 눈을 감은 채 아무 생각도 하지 않고 마주쳐 오는 바람에 몸을 맡기면 무아지경이 바로 그것이었다.

그러나 오늘은 목적지가 있었다.

"자, 어서 달려라. 사곡으로!"

냉벽린의 팔뚝에는 묵관사왕이 감겨 있었는데 졸린 듯 눈을 감고 있었다. 한동안 마구 얼굴을 때리는 바람에 눈이 피로해진 탓이었다.

"오수편복제라? 이름만큼 기분 나쁜 아저씨야……."

예전부터 냉벽린은 오수편복제만 보면 항상 으스스한 기분에 몸을 떨어야 했다. 그래서 싫었다. 자존심 강한 그였기 때문이다.

"늑대 두목보다 더 기분이 나쁘단 말이야."

늑대 두목은 아마도 낭왕 염천월을 말함이리라.

황금랑은 황금빛 갈기를 멋지게 휘날리며 달렸다. 황금랑은 한 걸음에 오 장이나 뛰었기 때문에 항상 마음껏 달릴 만한 대지가 없음을 짜증내던 냉벽린이었다.

"드디어 다 와 가는군."

냉벽린의 눈에 멀리 흑운(黑雲)이 감도는 계곡이 보였다.

사곡(死谷)!

싸늘한 예기(銳氣)를 발하는 칼을 거꾸로 박아 놓은 듯한 벼랑 두 개가 대낮인데도 살 떨리는 살기를 뿜어내고 있었다. 칼같이 예리한 암석들과 죽음과도 같은 정적이 무섭게 감돌고 있는 계곡이었다.

태양이 중천에 떠 따가울 정도의 양광을 내리쬐고 있는 것은 강 건너 남의 집 얘기라는 듯 춥다는 생각이 드는 곳이었다.

번쩍! 버언쩍!

계곡 입구에 다다랐을 때였다. 갑자기 계곡 안으로부터 두 개의 금빛이 폭사되어 나왔다. 누가 봐도 암습이었다. 그런데 냉벽린은 활짝 웃었다. 그리고 동시에 황금랑이 칼을 땅에 박 듯 우뚝 멈추어 섰다.

"너희들 계곡에 있었구나."

금빛의 주인공은 황금 부리의 까마귀 오왕과 황금박쥐 광밀왕이었다. 오왕과 광밀왕은 냉벽린의 품으로 파고들어 마구 볼을 비벼댔다. 먼 길 갔다 돌아오는 주인을 맞이하는 애완동물의 그것이었다.

"녀석들……, 너희들 두목은 안에 있니?"

까악!

오왕은 그렇다는 듯 낮은 울음소리를 내었다.

"후후, 계곡 안에 있는 모양이군."

그는 시선을 돌려 계곡 주위를 살피기 시작했다. 왼쪽으로 수풀에 덮인 곳에 딱 사람 하나 앉을 만한 공터가 있었다.

"됐군."

뭐가 되었단 말인가. 소변이라도 보겠단 말인가. 그는 곧 황금랑의 등 위에서 내려와 공터 안으로 들어가더니 그대로 철퍼덕 주저앉았다.

"자 너희들, 내가 사령이체술을 펼치고 돌아올 때까지 내 몸을 지키고 있어야 한다."

사령이체술, 전진배교의 가장 가공할 사술이 아닌가.

몸은 그대로 두고 영혼만이 빠져나가 마음대로 돌아다니며 육신이 설사 불에 타서 재가 될지라도 남의 몸을 빌리면 다시 살아날 수 있는 역천의 사술이 아닌가.

냉벽린이 지금 입가에 걸고 있는 의미심장한 미소 속에는 그가 얻은 새로운 지식에 첫 희생물이 될 불쌍한 인물의 모습이 담겨져 있었다.

냉벽린이 정좌를 하고 앉자 황금랑이 그의 몸 앞쪽에 버티고 앉았다. 그리고 오왕과 광밀왕도 그의 품속에서 빠져나와 좌우로 갈라지더니 냉벽린의 좌우 어깨에 내려앉았다.

묵관사왕은 그의 등 뒤에 똬리를 틀고 자리했다.

실로 영특한 영물들이 아닐 수 없었다.

어디서 배우기라도 한 듯하지 않은가. 아니 숙달되게 훈련이라도 받은 것같이 각기 동서남북 네 방위를 맡아 사령이체술로 인해 무방비 상태가 될 냉벽린을 완벽하게 호위해 주었다.

그들이 제자리를 찾아 앉고 나자 냉벽린은 책에 적혀 있던 대로 공력을 운용시키기 시작했다.

'백회혈(百會穴)의 생기(生氣)를 단전(丹田)으로 모아 곧장 중부혈(中府穴)로 끌어당긴다. 인중(人重)의 기가 함곡(咸谷), 거궐(巨闕)……'

팟!

한 가닥 희뿌연 백무 같은 것이 냉벽린의 천령혈(天靈穴)을 벗어나는 것이 아닌가. 동시에 냉벽린의 얼굴색과 피부는 마치 시체와도 같이 시퍼렇게 죽어 버렸다. 이제 그의 입에서는 한 가닥의 호흡조차 찾아볼 수 없었다.

"하하, 내 몸을 잘 지키고 있어라."

갑자기 허공에서 냉벽린의 음성이 들려왔다. 그의 영혼이 빠져나간 것이다.

크르릉!

황금랑은 고개를 낮게 숙이며 으르렁거렸다.

슈욱!

무엇인가 허공을 가르는 소리가 나는 것 같았다.

그의 영혼은 부공환매(浮空幻魅)가 되어 황산의 밤을 날고 있었다. 진짜 죽은 자의 영혼이라면 시공(時空)을 초월했을 것이지만, 냉벽린의 영과 기는 경공을 펼쳐야 했다.

"후후, 오늘 까마귀 아저씨는 자신도 모르게 자신의 모든 것을 빼앗길 것이다."

검은 구름은 계곡 전체를 덮고 있었다. 습기를 갖고 있는 흑운이라 더욱 음습하고 기분이 나빴다. 계곡 안 어디선가 지독한 고통에 찬 신음들이 들려오고 있었다.

"오늘은 몇 명이나 죽어 나가고 있을까?"

그는 신음이 들리는 곳으로 쏘아져 갔다.

동굴, 절벽 중간에 뻥하니 뚫려 있는 동굴이었다. 간신히 누구인가를 분별할 수 있는 빛이 흘러나오고 있었다. 동굴 입구의 오른쪽 벽면에는 글씨가 새겨져 있었다.

생락굴(生樂窟).

슉!

냉벽린은 빨려들 듯이 동굴 안으로 들어섰다. 그는 무엇을 본 것인지 진저리를 치고 말았다.

"음, 여전하군."

그가 만약 이곳에 육체를 이끌고 왔다면 지금쯤은 두 번쯤 구역질을 하고 있어야 했다.

부서진 채로 널려 있는 시체, 아니 인육들, 마치 무슨 추상화를 그려놓은 듯했다. 빨간색으로만 그려진 그림이었다.

바닥을 뒹구는 손가락 몇 개들과 누구의 것인지 대라신선이 와서 목을 맞추어 주려 해도 그럴 수 없을 정도의 두 개의 수급은 그나마도 절반 이상은 인간의 것이기를 거부한 모습이었다.

그러나 더욱 놀라운 것은 따로 있었다. 그 혈해 속에 이십 명의 벌거벗은 사나이들이 드러누워 있었다.

그리고 그 옆에는 한 사나이가 손에 채찍을 들고 서 있었다. 툭 튀어나온 눈알이 온통 충혈되어 있어 마치 귀신을 보는 것만 같았다. 지옥이 악인들로 가득 차 이승에 장소를 넓힌다면 바로 이곳이리라.

"으으……."

인육들 속에 누워 있는 사나이들의 입에서 공포에 질린 신음이 흘러나오고 있었다. 개중에 어떤 이들은 자신도 모르게 오줌을 지리는 사람도 있었다.

그들의 시선은 모두 천장을 향해 있었다. 그곳에는 뾰족한 송곳이 수없이 박혀 있는 철판이 매달려 있었다. 결과를 보지 않아도 그 철판이 왜 그곳에 있는 것인지를 알 수 있었다. 철판의 넓이는 누워 있는 스무 명을 죽이기 딱 좋게 만들어져 빈틈없이 스무 명의 사람을 덮치고도 남았다.

채찍을 든 사나이가 음산하게 웃었다.

"으히히. 이놈들, 배운 대로만 하면 안 죽는다. 철혈금포삼(鐵血金袍衫)을 제대로 익힌 놈이면 철판이 떨어져도 안 죽을 거야.”

“으으…….”

그의 말이 끝나기도 전에 누워 있던 사내들 중 한 명이 눈을 까뒤집고 기절해 버렸다.

그러나 채찍을 든 사내는 눈 하나 깜짝하지 않았다. 만약 그가 철혈금포삼이라는 것을 제대로 익혔다고 하더라도 기절해 있는 상태라면 무용지물이지 않는가.

“조금 덜 익혔어도 정신만 잃지 않고 있으면 죽지 않을 것이다. 그저 뼈다귀 몇 개밖에 안 부러질 것이다.”

누워 있는 사내들은 그저 아무 말 못하고 부들부들 떨면서도 두 눈을 있는 힘껏 부릅뜨고 있었다. 살려는 의지였다.

“자, 간다!”

말과 동시에 채찍이 허공을 갈랐다.

휙!

그리고 뒤이어 철판이 무서운 속도로 떨어져 내렸다.

퍽!

철판에 박힌 쇠못은 가차 없이 이십 명의 사내들을 덮쳤다.

“크악!”

“컥!”

가지각색의 비명이 터져 나왔다.

휙!

철판은 죄의식 없이 다시 위로 올라갔다.

철판이 내려왔다 간 자리는 차마 눈을 뜨고 보기 어려운 참상이 펼쳐져 있었다. 아니 보지 않았다 해도 그들이 질러댄 비명소리만으로도 며칠 밤은 악몽으로 인해 잠을 설쳐야 할 것이다.

누워 있던 스무 명의 인물들 중 몇몇의 인물들은 다시 잔혹한 배경의 일원이 되어 버렸다.

그러나 채찍을 든 사나이는 외눈 하나 깜짝하지 않고 흉소를 흘렸다.

"흐흐, 뭘 꾸물거리느냐? 아직 숨이 남아 있는 놈들은 어서 일어나서 다음 지옥으로 가라!"

위잉 철썩!

그는 신경질적으로 채찍을 마구 휘둘러댔다. 제집 안방인 양.

정말 놀랍게도, 혈해 속에서 몸을 일으키는 기적의 사나이들이 있었다. 정확히 열세 명의 인물들이 저승길을 벗어났다.

그그긍!

반대쪽 철문이 열리며 살아남은 자들은 밖으로 나가고 또다시 이십 명의 벌거벗은 사나이들이 안으로 들어섰다. 그들의 표정 속엔 이전에도 뭔가 뼈를 삭히는 공포에서 살아났다는 표정들이 역력했다.

"빨리빨리 드러누워! 꼼지락대는 놈은 철판에 깔려 뒈지기 전에 네 손에 먼저 죽을 줄 알아라."

사나이들은 일제히 질펀한 혈해 속에 드러누웠다. 인성이란 이곳에서는 한낱 휴지조각에 불과할지도 모른다. 차라리 난 이미 죽은 놈이고 여긴 지옥이니 그동안 저지른 악행에 대한 벌이라고 생각하는 게 죽어도 속 편할 일이었다.

냉벽린은 더 이상 머물지 않고 생락굴을 빠져나왔다. 그는 혀를 내두르고 있었다.

"오수편복제는 도대체 이들을 훈련시켜서 무엇에 쓰려고 그러는 것일까?"

그 어둠의 인물을 생각하면 정말로 기분이 나빴다.

"저렇게 하고 살아난다면 그건 인간이 아니라 괴물이 되고 말 것이다."

그는 아직도 소름 끼치는 광경을 생각하며 몸을 가볍게 떨며 다음 굴로 가보았다.

환희굴(歡喜窟).

백여 장 넓이의 굴에 역시 같은 넓이의 거석이 허공에 매달려 있었다. 그 밑에는 역시 이십 명의 사나이들이 누워 있었다. 그런데 그들의 맥문에는 각기 하나의 가느다란 백사(白絲)가 매어져 있었고, 보이지 않는 실들은 허공에 매달린 거석을 받치는 기관장치에 연결되어 있었다.

미세한 떨림만 있어도 거석은 밑으로 떨어져 이십 명의 사나이들을 몰살시킬 것이다.

한 사람의 움직임은 곧 나머지 이십 명의 생사(生死)와 결부된다. 그들은 모두 한 사람이 되어야 하고 맥박조차도 뛰어서는 안 된다. 맥박의 움직임조차 기관을 작동시키는 힘이 되는 것이다.

"저러고 한 시진을 버텨야 다음 지옥으로 간다지……."

냉벽린은 가슴이 서늘해지지 않을 수 없었다.

'까마귀 아저씨는 이들이 모두 살수(殺手)라고 했다. 그렇다면 이곳은 숨소리와 맥박 뛰는 미동까지 없애는 훈련을 시키는 곳이군.'

이십 명은 결국 살아 있으되 맥박이 뛰지 않는 시체가 되어 있는 것이다. 완벽한 살수가 되려면 심장의 박동과 맥박 뛰는 소리마저 죽여야 한다. 냉벽린은 다시 그곳에서 나왔다.

회혈굴(廻血窟).

냉벽린은 회혈굴로 들어갔다. 글자대로 풀이한다면 피를 되돌린다는 뜻인데 과연 무엇을 하는 곳일까.

회혈굴의 넓이는 이제까지의 동굴들과는 달리 약 삼백여 장에 달하고 있었다. 마치 광장과도 같았다. 그 중앙에는 검은 끈으로 눈을 가린 흑의인이 묵묵히 서 있었다. 그런데 그의 귀에는 솜이 틀어 박혀 있는 것이 아닌가. 눈과 귀를 가린 흑의인, 그의 허리에는 평범한 청강검 한 자루가 매달려 있었다.

지금까지의 동굴들에 비한다면 아직 실체를 보진 못했지만 천국과 같은 곳이었다.

그때였다.

푸드득 푸득!

갑자기 흑의인을 향해 무엇인가가 날아들기 시작했다.

그것은 약 삼십여 마리의 까마귀와 박쥐들이었다. 손가락 조차 보이지 않는 이곳에서 까마귀와 박쥐들이라니. 까마귀, 박쥐들과 흑의인의 거리가 불과 일 장 남짓 남았을 때였다.

"타앗!"

날카로운 기합소리와 함께 흑의인의 청강검이 무섭도록 빠르게 허공을 누볐다.

까악깍!

다음 순간 까마귀와 박쥐들의 비명이 굴을 뒤흔들었다. 놀랍게도 단 일 검에 까마귀와 박쥐들이 모조리 반 동강이 난 것이다.

냉벽린은 적이 감탄을 터뜨렸다.

'실로 깨끗하고 아름다운 수법이다. 단 일 검에 삽십여 명의 사람을 죽인 것과 같다. 가장 최단거리를 자로 잰 듯한 살검(殺劍), 저 정도면 무림에서 어느 정도의 위치가 될까?'

필요한 것만 죽이는 가장 깨끗한 살인검이 아닐 수 없었다.

이때 눈과 귀를 가린 또 하나의 흑의인이 들어오고 다시 전처럼 까마귀와 박쥐들이 날아들었다. 그 역시 검을 뽑았다. 그러나 결과는 달랐다. 검을 뽑았다고 누구나 사람을 벨 수 있는 것이 아니듯 이도 마찬가지였다.

"으아악!"

흑의인은 목을 부여잡고 비틀거리며 비명을 질렀다. 놀랍게도 세 마리의 박쥐가 그의 목젖에 달라붙어 있었다. 그는 있는 힘껏 박쥐들을 떼어 내려 해보았으나 소용없었다.

그때였다.

쉬이익!

까마귀 두 마리가 그의 눈을 향해 날아들었다. 그리고 까마귀의 부리는 정확히 그의 두 눈을 찍었다.

"크악!"

흑의인은 너무나 아픈 나머지 박쥐를 떼어 내던 손으로 눈을 부여잡고 땅바닥을 데굴데굴 굴렀다. 그러나 박쥐들은 끝까지 달라붙어 아귀같이 흑의인의 피를 빨아 마셨다. 냉벽린은 이곳이 왜 회혈굴인지 그 이유를 알 수 있었다.

이제 다 왔다.

냉벽린은 지금 오수편복제의 거실 앞에 거의 다 와 갔다. 오수편복제의 거실은 계곡 맨 끝에 자리하고 있었다. 그의 거실은 한 채의 누각이었는데 창문이 모두 열려 있었다. 누각 안에는 흑의를 걸친 한 인물이 등을 돌린 채 앉아 있었다.

깊숙이 눌러쓴 흑색 죽립, 그에게서는 아무런 기도 심지어는 어떠한 분위기도 느껴지지 않았다.

말없이 앉아 있다고 해도 인간이라면 어느 정도의 분위기가 느껴지게 마련이었다. 그러나 그에게는 그 따위 것들이 모두 쓸데없는 것이었다.

냉막하다든지 예리하다든지.

어찌 보면 그저 평범하게 보이는 그런 인물이었다. 그러나 그 평범은 또 다른 공포를 담고 있었다.

'음…….'

이제는 무서운 고수가 되어 있는 냉벽린은 처음으로 그가 풍기는 것이 무엇인지를 확연히 알 수 있었다.

'허무(虛無), 폭풍전야의 고요 같은 기도…… 이것이야말로 최강의 기도다!'

그는 전에 느끼지 못했던 것을 확실히 느끼고 있었다.

'살인예기(殺人銳氣), 그는 가만히 있지만 지금 무형의 기로써 삼백육십 방위를 동시에 방어하는 기를 발산하고 있었다.'

그는 오수편복제의 전면으로 날아갔다.

슉!

그때였다. 갑자기 오수편복제가 들고 있던 붓으로 허공을 찍는 것이 아닌가.

팍!

그 바람에 붓에 젖어 있던 먹물이 날아가 벽에 부딪쳤다. 그런데 놀랍게도 강석으로 된 벽에 정확히 날아간 먹물 크기만한 구멍이 뚫리는 것이 아닌가.

오수편복제는 눈살을 찌푸렸다.

"내가 잘못 느꼈나?"

그와 동시에 그는 오감을 죽이고 특유의 육감을 발동시켰다.

"괴이하군. 분명 누군가 방 안으로 들어섰는데 나의 육감이 분명 그걸 느꼈는데? 오감에는 아무것도 걸려드는 것이 없으니…….'"

냉벽린은 소름이 오싹 끼쳤다. 오수편복제가 찍은 붓끝은 정확히 자신의 목젖이었다. 만약 육신이었다면 그는 지금 목에 구멍이 뚫린 채 사지를 바들바들 떨며 죽었을 것이다.

'귀, 귀신이군. 절대 보이지 않는 나를 육감으로 알아차리고 내 목에 구멍을 내다니.'

세 줄기 칼자국으로 인해 언제나 늘 잔혹하고 신비스러운 미소를 띠고 있는 것만 같은 오수편복제, 그는 입가를 씰룩거렸다.

"패배자, 이제 육감까지 녹슬었는가?"

그의 죽어 있는 것 같은 잿빛 눈동자에 칼날 같은 살기가 스치고 지나갔다. 그러나 여전히 아무것도 없었다.

"신경과민이군."

그는 서서히 자신의 육감을 풀어갔다. 냉벽린은 꼭 들킬 것만 같아 가슴이 조마조마했다. 그러나 냉벽린은 곧 피식 실소를 터뜨렸다.

'후훗, 나답지 않게 왜 이러지?'

그는 오수편복제를 바라보았다. 세상 진짜 오래 살고 볼 일이었다. 아니 이제 막 그 오래 살아야 하는 길에 접어들기 시작한 냉벽린으로서는 돈 주고도 못 보는 구경을 하게 되었다.

지금 오수편복제는 누구도 믿지 않을 짓을 하고 있었다. 지금 누군가 이곳에 있다면 그에게 명줄이 끊기는 한이 있더라도 배를 잡고 웃을 일이었다.

그는 지금 사군자(四君子) 중 난(蘭)을 치고 있었다. 그러나 냉벽린은 경악을 터뜨리고 있었다. 범인과는 다른 눈이 그에게 있었다. 오수편복제는 아직 망령이 들 나이도 아니었고, 그만큼 한가하지 않았다.

'아, 아니 까마귀 아저씨에게 저런 예도(藝道)가?'

그는 정령 놀라지 않을 수 없었다.

'까마귀 두목의 난 치는 수준은 결코 나나 환유사 사부님의

아래가 아니다.'

오수편복제의 난 치는 모습은 정녕 이상했다. 한동안 묵묵히 좌정하고 있다가 갑자기 벼락같이 붓을 들어 서너 줄기 치고는 다시 눈을 감고 묵묵히 있었다. 마치 맨손으로 고기를 잡을 때 물고기가 바로 밑을 지나가길 기다렸다가 낚아채는 듯한 모습이었다.

그가 쳐놓은 난을 유심히 관찰하던 냉벽린은 다시 한 번 놀랐다.

'으음, 난의 고고한 귀품은 찾아볼 데 없고, 섬전 같은 살기가 흐르고 있다니!'

그는 지금 육신이 아닌 몸이었는데도 난에서 느껴지는 살기에 전신이 산산이 갈라지는 듯한 착각을 느꼈다. 거짓말 조금 보태서 그림만으로도 살상이 가능할 정도였다.

'그래! 바로 저것이다. 까마귀 두목의 모든 것은 몸으로 익히는 것이 아니라 감각으로 느껴야 한다고 사부님께서도 말씀하셨지.'

냉벽린은 침을 꿀꺽 삼켰다.

유일하게 자신에게 공포감을 느끼게 했던 인물인 만큼 얻을 수 있는 것도 많으리라는 생각이 그를 들뜨게 했고, 그만큼 그의 몸속에 들어가기가 호락호락하지 않을 것이라는 긴장감이 다시 한 번 그를 굳어 버리게 했다.

‘저 감각을 느끼기 위해선 까마귀 아저씨 몸속으로 들어가
야 하는데……, 허나 한 가지 난제가 있다. 만약 까마귀 아저
씨의 내공이 나의 내공보다 강하면 사곡 밖의 내 육체는 완전
히 박살나고 만다.’

망설여지지 않을 수 없었다. 늙은 몸에 들어가 그만큼의 세
월을 도둑맞고 싶지는 않다는 짧은 생각도 있었다.

이때 오수편복제는 감고 있던 눈을 뜨며 중얼거렸다.

“도저히…… 도저히 내 능력으로는 삼백육십변(三百六十
變)을 완성할 수가 없구나.”

이상하게도 그는 더 이상 난을 치지 않고 있었다. 무엇이
그를 곤란하게 만드는가보다는 과연 그가 포기할 만한 일이
있다는 것이 더욱 놀라웠다.

‘이때다!’

냉벽린은 속으로 이렇게 부르짖으며 벼락같이 그의 천령혈
을 통해 그의 몸속으로 들어갔다. 오수편복제가 감정에 치우
치자 찰나의 순간이었지만 틈이 생긴 것이었다.

그와 동시에 오수편복제는 몸을 부르르 떨었다.

“아니?”

그는 갑자기 자신의 몸이 무거워진 것만 같았다. 뭔가 개운
치 않은 느낌에 기분 나빴다. 그의 몸 안으로 들어간 냉벽린
은 회심의 미소를 흘리고 있었다.

'후후, 다골래 아저씨가 나의 내공이 최고라고 말한 것이 거짓이 아니었군.'

수많은 기연과 복연을 얻은 그의 내공은 오수편복제조차 능가하고 있었다. 이것이 겨우 열두 살에 일어날 수 있는 일이라고는 아무도 믿을 수 없는 사실이다.

'사령이제술에 극심투혼령(極心偸魂靈)을 펼쳐 몸 안에 들어왔다. 이것은 사탑에서 사혈마주를 모두 받아들였기에 가능했다. 후후…….'

전진배교의 사술은 진정 가공할 만한 것이었다.

'후후, 사령이체술에 극심투혼령이면 천하의 그 어떤 무공도 훔쳐 배울 수 있겠다!'

이때 오수편복제는 몸이 이상하다는 것을 육감으로 느끼고 있었지만, 그것이 무엇인지를 도무지 알 수 없어 얼굴을 찌푸리고 있었다.

"괴이하군. 나의 육감으로 알아차리지 못하는 일이 없었는데."

고개를 갸우뚱하며 그는 한쪽 벽을 향해 손을 뻗었다.

휙!

그가 손을 뻗은 곳에는 서가가 자리하고 있었는데, 그중 한 권의 책자가 그의 손아귀로 빨려 들어왔다.

〈생사결(生死訣) 일억만류(一億萬流)!〉

오수편복제의 눈이 빛났다. 그의 눈빛이기도 했지만 냉벽린의 눈빛이기도 했다.

'생사결? 삶과 죽음의 비결이라? 헌데 일억만류란 그 종류가 일억만 개란 말인가?'

오수편복제는 천천히 첫 장을 넘겼다.


〈나 백광(白光)은 생사결 일억만류를 이 책자 속에 남긴다.

생사결 일억만류는 나 백광이 십상천(十上天) 중 검천(劍天)의 검은 생사결 팔만사천류(八萬四千流)에게 패배한 후 백년 동안 참오한 끝에 터득한 검결(劍訣)이다.

나 백광은 그것을 꺾기 위해 생사결 일억만류를 창안했다. 이 검결이 과연 어느 정도의 위력을 갖고 있는지는 나조차도 알 수 없다. 만들기는 했지만 노부는 단 한 번도 이 검결을 써보지 못했기 때문이다.

그 이유는 창안은 했지만 익힐 수 없었기 때문이다. 생사결 일억만류는 이론상으로나 가능했지, 인간으로서는 익힐 수 없는 검결이었다. 그러나 어찌되었든 만약 익히기만 한다면 검천의 생사결 팔만사천류뿐이 아니라 그 어떤 무공도 비교조차 허락되지 않는 무림 사상 최고의 무공이 될 것이다.

전인은 꼭 익혀내어 나 백광의 한(恨)을 풀어주기 바란다.〉

자존심과 한이 어우러진 서문이었다.

오수편복제는 문득 탄식을 터뜨렸다.

"살인혈황 착시간, 그는 검천의 생사결 팔만사천류를 전승받은 검천의 후계자, 나는 백광의 후계자……. 그런데 천오백 년이 흐른 뒤에도 패배는 백광의 후계자인 내 차지였다."

그의 눈빛이 흔들렸다. 그러나 그것은 그의 눈빛이 아니라 냉벽린의 눈빛이 흔들린 것이다.

'음, 십상천 그 중의 검천, 그리고 살인혈황 착시간…….'

생전 처음 들어 보는 이름이었다. 그런데 기이하게도 그 이름들은 냉벽린의 영혼 깊숙이 새겨졌다. 그런데 살인혈황 착시간이라니!

살인혈황 착시간!

그는 살인마벌의 벌주가 아닌가. 대왕조의 왕조일맥이며 중원 전역에서 살수업으로 막대한 황금을 벌어들이는 괴수가 아닌가.

그런 그가 검천의 후계자라면 그는 십상천과도 관계되어 있는 인물이란 말인가.

십상천!

오수편복제의 입을 통해 새로이 듣게 되는 이름이었다. 뭔가 심상치 않은 의미가 가득했다.

오수편복제는 다음 책장을 넘겼다. 그런데 기이하게도 그

장에는 글은 한 줄도 없고 오직 난(蘭)만 그려져 있을 뿐이었
다.

그는 정신을 집중하여 첫 장부터 뚫어져라 보기 시작했다.
일순 그의 몸이 부르르 떨렸다. 그러나 그것은 그가 떠는 것
이 아니고 그 속에 들어가 있는 냉벽린이 떠는 것이었다.

'백팔 개의 난이 쳐져 있다. 그런데 난이 쳐진 것은 하나의
흐름이고, 그 흐름은…… 음…… 검을 뽑는 것이구나.'

이때 오수편복제는 붓을 들어 벼락같이 하나의 난을 쳤다.

"음, 발검(拔劍)!"

그리고는 붓을 놓았다. 냉벽린은 감탄하고 있었다.

'멋있다. 백팔 개 난의 흐름을 단 한 줄기 난에다 모두 담아
놓았군.'

오수편복제가 난을 치고 있었던 것은 끊임없는 생사결 일
억만류의 수련이었다.

'나는 단번에 천하 최고의 발검을 익힌 셈이다.'

오수편복제 팔의 움직임은 곧 냉벽린의 움직임이었다.

다음 장에는 수도 헤아릴 수 없는 많은 난이 어지럽게 쳐져
있었다. 오수편복제는 뚫어져라 그 장을 응시했다. 그리고 그
런 채로 시간은 하염없이 흘러가기 시작했다. 한 시진쯤 흘렀
을까. 냉벽린은 전율을 일으켰다.

'저 도도한 흐름! 대하(大河)가 수억 수십억 년을 끊이지 않

고 도도히 흐르듯 저 두서없는 난의 배열은 바로 그 도도한 흐름이다.'

오수편복제의 감정 없는 눈, 그러나 냉벽린의 눈빛으로 인해 그의 눈빛은 이 순간 더할 수 없이 맑고 강하게 빛나고 있었다.

'힘! 힘이다. 검의 힘! 힘에 쾌의 묘리가 담겨 있다. 빠르면 강하다는 천고불변의 진리!'

오수편복제는 두 시진이 흐르도록 난을 들여다보고 있었다. 과연 인간의 인내심으로 가능한 일인가. 냉벽린은 답답했다.

'어찌 빨리 붓을 들지 않는가? 발검에다 지금의 쾌와 힘을 더하면 무엇이든 깨뜨려 버릴 수 있는 무적의 검이 되거늘.'

그러나 냉벽린은 모르고 있었다. 오수편복제에게는 그것을 그려낼 힘이 없음을……. 그러는 와중에도 냉벽린은 난의 흐름에서 얻은 검의 뜻을 더욱 깊이 깨닫고 있었다.

'이 흐름에서 검을 뽑으면 분명 상대의 목덜미를 베게 된다. 그러나 상대가 만약 검을 피한다면 검의 흐름은 칠백류의 흐름에서 천오백류 이상으로 변하게 된다. 또다시 검은 상대의 심장을 파고들게 되고…….'

그때 오수편복제가 오랜 침묵을 깨고 갑자기 붓을 들었다. 그와 동시에 냉벽린이 외쳤다.

‘이때다!’

갑자기 오수편복제는 무섭도록 빠른 속도로 난을 쳐나가기 시작했다. 그러나 그 흐름은 천이백류에서 멈추려 하고 있었다. 그 이상의 빠름과 변화는 그가 넘어설 수 없는 벽이었다.

그런데 그의 움직임은 단 한순간 멈칫하더니 또다시 이어지는 것이 아닌가. 그 흐름은 오수편복제가 감지하지 못한 무의식 중의 행동이었다.

그는 붓을 내려놓았고 그와 동시에 경악을 금치 못했다.

“아니?”

그는 두 눈을 부릅떴다. 해놓고도 믿을 수 없는 일이었다. 화선지에 그려진 난은 책의 난을 그대로 베낀 듯했다.

웃는 듯 마는 듯한 웃음이 그의 얼굴에 물들었다.

“드디어 해냈군.”

그는 그 기쁨을 다시 되새기려는 듯 난을 그려낸 감각을 다시 떠올려보았다. 그는 다시 한 번 경악해야 했다. 머릿속은 텅 비어 있는 듯 아무것도 떠오르지 않았다.

“아니? 어찌 검의 영상이 떠오르지 않지?”

그는 이상하여 다시 붓을 들었다. 오싹한 소름까지 끼치는 것이 바람 앞에 곧 꺼져 버릴 촛불처럼 그의 오금을 저리게 만들었다.

불행 중 다행이었다.

분명 그의 흐름은 천이백류에서 멈춰지려는 순간 다시 이어지는 것이 아닌가. 그리고는 그의 손에서 붓이 내려졌다.

"음, 실로 기이하군. 검의 흐름을 떠올리면 머릿속이 하얗게 비어 버리고, 손으로 그리면 완성이 되니……."

그는 난생 처음 멍청해지지 않을 수 없었다. 그런 그를 보던 냉벽린은 그의 몸 안에서 웃음을 터뜨렸다.

'까마귀 아저씨! 그것은 바로 나의 깨달음이란 말이오.'

아는지 모르는지 오수편복제는 다음 장으로 넘겼다. 다음 장은 생사결 일억만류의 마지막 장이었다. 일억만류는 책이 아니었다. 단 세 장으로 이루어져 있었다. 그러나 그 단 세 장이 천하를 뒤덮을 수 있는 하늘이었다.

마지막 장은 그야말로 난인지를 분간할 수 없을 만큼의 엄청난 난이 그려져 있었다.

"어쩌면 오늘 마지막 장의 오의를 깨달을 수 있을지도 모르겠군."

오수편복제의 음성에는 기대감이 가득했다. 일억만류에 매달린 지도 삼십 년 가까운 세월이 흘렀다. 그동안 얻은 것이 천이백류까지였다. 그만큼 검결은 난해했다. 그런데 오늘은 기분이 좋은 것을 떠나서 뭔가 이상할 정도로 술술 풀려나가는 것이었다. 마치 삼십 년의 세월을 보상이라도 해 주려는 듯이 말이다.

좋은 일이긴 했지만 똥 묻은 떡을 먹은 듯 찜찜하긴 했다. 모든 무공이란 갈수록 어려워지는 것이 상식이다. 그렇다면 삼십년을 바쳐 천이백류까지 밖에 이해 못했으니 그런 일은 없어야 하지만, 평생이 걸려도 도의를 깨우치지 못하는 것이 승복하기 싫은 뻔한 이치였다.

떠오르는 잡념들을 물리치려는 듯 오수편복제는 이를 한 번 꽉 다물고는 책 속의 그림을 응시했다.

냉벽린은 또다시 놀라고 있었다.

'아, 이런 끝없는 변화가……'

마지막 장의 난의 흐름은 진정 끝이 없었다.

"이 장을 터득하면 검천의 검학을 깰 수 있다. 나에게 무참한 패배를 안겨 준 살인혈황 착시간 따위는 수만 조각을 내버릴 수 있다."

오수편복제는 거의 무아의 지경에 잠겨 난을 응시하기 시작했다. 냉벽린은 골머리를 싸매고 있었다.

'모든 것이 시작과 끝이 있거늘 이 난들은 시작도 없고 끝도 없다.'

지금 냉벽린이 눈빛을 빛내는 바람에 오수편복제의 눈은 마치 햇무리와도 같았다. 만약 그가 자신의 눈빛을 발견한다면 그는 소스라치게 놀라고 말 것이다.

'시작과 끝이 어디인지를……, 언제 시작되고 언제 끝날지

모르는 것은 오직 세월뿐이거늘…….'

생각이 여기까지 미치자 냉벽린의 눈빛은 딱딱하게 굳어졌다.

'설마 검법에 무한(無限)한 세월을?'

그렇다면 그 힘의 크기와 그 변화를 어떻게 상상해야 하는 것일까.

'일억만류, 이제 일억만류란 이름을 실감할 수 있겠군.'

지금 그가 한 생각은 오수편복제로서는 불행한 결심이 아닐 수 없었다.

'좋다! 언제까지고 저 세월의 힘과 변화를 내 것으로 만들지 않고는 까마귀 아저씨 몸에서 나가지 않을 것이다.'

시간이 흐르기 시작했다. 오수편복제도 끈기와 극기로 모든 것을 이룩한 인물인지라 참아내며 뭔가에 몰두하는 데는 이골이 난 인물이었다. 덕분에 어쩌면 냉벽린은 뜻을 이룰 수도 있을 것 같았다. 그는 다시 난을 응시하며 생각을 정리해 나갔다.

'세월은 변하지 않는다. 천지의 운행은 일정한 변화에 따라 변화한다. 그 일정한 변화는 억겁(億劫)의 세월이 흘러도 절대 변하지 않음을 깨닫고…….'

냉벽린은 갑자기 머릿속이 훤히 밝아지는 것을 느꼈다.

'그렇군. 일억이란 바로 억겁의 세월이다. 그렇다면 시작은

태초에 우주가 만들어진 원리부터 시작해야겠군.'

실마리가 풀리는 기분이었다.

'우주 시작 전부터 있었던 힘은 태극(太極)이라 우주가 시작되면서 태극이 근간이 되고 변화를 시작한다.'

그 변화는 일원양의삼재사상오행육합칠성팔괘구궁십절(一元兩義三才四象五行六合七星八卦九宮十絶)로 귀결되어지는 것이 아닌가. 그리고 만류귀종(萬流歸種)으로 모든 것이 끝나지 않는가.

냉벽린의 시선은 어느 한 곳을 뚫어져라 쳐다보고 있었다. 그곳은 시작과 끝을 알 수 없는 난의 그림 속의 그가 찾아낸 한 곳이었다.

'시작을 찾았군. 그렇다면 저곳에서는 태극일원(太極一元)의 흐름부터 시작될 것이다!'

이제부터는 심오한 하도낙서(河圖洛書)의 원리가 있어야 했다.

'태극의 흐름은 곧 만물의 흐름이다. 천하 만물에는 각기 흐르는 법칙이 있으니 곧 태극의 흐름이다.'

냉벽린은 흡사 미세한 선들과도 같은 난의 줄기를 집요하게 더듬어가면서 그 변화를 풀이해 갔다. 그의 오성이 빛을 발하는 순간이었다.

'음, 제령세뇌대법(制靈洗腦大法)으로 까마귀 아저씨를 움

직여 팔을 들어 그 풀이를 시작해야겠군.'

제령세뇌대법은 남의 감정을 냉벽린의 뜻대로 움직일 수 있는 사술이었다. 감정을 움직이면 그 사람의 사지도 마음대로 움직일 수 있다. 한마디로 산 사람을 강시로 만드는 사술이었다.

'손을 들어……'

냉벽린의 영혼의 음성은 오수편복제의 뇌리에 전달되었다. 그러자 오수편복제는 자신도 모르게 손을 들어 붓을 잡았으나 그것은 자신의 의지까지 움직여진 터라 전혀 알아채지 못했다.

자신의 행동이 냉벽린이 펼친 제령세뇌대법일 줄은 꿈에도 모르는 것이다.

"무극(無極)에서 태극과 심극(心極)을 돌아드니 삼백육십오세(三百六十五勢)의 오행육합(五行六合)의 변화요. 두 번째는 태극의 변화가 일어 양이 음과 합쳐지고, 그 정심이 극에 달하니 정이요. 여섯 개의 도형이 다시 음양이세(陰陽二勢)에 합하여 칠성(七星)이니……."

그 변화에 따라 화폭에는 하나둘씩 난이 쳐져가고 있었다. 오수편복제는 감탄을 터뜨렸다.

"흐흠, 이런 오묘한 묘리가 있을 줄 누가 알았으랴."

그는 그림을 그려가면서 연신 감탄을 터뜨렸다. 감정이 거

의 없는 그는 어렸을 적 빼고는 이렇게 좋아했던 적이 없었
다.

"드, 드디어 난의 비밀이 풀려가는군."

그 손이 움직이는 흐름은 전혀 막힐 줄을 몰랐다. 그는 냉
벽린의 영과 기가 자신의 몸에 들어와 그 뜻을 풀어내고 있음
은 꿈에도 몰랐다. 차츰 냉벽린의 눈빛은 입정(入定)한 고승
의 얼굴처럼 고아하게 변해 갔다.

'세월의 흐름은 만물의 흐름, 그것은 법칙의 흐름이다. 지
금 이 선들의 흐름은 자고로 법칙의 흐름이다. 이것은 또한
물의 흐름과도 일치하니 강(强)에는 강으로 유(柔)에는 유가
상응하는 법이다.'

허(虛)에서 실(實)로, 느림에서 빠름으로, 직선에서 곡선으
로. 화선지 위에 그려지는 난들은 자유자재로 모습과 진로를
바꾸며 움직여 난의 기운은 놀라운 변화를 연출하고 있었다.

'일억만류! 역시 끝이 없다. 시작은 있으되…….'

오수편복제는 웃고 있었다. 그 웃음은 참으로 허허로웠다.
그러나 그의 웃음이 아니라……?

# 제9장

# 그들의 사연(事緣)

## 01

염천월은 의혹을 느끼며 벌써 이곳에서 한 시진이나 기다리고 있었다. 자신이 왔는데도 황금랑은 괘씸하게 냉벽린의 몸에서 떨어지지 않고 있었다. 그저 고개만 숙여 보였을 뿐이었다.

"사령이체술을 펼쳐 오수펀복제에게 간 것은 틀림없을 것인데. 도대체 뭘 하려는 것일까?"

그러나 그는 사곡 안으로 들어가지 않고 이곳에서 냉벽린이 돌아오기를 기다리고 있었다.

그때였다.

슈욱!

냉벽린의 영과 기가 다시 그의 몸속으로 돌아왔다. 그리고 잠시 후 죽은 시체같이 파르스름했던 피부에 화색과 생기가 돌기 시작하더니 그는 다시 눈을 떴다. 그런 그의 얼굴에는 만족한 웃음이 흘러넘쳤다.

"후후, 이제 어떤 무공도 나를 패배시키지 못하리라."

그는 흡족한 웃음을 지었다.

"사령이체술이 있는 한 누구든 까마귀 아저씨처럼 무공을 빼앗기게 될 것이다."

그의 두 눈에서 강렬한 눈빛이 한없이 쏟아졌다.

"자존심상 무공을 창조하면 좋겠지만 시간이 허락지 않을 것이다."

그의 중얼거림을 가만히 듣고 있던 염천월의 눈초리는 점점 어이가 없어져 갔다.

"도대체 저놈이 지금 무슨 말을 지껄이고 있는 거지?"

냉벽린은 그가 있는 것을 아는지 모르는지 계속 중얼거렸다.

"나는 제왕지재, 하지만 나를 키우는 분들은 나를 제대로 키울만한 실력을 지니지 못했다. 완벽한 제왕지재가 되기 위해서는 내 힘으로 해결해야 한다."

염천월은 더 이상 듣지 못하고 음산하게 외쳤다.

"그래서 무공을 훔쳐 배우는 것이 완벽한 제왕지재가 되는 길이란 말이냐?"

　냉벽린은 갑자기 그가 있다는 것을 알고 놀라긴 했지만 그리 큰 충격은 아니었다. 그리고 곧바로 단호하게 말했다.

　"지금은 그 길밖에 없습니다."

　"음……."

　염천월은 할 말을 잊었다. 정확한 지적에 억지를 부릴 만큼의 치졸함이 그에겐 없었다.

　'그래, 우리는 천하제일인들이 아니지 않는가. 그럴 만한 사람은 오직 환유사 하나뿐.'

　그는 묵묵히 냉벽린을 내려다보았다. 자신들에게는 태어나면서부터 모든 상상을 불허한 저 꼬마를 채워줄 만한 능력이 없음을 그 자신은 너무나 잘 알고 있었다.

　"천하는 넓고도 큽니다. 천하가 넓으면 사람 또한 많은 법! 어디에도 천하제일이란 것은 존재하지 않을지도 모르나, 많은 것을 배워야 합니다."

　"음……."

　"시간이 없다는 생각이 자꾸만 듭니다. 그래서 전진배교의 사술을 익히면서 한 가지 생각을 하게 되었지요."

　염천월은 말이 없었지만 뒷말을 들으려는 궁금증이 눈빛 속에 있었다.

　"그것은 무엇이든 훔쳐 배우자는 것이었습니다."

염천월의 얼굴에 약간 놀라는 표정이 없지는 않았지만 오래 가지는 않았다.

"훔치지 않고는 제왕지재를 이루기 위해서 많은 시간을 버려야 할 것입니다."

염천월은 침중한 음성으로 시인을 했다.

"네 말이 맞다."

냉벽린은 씨익 웃었다.

"저를 만나러 오셨습니까?"

"그래……."

냉벽린은 기대에 찬 시선으로 염천월을 응시했다. 듣지는 않았지만 뭔가 중요한 할 말이 있다는 것을 알 수 있었다. 냉벽린의 예감에 호응해 주려는 듯 염천월은 천천히 입을 열었다.

"노부는 대막 혈랑세(大漠血狼勢)의 세주이다."

냉벽린의 눈썹이 꿈틀했다. 어딘지 모르게 진한 피 냄새가 풍겼기 때문이다.

그런데 대막 혈랑세라니.

대막 혈랑세!

사막의 붉은 늑대들, 그들의 근거지는 죽음의 나루터라 일컬어지는 대막이었다.

그들의 수효는 오백, 오직 강한 자만이, 죽음의 낭인(狼人)

들로만 이루어진 집단이었다. 이익만 있다면 어떤 세력 간의 싸움과 분쟁이더라도 도맡아 싸움을 대신해 주던 피를 찾아 떠도는 들개들이었다.

냉벽린은 낭왕의 눈에서 아픔을 읽을 수 있었다. 낭왕은 아픈 과거가 떠올랐는지 이를 갈았다.

"그러나 오늘의 대막 혈랑세는 오직 노부 한 사람뿐이다. 노부가 문주이고, 문도이기도 하지……."

그의 음성은 담담했지만 속에 담긴 슬픔까지는 감출 수 없었다.

"대막 혈랑세는 백오십 년 전 대왕조의 십절대군단의 손에 의해 사라져 갔다."

"대왕조, 십절대군단……."

귀에 익은 이름이었다. 듣는 이로 하여금 오직 경외감만을 갖게 만드는 이름, 대왕조!

냉벽린의 눈에서 용암 같은 불길이 이글거렸다.

"십상천과 대왕조와의 관계는 무엇입니까?"

염천월은 힐끗 그를 쳐다보았다. 네가 어찌 십상천에 대해서 알고 있느냐 하는 눈빛이었다.

"까마귀 아저씨가 중얼거리더군요. 십상천 중의 검천의 인물 살인혈황 착시간에게 패배를 당했었다고요."

"그 이름은 영원히 잊을 수 없을 거야. 패배를 설욕하기 전에는."

냉벽린은 침묵을 지켰다.

'패배를 죽음보다 더한 치욕으로 여기는 분들이 여태 살아온 것은 희망이다. 그 희망은 바로 나이고 후후, 더더욱 훔쳐야 하는 이유가 단단해지는군.'

"십상천은 바로 천오백 년 전의 대왕조였다."

"……?"

"백제 단목천광(端木天光)이라는 인물이 있었지. 그리고 열 명의 기인들이 있었다.

냉벽린은 처음 들어 보는 중원무림의 비화(秘話)였다. 그는 가슴이 설레는 것을 느끼며 호기심 가득한 시선으로 염천월의 말에 귀를 기울였다.

"그 당시 그들은 바로 신(神)이었다. 그들은 영원한 무(武)의 신들이었다."

염천월이 두 번씩이나 강조를 했다.

'어떤 인물이기에……?'

백제 단목천광!

그는 지난날 이렇게 말했었다.


〈본 제는 빛이다. 빛은 곧 공간과 시간을 초월하는 것! 본 제의 위대함은 영원한 것이다. 그러나 본 제는 중원 십팔만

리를 지배하지는 않겠다. 다만 십상천만은 지배할 것이다.

본 제는 모든 것을 남기리니 그곳을 대왕맥(大王脈)이라 한다. 대왕맥은 십상천을 다스리니 후에 십상천이 열리면 대왕맥도 열릴 것이다.

대왕맥의 주인이 되는 자는 영원한 천하의 주인이리라.〉


그가 전설로서 사라짐에 십상천도 전설에 묻혀 버렸다.

냉벽린은 염천월의 말에 의혹을 느꼈다.

"분명 십상천과 대왕조는 다르거늘 어찌 오늘의 십상천인 십절대군단이 자신들을 대왕조라 부른단 말입니까?"

"그것은 나도 잘 모른다. 아직까지 무림의 신비니까. 십상천이 열렸고, 중원무림은 십상천에 굴복했다. 그들이 바로 십절대군단이다."

"그렇다면 그들은 진실된 대왕조가 아니군요?"

"그렇다."

"백제 단목천광, 그리고 대왕맥. 음……, 진실로 강한 자는 아직 나타나지도 않았는데 중원은 벌써 패하고 말았군요."

"그렇다."

냉벽린은 고개를 갸웃거렸다.

"십상천……. 지금의 대왕조! 혹시 그들에게는 공동의 적 대왕맥이 있기에 서로 뭉칠 수 있었던 것이 아닐까요?"

염천월은 흠칫했다.

실로 놀라운 추측이었다.

'이 괴물이 정말 열두 살 꼬마란 말인가?'

그는 고개를 끄덕였다.

"그래, 아직은 아무도 알 수 없는 것이지만 어쩌면 그것이 이유일지도 모른다."

냉벽린은 호탕한 웃음을 터뜨렸다.

"하늘은 지상 최고의 세력을 두고 제왕지재를 이 땅에 보냈다. 흐음……, 이야기가 재미있게 되어 가는군."

염천월은 입을 벌릴 수밖에 없었다. 다른 사람 같았다면 어려서 뭘 모르기 때문에 까분다는 소리를 했을 것이다. 그러나 그는 태어나서부터 그를 키운 사람들 중 한 명이었다.

나이 먹고 아이만도 못한 자신이 한심할 뿐이었다. 그래서 제왕지재인지도 몰랐지만 말이다.

'냉천상이 저지른 역천이 결과적으로는 역천이 아니었단 말인가?'

하늘의 천기를 거스르고 얻은 제왕지재가 결국 하늘이 예비하고 있었던 것인가?

역시 인간이 하늘의 손바닥 안에서 놀뿐이다.

냉벽린은 황금랑의 등 위에 올라탔다.

"저에게 주실 것이 있으십니까?"

“그래.”

휙!

냉벽린의 손으로 한 권의 책자가 날아들었다.

철혈도법(鐵血刀法)!

이름에서부터 무거운 힘이 느껴지는 도법이었다.

“냉혈보다도 더하다는 철혈, 그 도법이라…….”

염천월도 훌쩍 몸을 날려 푸른 늑대 위에 올라탔다.

“잘 익혀…… 대막 혈랑세의 이름을 빛내다오.”

“원수는?”

“대왕조다.”

“꼭 원수를 갚아 드리겠습니다.”

“그래, 너를 믿는다.”

그의 말은 검보다 믿음직스러웠다.

냉벽린은 씨익 웃었다. 자신에 찬 미소, 그 미소는 냉벽린을 신뢰하게 만드는 마력의 미소였다. 자신 없다고 말해도 엄살로 보일 그는 제왕지재였다.

“가자!”

크르르르.

황금랑은 달을 향해 울부짖더니 이내 쏜살같이 달렸다. 그 속도는 너무나 빨라 달빛이 황금랑의 등 위에 내려앉을 수 없을 것만 같았다.

“차후 나의 혈랑들은 모두 네 것이 될 것이다.”

그는 푸른 늑대의 갈기를 쓰다듬으며 중얼거렸다.


솔직히 말해 사부님께 난 치는 것을 배울 때는 순전히 오기로 버틸 수 있었다. 누구에게도 지는 것을 싫어하는 냉벽린이었다. 그래서 그의 손에 붓을 떨어뜨리지 않게 할 수 있었던 것은 최대한 빨리 사부님을 능가하겠다는 마음이었다. 모든 것을 알게 되어 시시하게 느껴진 것도 무시할 수 없는 이유였다.

그런데 오늘 그리는 난은 순전히 재미만으로 그릴 수 있었다. 아니 완전히 난 자체가 물귀신처럼 자신을 잡아당기는 것이었다.

가장 큰 이유는 보통 예도를 위한 난이 아니라는 것이었다. 생사결 일억만류, 이것이 그를 몰입할 수 있게 만든 당연한 이유였다.

하나하나 난을 쳐나갈수록 그의 얼굴에 번지는 감탄은 이루 말할 수 없는 것이었다.

“세월의 힘을 검결에 담다니……, 그 완벽한 힘을 보이려면 십 갑자의 공력이 필요하다.”

생사결 일억만류를 창조한 백광은 비록 패배했지만 천재였다.

"생사결 일억만류를 창조하기 전에 그는 필시 오만하고 자만에 빠졌을 것이다."

그렇지 않고서는 이런 천재가 패배할 까닭이 없는 것이다.

"승부에 있어서 절대 오만하지 않으리라. 나는 패배한 사람들을 보면서 커왔다. 단 한 번도 패배하지 않으리라."

그때였다.

석실 문이 열리며 환유사가 안으로 들어왔다. 그러자 냉벽린은 자리에서 일어났다.

"어서 오십시오."

환유사의 근엄한 얼굴은 여전히 변함이 없었다.

"음……."

그는 의자에 앉아 냉벽린이 치고 있는 난을 들여다보았다. 그의 표정이 순간 흠칫했다.

"그간 소득이 있었구나."

"조금……."

"과연 너답도다."

항상 냉정한 환유사도 이때만큼은 냉벽린의 능력에 놀라지 않을 수 없었다. 그는 감탄의 시선으로 냉벽린을 올려다보았다. 그런데 돌연 그는 혀를 끌끌 차는 것이었다.

"쯧……."

냉벽린은 영문을 알 수 없었다. 환유사는 턱수염을 쓸어내리며 입을 열었다. 그는 귀신이었다.

"네 눈빛을 보아하니 요즘 패(覇)의 도(道)에 대해 생각하는 모양이구나?"

"그렇습니다."

패의 도, 이것은 강한 군주들이 취하는 세상 다스리는 이치가 아닌가.

"패란 강하고 좋은 것이지. 그러나 사람을 진실로 굴복시키지는 못하는 모자란 힘이다. 네 눈빛을 보느니 차라리 칼끝을 보는 것이 낫겠다."

냉벽린은 침묵을 지켰다.

"그런 눈을 가지면 일성(一省)의 패주는 될지언정 천하의 주인은 되지 못한다."

"지금은 힘을 기르고 있는 때입니다. 당연히 눈빛이 사자와도 같아야 합니다. 모든 배움이 끝나면 제왕으로서의 품위와 위엄을 갖추게 될 것입니다."

"그래? 네가 아는 제왕의 도는 무엇이지?"

"제왕이란 영리해야 하지요. 강할 땐 강하더라도 정을 베풀 땐 정을 베풀어야 하죠. 사람이 따르지 않는 제왕이란 있을 수 없으니까요. 제왕이란 때와 상황에 따라서 감정의 변화를 자유로이 변화시킬 줄 알아야 합니다."

"음……."

“용서할 때 용서를 할 줄 아는 도량과 포용력을 갖추어야 하고, 무섭고 비정할 때를 잘 구분하여 활용해야 합니다. 제왕의 처세술은 결코 간단한 것이 아니라 생각합니다.”

“그러나…….”

냉벽린은 빠르게 환유사의 말을 잘랐다.

“그러나 제가 말한 모든 것이 덕을 갖추어야 행할 수 있다는 것입니다.”

환유사는 자신의 할 말을 냉벽린이 가로채자 눈살을 찌푸렸다.

“그러니까…….”

냉벽린이 또다시 그의 말을 잘랐다.

“누구에게나 힘이 갖춰지면 두려움이 사라지고 신위가 생기게 마련이지요. 하나 제왕의 기도는 타고납니다. 저는 제왕의 기도를 타고났으니 영리하게 상황에 따라 사람의 마음을 휘어잡으면 되지요.”

환유사는 버럭 호통을 쳤다.

“이런 버릇없는 놈!”

“저는 제왕의 그릇입니다.”

냉오한 한마디, 그러나 이상하게도 환유사는 숨이 콱 막히고 있었다.

‘음, 벌써 저놈의 기도가 나를 위협하다니…….’

냉벽린은 두려우리만큼 힘을 갖춰가고 있었다.

냉벽린은 씨익 웃었다.

"학문 외에 제게 가르쳐 주실 것이 없습니까?"

환유사는 분노를 누르고 입을 열었다.

"있지."

"가르쳐 주십시오."

냉벽린은 머리를 조아렸다.

"음……."

환유사는 고개를 끄덕였다.

'뛰어난 자는 자신보다 앞서 가는 자를 질투한다던데 내가 저 아이를 질투하는 건가? 내가 가르친 아이를?'

놀랍게도 그는 자신이 가르친 냉벽린의 뛰어남을 즐거워하기 보다는 질투하고 있음을 느꼈다. 항상 질투를 받던 그가 말이다. 그러나 잘못은 그에게 있지 않았다. 그만큼의 무서운 능력이 냉벽린에게 있었다.

환유사는 심호흡을 하며 자신의 부끄러운 생각을 떨쳐 버렸다.

"남자란 살아가는 데 있어 꼭 학문만이 필요한 것은 아니다. 학문 외에도 필요한 것은 많다."

질투에서 나온 억지가 아니었다.

한 길만을 파는 것이 최고에 오를 수 있는 지름길이긴 했지만 단점이 있었다. 절름발이가 되는 것이다. 냉벽린도 그것을 잘 알고 있었다. 그에게는 사부의 진심 어린 말에 귀를 기울일 줄 아는 겸손도 있었다.

"술과 여자와 도박은 사내에게 있어서 빼놓을 수 없는 친구들이다."

"친구들?"

냉벽린의 입가에 나이에 맞지 않는 장난스러운 음흉한 웃음이 번졌다.

"술과 여자, 도박…… 친구이겠지만 마음까지 내주어선 안 되는 친구들이겠지요?"

"그래, 매우 잔인한 친구들이지. 잘못 사귀면 패인이 되고 마니까."

"술 마시는 법과 도박술, 그리고 여자를 다루는 솜씨를 제게 가르쳐 주시렵니까?"

"그래."

환유사를 응시하는 그의 눈빛이 묘하게 변했다. 그러자 환유사는 분노를 느껴 꾸짖었다.

"무슨 뜻이냐? 이놈!"

"말하지 않겠습니다."

"내가 어떻게 그런 것들을 알고 있느냐 하는 것이지?"

"후후……."

냉벽린은 그저 의미심장한 웃음만 흘릴 뿐이었다. 침묵은 긍정이었다.

"괘씸한 놈! 가르침이 끝나면 너에게 삼 년의 면벽을 내리겠다."

삼 년 동안 벽만을 보고 앉아 익힌 학문의 진정한 깨달음을 얻으라는 것은 얼마나 무서운 형벌인가. 특히 냉벽린에게 있어서는 완전 쥐약이었다.

그러나 냉벽린의 얼굴에는 전혀 변화가 없었다.

"감사합니다."

오히려 즐거운 놀이라도 되는 듯 받아들이자 환유사는 더욱 약이 올랐다.

"사내가 모든 과정을 움켜쥐는 과정에서 가장 빼놓을 수 없는 것이 여자다. 사내가 원하는 일엔 언제나 여자가 있게 마련이지."

냉벽린은 다시 진중하게 귀를 기울였다.

"여자는 사내에겐 필요악이다. 여자는 살아가면서 절대 피할 수 없는 것. 남자에게 사랑받는 여자의 힘은 절대적인 것이다. 많은 제왕이 여자에게 정복당해 모든 것을 잃어버린 경우는 너무도 흔하다."

마치 번개가 지나간 것같이 환유사의 말은 찰나지간에 쏟아졌다.

냉벽린은 어안이 벙벙할 정도였다. 환유사는 그를 쳐다보지도 않고 계속 말을 쏟아냈다.

"계집은 감성이 예민하다. 칼날 위에 선 머리카락같이 사랑하는 남자를 위해선 죽음도 불사하지만 돌아설 때 그 서릿발 같은 냉정은 남자가 도저히 따르지 못하는 것이다."

"……."

"계집을 정복하는 것은 남자들에게 있어서 천하를 거머쥐는 것보다 더 힘이 든다고 해도 과언이 아니지."

냉벽린은 씨익 웃으면서 말했다.

"저 같은 경우에는 여자를 정복하는 일처럼 쉬운 일이 없을 것 같은데요? 사부님."

"물론 너는 계집을 꾀기에 딱 좋은 얼굴……."

환유사는 말을 하다가 실수했다는 것을 알고 입을 다물어버렸다. 그런 그의 얼굴은 완전 소태 씹은 얼굴이었다.

냉벽린은 속으로 웃지 않을 수 없었다. 그러나 그는 진지한 표정으로 말했다.

"강인한 매력, 약간 창백하면서도 퇴폐적인 원색의 눈동자, 후훗, 그 위에 계집이 믿을 수 있는 남자라는 진실을 마음대로 색칠할 수 있다면, 그야말로 사부님 말씀대로 저는 계집을 꾀기에 딱 좋은……."

환유사는 그의 말을 듣고 있다가 더 이상 참지 못하고 버럭 호통을 쳤다.

"이놈! 너는 이제 열세 살이란 말이다."

"그런 열세 살짜리에게 먼저 여자에 대해 가르치신 것은 사부님입니다."

"음……."

더 이상 말을 했다가는 이 괴물 같은 놈에게 더욱 말려들 것만 같아 환유사는 품속에서 한 권의 책을 꺼내 냉벽린에게 내밀었다.

"네가 친히 익혀라!"

얄밉기도 했지만 그 정도는 누워서 식은 죽 먹듯 해치울 냉벽린이라는 것을 잘 알고 있었다. 냉벽린은 두 손으로 공손히 책을 받아 들었다.

음양육로사십팔변(陰陽肉路四十八變).

냉벽린은 그 이름만 보고도 이 책이 방중술을 기록한 것임을 알 수 있었다. 이때 환유사는 서탁 밑에서 도박기구들을 꺼냈다.

백서른여섯 개의 마작골패를 비롯하여 패구(牌九)와 검패(劍牌), 그리고 주사위들이었다.

"이제부터 도박술을 가르치겠다."

환유사는 심각한 안색으로 손을 놀리기 시작했다. 그런데 그 손놀림이 어찌나 빠른지 거의 눈에 보이지 않을 정도였다.

냉벽린에게는 그 모습이 너무나 신기하게 보였다.

'사부님 같은 대학자가 언제 저런 것을 다 배웠을까?'

언뜻 보기에 환유사가 패를 돌리는 것은 마치 패에 날개가 달려 그의 몸 주위를 빙글빙글 돌고 있는 것 같아 보였다.

"잘 보아라. 이것이 마작칠십구로(麻雀七十九路)다."

눈이 뱅뱅 돌아갈 지경으로 그의 손놀림은 빨랐다.

탁!

패가 돌아가다 그의 손이 흠칫하고 움직이자 그 패들은 일제히 탁자 위에 떨어져 내렸다. 놀랍게도 소리는 단 한 번 울렸을 뿐이었다.

완전한 달인의 경지였다.

"보았느냐?"

"보았습니다."

"이해할 수 있느냐?"

"직접 겨루어도 사부님한테 이길 것입니다."

"이놈이!"

"생사결 일억만류도 제 눈을 벗어나지 못했거늘 하물며 마작쯤이야…….."

"네놈이 어디 검패도 단숨에 알아차릴 수 있는지 보겠다."

환유사의 손이 휘둘러졌다. 순간 마작패는 한쪽으로 날아가 버리고 마흔 한 장의 검패만이 그의 앞에 놓여졌다.

검패는 흑검(黑劍), 홍검(紅劍), 홍편(紅鞭), 흑구(黑鉤)가 각 열 장씩 그리고 왕패(王牌)가 한 장, 이렇게 마흔한 장으로 이루어진다.

승부는 한 쌍의 같은 숫자가 나오면 쌍검(雙劍), 일(一), 오(五), 십(十)이 나오면 삼절검(三絕劍), 다섯 개의 숫자가 나란히 놓이면 연환검(連環劍), 일자 네 장과 왕패 한 장이면 오천왕(五天王) 식으로 서열이 이루어져 있다.

환유사는 신중히 패를 섞은 후 돌리려 했다. 이때 냉벽린이 손을 내밀어 그의 손을 잡았다.

"제가 돌리겠습니다."

환유사는 깜짝 놀랄 수밖에 없었다.

"아니? 네가 검패의 패를 돌릴 줄 안단 말이냐?"

"후후, 읽을 책이 없어 하늘과 대자연을 바라보았고, 그것도 시시하면 도박패를 만지곤 했지요. 사부님 몰래……."

"으음……."

냉벽린은 검패를 번갈아 섞더니 한 장 한 장 패를 가르기 시작했다. 천천히 패를 갈랐지만 노련한 달인의 솜씨가 보였다. 각기 두 사람 앞에는 다섯 장의 검패가 놓였다.

"패를 집으시지요."

환유사는 낭패한 표정이었다.

"집을 필요가 없음을 네가 더 잘 알지 않느냐?"

"제 패는 삼사오륙칠, 연환검입니다."

냉벽린은 패도 뒤집지 않고 말했다. 환유사 역시 패를 뒤집지 않고 말했다.

"나는 두 쌍 반이다."

그가 패를 펴 보니 과연 홍검 사(四)가 두 장, 홍편 (六)이 두 장, 나머지 한 장은 팔이었다.

냉벽린은 슬며시 검패를 그의 앞으로 밀어놓았다.

"이번에는 사부님이 패를 가르시지요."

그는 패를 집어 들며 중얼거렸다.

"완전히 청출어람(靑出於藍)이군."

"태산 위의 하늘이지요. 후후……."

환유사는 도저히 안 되겠던지 화난 얼굴로 자리에서 일어났다.

"술 마시는 법은 나중에 가르쳐 주겠다."

"알겠습니다."

환유사는 석실을 나가려다 말고 뒤돌아보며 말했다.

"삼 년 면벽이 끝나거든 흑리동향에 가서 북해의 처녀 장사꾼을 만나 보거라."

"북해의 처녀 장사꾼?"

뭔가 흥미가 당기는 말이었다.

"무림의 마지막 남은 두 개의 기연 중 하나가 너를 기다리고 있을 것이다.”

“무림에 마지막 남은 두 개의 기연 중 하나라?”

환유사는 수염을 한차례 쓸어 올리며 기이하게 웃었다.

“삼 년 후에 만나도록 하자.’

“예.”

끼이익!

냉벽린이 들어 있는 석실은 밀봉되었다.

환유사는 닫힌 철문을 바라보며 뭔가 아쉬움을 느꼈다.

“삼 년 후……, 더욱 무섭게 변해 있겠지.”

그는 허전한 마음을 달래며 발걸음을 옮겼다.

그리고 세월이 여류하다.


- 2권에 계속 -